超好看故事　编

爆梗救救脑子吧

江苏凤凰文艺出版社
JIANGSU PHOENIX LITERATURE AND
ART PUBLISHING

目　录 / contents

寄居

黄雨青

“独居三天后，我的‘室友’被发现了。”

序

这个夜晚，他又拿起望远镜，偷看住在对面的她。

她是一位美丽的少妇，从她搬来小区的第一天，就已经吸引了他的注意。她刚好就住在楼对面，卧室正好对准了他的阳台，在望远镜下，一览无余。

今晚的她穿了一件透明的睡衣，若隐若现的诱惑更激起他那羞耻的欲望。他瞪大了眼睛，拼尽全力想再看清楚一些。就在这时，他惊讶地“咦”了一声，他清楚地看到这个时间她的房间里多了一个男人。

他满是兴奋，甚至还有些嫉妒，他知道接下来会看到什么。一想到这儿，他身子往前倾了倾，手里的望远镜不由握得更紧了。

他并不知道，有些秘密是不能被人看见的。比如，现在他在望远镜里看到的男人并不是那家的男主人……

1

对于温清雪来说，婚后的日子沉闷又无聊。

她的丈夫家境良好，长相英俊并且富有事业心，无论哪方面都无可挑剔，不然她也不会大学一毕业就把自己交给他，唯恐他进入社会会落到其他女人手里。然而她没想到，步入婚姻的殿堂虽然获得了短暂的安全，却同时也失去了自由。

丈夫是个大男子主义者。他坚决认为无法独立养活老婆是男人的耻辱，因此在婚后她不得不当了家庭主妇。加上丈夫因为工作长期在外，她就像一只养尊处优的金丝雀，被困在了优雅的鸟笼里。

几个月后，她参加同学聚会，偶然遇到了张小俊。张小俊是温清雪的初中同学，暗恋她已经有许多年了，同学会上他听温清雪说起自己苦闷的婚姻生活后，便频频对她展开攻势。

这种枯燥乏味的生活令她难以忍受，没过多久，她便开始接受张小俊的邀请。情欲的闸门一旦打开，便一发不可收拾。两人开始频频幽会，在三个月后的一个晚上，张小俊终于如愿以偿地在温清雪家里过夜了。

度过浪漫而又激情的时刻后，张小俊心满意足地睡去了，而温清雪却辗转反侧，难以入睡。在身心得到短暂的满足后，内疚和羞耻瞬间涌上了心头。此刻房间内已经没有以往那样舒心，墙上好像长了无数只眼睛，令她有种芒刺在背的感觉。

看到敞开的窗帘，温清雪有些心虚，赶紧下床想拉上窗帘，走到窗边，她看到对面楼的阳台上有个模模糊糊的轮廓，在浅蓝色天空的暗夜里，就像是一块小小的污迹。

也许是出轨令她变得敏感，她立刻意识到刚才有人在偷看她的卧室！

温清雪一下子慌了，对面的人是什么时候站在阳台上的？又站了多久？她意识到自己刚才犯了多么严重的错误！她匆匆忙忙拉上窗帘，跑过去摇醒了张小俊。

“小俊，对面好像有人在偷看我们！”

“真的吗？会不会是你紧张？”

张小俊走到窗边，拨开窗帘，看了看，随后放心地道：“没事的，我看是你疑神疑鬼，对面离那么远，看不清楚的。”

尽管张小俊不住地安慰，可是温清雪悬着的心依然放不下来。

隔天，她偷偷向小区保安打听对面 6 栋 607 号房住户的情况。年轻的保安想了半天，才含糊说道：“那家户主都在外地工作，就剩个孩子，应该是在读高中……具体情况嘛，我也不清楚。”

随后几天，她不时留意着对面阳台的动静。她很快发现，只要她在家，那个人影总会不时出现在阳台前，而一旦她走到窗前，人影又会迅速从阳台上消失，连续几天后，她的不安已经愈来愈重，她越来越觉得，居住在对面的人，已经偷窥她很久了。

那一夜他站在阳台上，并不是偶然。

现在的她，并不敢理直气壮地质问对面那个人，那个人很有可能看到了她的秘密。她不能把他逼急了，她希望用一种温和的方式去解决这个问题。

2

丁小桐刚走出大门，就看到门外的女子。

女子穿着一件青色连衣裙，留着一头瀑布般的头发，美得不可方物。

他不由得有些紧张，开口问道：“你是谁？有什么事？”

女子温和地笑道：“我是对面楼的住户，有些事情想和你谈谈，如果你不介意的话，可以和我到楼下的咖啡厅里聊聊天吗？”

丁小桐不知道女子葫芦里卖什么药，但是看见她的笑容，内心就一阵悸动，不由自主地跟在她身后。在咖啡厅里，女子问他要什么饮料。他装模作样浏览了下菜单后，才磨磨蹭蹭地点了一杯橘子汁。

女子抿了一小口咖啡，问道：“看你的长相，年纪不大，还是个学生吧？”

丁小桐心虚地点了点头。

女子一副心领神会的样子，说道：“确实是容易冲动的年纪，我也是过来人，很了解你们这些男生的心理。那么可以告诉我你的名字吗？”

丁小桐犹豫了一下，才说道：“我叫向哲明。”

女子收敛了笑容，换了副严肃的表情，说：“向哲明同学，你可不可以告诉我，你为什么经常站在阳台上呢？因为你的阳台正好对着我家的卧室，令我不得不有些遐想。”

丁小桐被她问蒙了，犹豫了半天不知道如何回答。

女子像看穿了他的心思，说道：“我明白，像你这样的年纪，会留意女生是很正常的事。但是有些时候，有些事情不能做得太过。”

丁小桐默默低头，不停思考要怎么回答。

沉默了许久，他终于叹了口气道：“我错了。”

女子满意地点了点头：“知错就好。我相信你以后会知道怎么做的。其实你长得不算差，起码不让人讨厌，如果你肯改正，以后我们见面还可以打个招呼。”

“谢谢。”

“还有个问题，”女子欲言又止，“你是从什么时候开始偷看我的？有没有看到些什么涉及隐私的东西？毕竟是我的卧室，有些事情你懂的。”

丁小桐红着脸道：“我不会那么没礼貌。”

女子不以为意地道：“就算你看到什么，也没什么大关系，忘了就好。那么这件事就到此为止了，一言为定哦，向同学。”

在分开的时候，丁小桐小心地询问了女子的姓名，女子毫不含糊地说道，温清雪。

温清雪，一个很好听的名字。

目送她离开后，丁小桐来到附近超市，买了绳子、砍刀，还有空气清新剂，不动声色地回到6栋607号房。

进门后，他走进卫生间，里面一片狼藉，浴缸里装满了水，向哲明的尸体就泡在里面。

他踩了下向哲明的尸体，骂道：“臭小子，没想到你外表老实，却是个偷窥狂。差点就害死老子了。”

就在两天前，他杀死了真正的向哲明。现在他要做的就是处理好尸体。

3

五一小长假，温清雪应张小俊的邀约，两人到外地旅游了一趟。

直到今天，她才意犹未尽地回到家。

进了小区，走到楼梯口，居然意外地撞上了对面楼的男孩，她开口笑道：“喂，向哲明，你好。”

此时，丁小桐脸色有点不太对劲，他看了看温清雪身旁的行李，狐疑地问：“温姐姐，你这几天出去旅游了？”

“是啊，所以这几天你在阳台上看不到我。”

丁小桐红着脸说："都是过去的事，就别再提了。"

温清雪没再理他，提着行李上了楼。现在她的心情好得不得了，所有问题都有惊无险地解决了。幸好当时机智，及时闭嘴，没有不打自招。

当时和向哲明见面的时候，她突然想到他根本不了解她家的情况，也没有见过她的丈夫，所以那夜他即使在阳台上，也不会意识到自己看到什么，况且离得那么远，他不一定能看得清男人的长相。

回到家后，温清雪洗了个热水澡，换上睡衣，拿着手机进了卧室，她已经做好了在床上赖一整晚的打算。

一进卧室，她突然皱起了眉头，感到有些不对劲。

此刻卧室里有些小小的异样，尽管微不足道，却像沙砾一样硌着她的心。比如写字台上摆放的书被翻开了，台灯往左边挪了一点，还有窗帘，她离开的时候明明是拉上的，现在好像被人拉开了一小道缝隙。

她暗骂自己敏感。可是一躺在床上，不安又像涨潮一样从心头升起，她心里隐隐有种感觉，她不在家时，有人来过她的卧室。

就在这时，外面的客厅突然传来一声闷响，有什么东西撞上了客厅的木椅。

温清雪顿时吓了一跳，急忙跳下床，锁上了房门，朝外面大喊道："外面是谁？"

等了好一会儿，外面再也没有动静。她赶紧来到窗台前，拉开窗帘，看了下对面楼，发现向哲明今晚并不在家。

她突然想起今天下午发生的事情，当时向哲明为什么会出现在她家楼道里？难道这个偷窥狂趁她不在时，偷偷潜入她家，还进入了她的卧室？

她打开房门，颤抖地喊道："向哲明，是不是你？"

温清雪把屋内的灯全部打开，并到各个房间仔细搜索一遍，确定没有人以后，突然又感到一阵委屈，她拿起电话，打了老公的号码，听到老公熟悉的声音，立刻骂道："你这王八蛋……自己一个人跑去外地，就把我扔在家里……"

温清雪的老公并没有察觉到妻子的异常，单纯以为是她又闹小脾气，只是好言相劝了几句，这让她一阵失望。

她挂断电话后，又打给了张小俊："小俊，你今晚过来吧，我一个人在家害怕。"

电话里张小俊很兴奋地道："好，你等着，我马上过来。"

对丈夫的失望和怨恨很快转化成了情欲，温清雪觉得自己陷进去了！

4

丁小桐连续做了几天的梦。

他的梦杂乱无章。他梦见自己被押赴刑场，警察用枪在他的后脑上开了一个大洞。他又梦见死去的向哲明掐着他的脖子，愤怒地质问他为何要痛下毒手！然而他更多梦见的还是对面楼的那个女人。自从那次和她聊过天后，她的身影就一直在他脑海里缭绕。

几个月前，丁小桐在网吧里认识了向哲明。当时向哲明到网吧包夜却忘了带钱，是丁小桐帮他付了网费。向哲明是个略微有些内向的男生，对于一切小恩小惠都怀着过分的感激。

从那以后，两人就开始熟络起来，就在几个星期后，向哲明热情地邀请丁小桐到他家做客。在踏进向哲明家时，望着装修得富丽堂皇的房子，他一下想起了老家破旧的房屋。而向哲明没有察觉到他的异样，喋喋不休地诉说一个人住在大房子里的孤独。丁小桐默默地听着，临走的时候特地问了句：

“你真的一个人住吗？”

看到向哲明毫无防备地点了点头，丁小桐笑着说：“那以后我可以常来玩了。”

三天之后，丁小桐又来到向哲明的家，这次他怀里揣着一把铁锤。

丁小桐砸死向哲明后，卷走了他家所有的钱财，原本他打算带着钱逃到隔壁城市，可是就在第二天，他却改变了主意。促使他改变主意的是本市一则新闻，一个入室抢劫犯杀了户主之后，不声不响在受害者家住了整整半年，而且周围邻居没人发现。等到警察抓他的时候，他还在受害者的房间里呼呼大睡。

在城市里面，人们总爱说人格独立，害怕别人闯进自己的生活，他们设置了一堵无形的墙，将彼此隔绝起来。墙内的人生或死，墙外的人并不会在意。

因为生活贫困，丁小桐初中毕业后就辍学打工，赚到的钱也只能保证饿不死而已，想住进这样的房子更是难如登天。冒一下风险享受这样的生活，对他来说是值得的。反正尸体已经被处理干净，就算有认识向哲明的人来问，大不了就说他去买东西了，然后自己再溜。

于是他又回到了向哲明的家，住了进去。

几天前，在遇到那个叫温清雪的女人后，他内心的欲望又开始躁动了。

三天前，他看到她提着旅行箱出门，于是他潜入了她的家里。他钻到卧室，先是躺在床上拼命嗅探着遗留在床上的属于女主人的体香，顺便翻了翻衣柜，顺走了两条内裤。然后他又打开电脑，希望从硬盘里搜出点什么东西。可是找了半天，电脑里除了一些歌曲和电影，就是一些男人证件照，其余什么都没有。

丁小桐不由得有点失望，他随后点开了桌面的文档，意外发现这是温清雪的日记。在日记里，温清雪诉说了自己一些日常琐事，还有丈夫长时间离家造成的苦恼。他读着读着，嘴角不由得浮现出一丝笑意，原来这个女人和向哲明一样，也是过着独居的生活。

既然只有她一个人，那么制伏她也应该很容易，一想到这儿，他脑海里甚至已经浮现出她被压在身下哭泣求饶的场景。

今天下午，丁小桐看到她提着旅行箱回来，内心一乐，开始盘算要如何动手。

这天晚上，他小心翼翼地撬开温清雪家的门，溜了进去。没想到他刚到卧室门口，就听到里面传来了男人的喘息声。

丁小桐吓了一跳，以为是温清雪的丈夫回来了，刚想逃跑，可是卧室里的动静却让他不由自主地停下脚步。谁都知道，此刻卧室里正在发生什么。他忍不住驻足倾听了好一会儿，直到里面动静小了，才蹑手蹑脚离开温清雪家。

没想到丁小桐刚下楼梯，温清雪家的门突然打开了，一个男人匆匆忙忙从里面出来，屋内的女人还专门叮嘱“小心点”。在楼梯口，丁小桐和那个男人打了照面，那个男人没有发觉丁小桐惊奇的目光，径自离开了大楼。

一看到男人的脸，丁小桐顿时惊讶不已，他曾经在温清雪家的电脑里看到她丈夫的证件照，他记得很清楚，明显和这个从他身旁经过的男人不是同一个人！

丁小桐一下明白了，这个男人根本不是温清雪的丈夫！也就是说，温清雪在外面有情夫！

妈的，原来是个婊子！他暗暗冷笑。难怪之前她特地过来试探他，原来是害怕偷情的事情被人发现。

丁小桐觉得自己运气真好，连老天爷都在帮他。

这样，要得到这个女人就不费吹灰之力了！

5

从昨夜开始，温清雪就感到很不对劲。

在和张小俊亲热的时候，她总感觉外面有人。这种感觉绝对不是偷情带来的心虚，而是真切的直觉。虽然并不明显，但是她总能听到外面的地板上，有什么东西在挪动，并且时不时还有男人压抑的喘息声。

张小俊发现了她的异样，轻声问道：“怎么了？”

温清雪担心地道：“外面好像有人。”

张小俊笑道：“你又疑神疑鬼。”

尽管张小俊满不在乎，但是温清雪依然拒绝了他继续亲热的要求。张小俊感到索然无味，穿上衣服想走，温清雪恳求道：“你不能留下来陪我吗？”

张小俊无奈地说：“没办法，家里老婆等着呢。”

他给老婆打了个电话后，又匆匆忙忙离开了。

最后，家里还是只剩温清雪一个人，望着空空荡荡的屋子，她突然感到一阵忧伤，眼泪也止不住流了下来。

隔天傍晚，温清雪从外面回来的时候，在小区门口碰到向哲明。

温清雪礼貌性地朝他点了下头，可是向哲明的神情有点古怪。在她走到他身边时，他突然低声道：“今天晚上，来我家里，不然你会后悔的。”

温清雪一愣：“我为什么要去你那里？”

向哲明诡秘地说：“我知道一个秘密，想知道的话，你就过来。”

温清雪一下僵住了。“秘密”两个字像两颗钉子，狠狠地钉在了她心上。她突然想起在旅游回来后，家里种种的异样。她一抬头，看到向哲明回到了对面楼。不知为何，她觉得这背影特别鬼鬼祟祟。昨夜，站在房门外的人是他吗？

回到家后，她打了张小俊的手机，却发现他关机。没办法她只好给他留了言，让他尽快过来。

眼看天色越来越黑，张小俊却连影子都看不着。温清雪越来越急，害怕如果不去的话，万一对面男孩恼羞成怒，就不好办了！

她咬了咬牙，终于决定一个人过去谈判。她心存侥幸，对方只是个高中生，她认为自己应付得来。她惴惴不安进入对面楼，上了6楼，来到向哲明家门前，刚想按门铃，却发现他家的门虚掩着，轻轻一推，门就开了。

“有人吗？”温清雪轻轻问了一声。

她一走进屋内，黑暗瞬间吞噬了她的身影……

因为极度恐惧，温清雪颤抖着跑出向哲明家，回到自己家。到了家后，她在卫生间里洗净自己身体后，钻进了被窝里，强迫自己进入梦乡。

这一夜，她重复做着一个短暂的梦。梦见自己被困在黑暗的屋子里，向哲明的声音从四面八方传进她的耳朵里：“温姐姐，我知道你的秘密，我知道你的秘密。”

最后，温清雪被惊醒了。她再也睡不着，起身给张小俊发了一条信息。她刚点完发送键，突然听到一声信息提示音。

温清雪吓了一跳，赶紧看了下手机，手机并没有收到信息，而刚才的提示音源头就在房间地板上。

到底怎么回事？温清雪感到双腿抖得厉害，她几乎是从床上跌到了地板上。随后她打开了房间的灯，弯着腰，撩起了床罩。

当她把头低到床下时，刚好看到了躺在床底下的张小俊的脸。他脖子上缠着一根尼龙绳，双眼直直地瞪着她。

在温清雪想发出尖叫的时候，一双粗糙的手掐住了她的喉咙……

6

丁小桐很高兴。

就在今天，他在路口威胁了对面楼的女人，看到她瞬间变得苍白的脸，他知道自己猜得没有错。接下来他直截了当地说了句：“晚上你到我这里来。”

他躺在向哲明家的大床上，琢磨着事后工作。他狠狠地想，如果她有什么过激行为的话，他就立刻杀人灭口。反正杀死这个婊子，也算是为民除害。想到这里，他隐隐有种替天行道的感觉。

丁小桐走到阳台，偷偷观察着对面。看到对面楼的她此刻正在客厅来回踱步，他不禁笑了，在心里不停地说道：“别犹豫了，快过来吧，你逃不出我的手掌心的。”

约莫到七点，丁小桐终于看到对面楼的女人出了门，他一阵激动，干脆就在房门前守株待兔。约莫过了五分钟之后，外面传来女性娇媚的声音：“有人吗？”

等到了美人，丁小桐迫不及待地打开门，一下把女人拉进了房间。女人被他拉得趔趄了一下，好不容易站直身子，说了声：“好疼。”

现在的她已经没有了几天前的高傲和优雅，她商量道：“能不能用其他方法解决，比如，我可以给你钱。”

“少啰嗦，去房间！”

丁小桐强行把温清雪往房间里拽。进了房间，温清雪哀求道：“喂，你能不能戴套？不然，万一怀孕的话……”

丁小桐骂了句真麻烦，提起裤子，骂骂咧咧地出了门。

他快步跑到楼下，在便利店里买了一盒保险套，随手扔下几块钱，在售货员的叫骂声中，匆匆忙忙跑回了家。

他带着盒保险套刚进门，就听见女人在房内叫道："快点进来，完事我好回家。"

丁小桐再也按捺不住了，脱了衣服冲进房间。进了房门，他迫不及待地扑向床头，一边说着污言秽语，一边想掀开被子，没想到他的手刚伸进被窝，就被一只手紧紧抓住！

随后，他听见一个男人的冷笑声："就你小子还想学人勒索，还嫩点。"

他还没反应过来，一把刀刺进了他的后背！

丁小桐只觉得背部一阵剧痛，挣扎着转过头，刚好看见了男人的样貌，正是那天晚上他看到的，温清雪的情夫！

丁小桐彻底失去反抗能力，只能大骂道："你们这对狗男女，奸夫淫妇，别以为你们跑得了！"

男人冷笑道："你听谁说我们是奸夫淫妇的，我们可是名正言顺的夫妻。"

男人把手里的刀递给女人："娟子，给他补一刀。"

女人接过刀，叹了口气："小伙子，没办法啊，你看到了不该看到的东西，本来都打算放过你了，可是你还自己送上门，就怪不得我们了。"

丁小桐瞪大了眼，这个女人不是温清雪，那她到底是谁？

他的脑海里突然闪过一个可怕的念头——这对夫妇也许和他干着同样的事！

他并不知道那天向哲明通过望远镜看到的场景，向哲明在温清雪家看到了一对正在亲热的陌生的男女。

这才是向哲明一直想告诉温清雪的秘密。他想告诉她，她的房子里藏着其他人。然而还没等他说出这个秘密，就被丁小桐杀害了。

7

马方良和刘娟是一对夫妻。

三年前，两人来到这座城市，希望可以凭借自己的劳动在城市里扎根，拥有一处属于自己的房子。可惜三年过去了，工资远远赶不上房价的飞涨。而且他们悲哀地发现，这个城市只需要他们的劳力，并不需要他们的人。

也就在那个时候，某些念头在马方良脑海里产生了。

为了满足住上好房子的愿望，他们在各个小区流窜，专门挑那些家里人少的住户下手，杀死他们，并侵占受害者的房子。一开始他们非常小心，只敢在受害者家里住上几天，后来时间一长，他们发现，周围的邻居根本就没有察觉到这种变化。

就在一个月前，他们盯上了独居的温清雪。趁她出去旅游，偷偷撬开了房门，住进了她的家。在温清雪回来的时候，两夫妻就躲在其他房间的床底下，伺机动手！

张小俊就是最无辜的受害者。那天晚上，他忙完了公事，看到了温清雪的留言，以为她发生了什么事，便匆匆忙忙赶了过去，结果当时温清雪刚好去找向哲明。

张小俊赶来，不幸撞上从温清雪家出来看情况的马方良。还没等他反应过来，就立刻被马方良拖进屋子里灭了口。

那天丁小桐看到刘娟提着旅行箱出门，以为她是出去旅游，其实里面装着张小俊的尸体。每次杀完人之后，他们总会很小心地把尸体转移到隐秘的地方去，短时间内绝对不会有人发现。

刘娟在玩电脑时无意间发现了温清雪在电脑里的日记。在日记里，温清雪记录了被对面楼的男孩偷窥的事情。这份日记让刘娟一下子慌了，她生怕这一切被偷窥者看见，所以那天特地跑去对面楼了解情况，没想到却遇上了丁小桐。

在那之后，丁小桐为了接近刘娟，潜入温清雪的房子，在电脑里见到了真正屋主的照片，所以当他看到刘娟和马方良一起时，便误以为她出轨其他男人。丁小桐以此威胁，刘娟却以为丁小桐发现了他们夫妻的秘密。

然而一切阴差阳错，如今已成定局。

这一夜，马方良又买了个巨大的旅行箱，把丁小桐的尸体装了进去。现在他们拥有了两套房子，只要他们喜欢，可以随意选择住在哪里。

马方良看了看周围，高兴地道："你有没觉得这房子更宽敞点，要不我们搬来这里住？"

刘娟笑道："你忘了，这家还有他爹妈没回来呢！不过……偶尔来尝个鲜也行。"

夫妻两人兴高采烈地收拾起房间，这时，外面突然传来一阵急促的脚步声，紧接着一群警察冲进了向哲明家里。

看到警察的那一刻，马方良和刘娟都蒙了，他们想不明白，到底是谁告发了他们。

8

报警的是温清雪，你没有听错，就是温清雪。

刘娟并不知道，她的丈夫马方良觊觎温清雪的美色，那一天并没有杀死她，只是把她掐昏，并把她藏在一个偏僻的小房子里。

住进温清雪家的那几天，马方良经常偷偷跑到小房子里，强迫温清雪和他亲热。而温清雪为了活命，只好假意迎合，终于在今天等来机会逃脱并且报警。

经过了这次打击，她面目憔悴，完全没有了往日的光彩。温清雪的丈夫听闻这件事后立刻从外地赶了回来，看到遭受不幸的妻子，他内心充满内疚，不停保证，以后会留在家里好好照顾她。

面对信誓旦旦的丈夫，温清雪枯槁的脸上露出一丝欣慰的笑。现在的她终于不再寂寞。她心里很庆幸，包括警察在内，没有人对张小俊死在她家里有所怀疑。所以她和张小俊的婚外情，将成为永远的秘密。

还有……

不会有人知道，那天晚上，她去向哲明家的时候，刚好是丁小桐行凶后不久。

她一进去就发现了在地上挣扎的向哲明。

当时向哲明还活着，装死骗过了丁小桐。看到温清雪，连忙向她求救，说遭遇入室抢劫，而温清雪愣了一会儿后，抓起了地上的铁锤，往向哲明头上砸去……

向哲明要对自己说的秘密，到底是什么，对此时的温清雪来说已经不重要了。

在这座城市，每一栋楼房里都可能寄居着恶魔；每一具身体里，都可能寄居着一个不安的灵魂。

鸢尾花别墅

殷大卫

“我‘藏’好了，轮到你了。”

序，也是尾声

王倩奔跑着，由于过度紧张，她的小腿开始抽筋，无边的恐惧却使她忘了疼痛，只是朝着大门奔跑着，那是她的生路。

终于，她到了，用钥匙打开重重暗锁，推开厚重的大门，灿烂的阳光瞬间出现，打破了别墅中的无边黑暗，将王倩包裹。

但是王倩没有走出去，她的神情变得越发恍惚，腿一软倒在了地上。她躺在别墅大厅的地板上，眼睛眨巴两下，并快速抖动起来，脸上露出一丝诡异的笑容，似乎沉浸在安全幸福的悠远未来——一场虚妄的幻觉之中。

她的嘴角有白沫溢出，这是服用了大量致幻药的症状。她是什么时候被下了药呢？难道是刚刚喝的那杯水吗？一个男人拖着另一个男人从王倩身边走过，男人将尸体移出了别墅，看向王倩，眼神中的爱惜渐渐散去，转而变成欲望和疯狂。

男人重新锁上了大门!

夜路

山区，凌晨，伸手不见五指。唯有车头灯一束光，带给王倩不多的一点安全感。

王倩眼睛不好，感光度不足，一到晚上基本就成了睁眼瞎。她紧紧地抱着自己的宠物貂笨笨，笨笨将小脑袋埋进了王倩的胳膊底下。小巴车上的灯已经关了，乘客的脸都隐藏进了黑暗里，仔细看过去也只是漆黑模糊的一团，不知道对方是在做着美梦还是瞪着眼睛。

司机老谢是一个中年男子，顶着锃亮的大光头。老谢叼着烟，一直在吞云吐雾。虽然王倩在上山时就对老谢吸烟表示了强烈反对，但老谢说他是为了走夜路提神的，如果不想让小巴飞进悬崖，还就得依着他。

王倩更不爽的是董强，之前他可没说这地方有这么远。董强是王倩的好友兼追求者，在得知王倩要在校电视台做一期特别节目时，便强烈推荐了自家祖传的这栋老房子。董强说："干吗不做个鬼屋纪录片呢？大学生们肯定爱死这种题材了。"

董强的老家在云南玉溪，据说是有人借了他太爷爷的钱，还不上，便把这栋房子抵给他了。听说这别墅是一九三八年建的，不知道干什么用，也不知道为什么建在深山里。

董强小的时候来住过一周，其间父母因为争吵愤然动手，两人都受了伤。回去后，幼年的董强总是说屋里有很多叔叔阿姨，把他爸妈吓得够呛，便再也没来住过。董强长大后反而很有兴致地将其改造了一番。

王倩得知后大喜，心想纪录片总算有了着落，便聚集起她的特别小组，欲来场难忘的惊悚之旅。另外三人也是王倩的老搭档了，从摄影、剪辑到音乐，各有所长。

一只手从背后的阴影中伸出来，拍了拍王倩的肩膀，说："喂，还没睡？"是吴琼那圆润而中性的嗓音。吴琼因为喜欢王倩加入了校电视台，王倩也知道他一直暗恋自己，不过既然他不说，习惯了被他照顾的王倩也乐得装傻。

"睡不着。"王倩摸着笨笨的脑袋。吴琼将自己的毛毯盖在了王倩身上。

"你真觉得可以拍到灵异事件吗？"吴琼问。

"我从来不信这些东西，不过我们可以后期加工一下。"王倩没有发现笨笨正瞪着它漆黑的眼睛看着自己，眼神中似乎有着无尽的恐惧。

鸢尾花

到达目的地的时候，已经是清晨了。小巴车停在雾气氤氲的山坡上，不远处就是孤零零地矗立在荒岭中，美丽又森然的鸢尾花别墅。从小巴车上下来了拎着大包小包的五个年轻人，为首的是穿着一身名牌，空着手，肩上扛着宠物貂笨笨的美女王倩，后面跟着高大英俊的董强，手持摄像机的眼镜男吴琼，以及一对情侣娜娜和大海。

众人将视线聚集在别墅上，雾气弥漫中，所有景物都像遮了一层灰白色的滤镜，如同一幅用西方抽象派画法画出的丹青水墨，写意中透着疯狂。

"喂，"司机老谢喊了一声，五个年轻人都停住了脚步，"这种山中老房子是有阴气的，你们可得注意呀！"

"有病！"王倩生硬地吐出这两个字，像是吐出了一口隔夜的晦气。她抱紧笨笨，径直走向别墅。

董强则掏出钱包走向老谢，两人勾肩搭背窃窃私语了一会儿，老谢就开车走了。

靠近之后，众人才发现这栋房子远比看上去的要大得多。白墙红顶，墙体爬满了常春藤，遮住了巨大的鸢尾花图案，一个中式哥特的建筑，不中不洋地出现在渺无人烟的深山中，有些突兀过了头，反而有种注定的宿命感。

吴琼举着摄像机拍个不停，嘴里发出“啧啧”的赞叹声。

“占地八百五十平方米，有三层楼，还有一层地下室。” 董强一脸得意地介绍着。

“笑什么笑，还不快开门！”王倩一脚踹在董强的腿弯，差点将他给踹跪下。

这一脚将董强踹得原形毕露，董强比王倩大四岁，明明是三甲医院里最年轻的主治医师，是年轻有为的高富帅，本该人见人爱、鸟见鸟呆，他却一副奴婢贱相地主动跪倒在王倩的黑丝袜下，就像兽棋中吃象的老鼠，是命中的克星。

事实上，王倩不只是董强的克星，她身边的所有人几乎都对她的性格头疼。王倩的父亲是地产大亨，她从小便是被无数人捧在掌心的女王，所以养成了飞扬跋扈的性格，有着深入骨髓的“中二病”。

特别是王倩十八岁那年，患上了罕见的视网膜疾病，度过了几周漫长的黑暗岁月后终于重见光明，却不得不同墨镜相伴一生。这使她更加烦躁和愤怒，就像一捆点燃了的火药，随时可以将任何人炸个粉身碎骨。也正是这一年，发生了那件改变王倩一生的事情。

董强插入钥匙，鸢尾花别墅的大门应声打开，像一头巨型的史前怪兽突然张开了巨嘴，并吐出一阵阴风。等在门口的几个男女纷纷打了个寒战。

一行五人中走在最后面的是大海和娜娜。娜娜是王倩的大学室友，在校电视台负责音乐。大海是剪辑师，死乞白赖加入校电视台的原因同吴琼差不多，都是为了女人。

陈旧腐烂的味道扑面而来，别墅的大吊灯亮起，由于空间巨大，灯光显得软弱而无力。象征着温暖的黄色光源却给别墅大厅平添了一份阴森诡秘。

“大家可以随意参观一下，这就是接下来一周我们度假的地方。”董强放下行李笑着说。

“是拍纪录片！”王倩纠正道。

“有电？”吴琼推了推眼镜问。

“是日本最新的太阳能技术啦。”董强一脸臭屁样。

大厅的内壁上随处可见繁复的雕刻，不同造型的鸢尾花密集地覆盖在整面墙壁上。血腥红的地毯散发出陈旧的腐朽气，造型古怪的现代艺术画挂在各个拐弯处和楼梯口。一组真皮沙发、一个茶几和一个座钟孤零零地摆在偌大的大厅里，上面落了一层薄薄的灰尘。

“虽然这里没几样家具，但很多都是老物件，可以参加鉴宝节目的。”董强做着介绍。

“吴琼你先去拍一圈。”王倩下着命令。

四人在校电视台中就是传奇小组，因为他们在大二时便做了一个现象级的新闻，这个新闻上了视频网站首页，转发过百万，当地的报纸也毫不吝惜地分出大块版面给它。而这一切都得益于王倩，所以王倩在众人中是当之无愧的组长。

吴琼捧着摄像机上了二楼，大海放下背包尝试欣赏墙上的雕刻。苍凉的文艺气息他半点儿没接收到，只是感觉这地方很适合自己和娜娜度假。

“这儿真不错。不过我们五个人生活七天的食物不用担心吗？”王倩抱着笨笨问董强。

“我有分寸，大海你把吴琼喊下来，我有话要说。”董强拉开厚重的窗帘，又打开窗户，众人发现这里通风很好。

几个年轻人聚在厨房，这厨房面积足有五十平方米，青色的地板白色的墙，还有不断频闪的白炽灯管，白惨惨地照下来，将几人的脸勾勒出骷髅的形状。这气氛让王倩想起一部叫作《闪灵》的电影。

董强笑嘻嘻地打开两个巨大的冰箱，一个里面整整齐齐地码着各种蔬菜、肉类食材，另一个则装满了零食和饮料。董强跟老谢约好一周后来接大伙，所以接下来这几天，大家就靠这两个冰箱生活了。

娜娜凑上去，拿起一瓶林德曼啤酒，瞅着瓶口上的黑色小字："是最近生产的呢。"

大厅传来一阵钟声。

"一切生活用品，都已提前备好了！"董强笑道。

"Let ' s party！"

真心话

进入别墅后的紧张与神秘感很快就消失了，虽然这里一个房间套着一个房间，到处雕刻着极为精致的鸢尾花图案，但全都落满了灰尘，昏暗、寂静而显得格外诡异，生活设施倒是很齐全。简单清扫后，音乐、舞蹈、烧烤等派对节目陆续上演，紧接着就是做游戏加豪饮。

五人围坐在一起，桌子上摆满了啤酒和零食，各个表情却很凝重。他们看着摊开的纸牌，各自拿了一张。

王倩看了看，懊恼地将牌扔到一边。娜娜兴奋地蹦起来，她抽到了大鬼。

"真心话，问王倩，如果吴琼和董强同时掉进水里，你救谁？"

"谁也不救，让他们做一对戏水鸳鸯吧。"王倩笑嘻嘻地和大海碰了碰杯子表示庆祝。

“哎呀，不能赖皮，必须救一个！”娜娜只得高举大鬼，在这个游戏中大鬼拥有绝对的权力。

“好吧好吧，那我救董强好了。”王倩想也没想，不是因为董强比较重要，只是无所谓地随便说了个。

王倩说完又举起酒杯敬了刚刚淹死的吴琼。

“你少喝点，别忘了你的眼睛……”吴琼举着杯子苦口婆心。

“哎呀，你怎么跟我妈一样！”王倩说着脱下自己的长筒靴，将一瓶啤酒倒进自己的靴子里。

“喏，你把它喝了，我就少喝。”王倩瞪起眼睛。吴琼无奈地将头扭向一边，感觉自己就是吕洞宾。

“不喝？那行，等我拿到大鬼你得喝两只。”王倩又笑了。

游戏中酒水飞速减少，很快就到了白热化阶段。到此刻，吴琼喝了王倩两靴子啤酒并淹死三次，董强则同大海进行了二十秒钟的舌吻，还交代了从小到大所有的情史。王倩的内裤则套在娜娜的头上。

这一轮，董强拿到了大鬼。

“真心话，问你们所有人，如果你的朋友是个道德败坏的家伙，你会怎么做？”一个完全不合情境的严肃问题突然乱入。

“坏到什么程度？”吴琼也严肃起来。

董强说：“比方说待人冷漠、见死不救或者为了自己的利益出卖朋友……”

“绝交喽！”娜娜抢答。

大海笑嘻嘻地抱着娜娜：“我坚定地跟着党的路线走！”

“既然是朋友，还是要多给两次机会吧。”吴琼给出了不一样的答案，令人刮目相看。

“你呢？”董强回头问王倩。

王倩将举起的杯子放下，笑嘻嘻的表情僵住，一缕狰狞爬上了她的眉梢：“哎呀，不玩了不玩了，真心话大冒险没意思，咱们玩别的吧！”

董强举起大鬼，摇了摇。

王倩抓起充电器砸过去：“你有完没完了！我说不玩了，听不到吗？！”充电器滑过董强的耳朵，打着旋儿钻进了沙发底下。

Game over！

总有一些人的权力是超越大鬼的，随着王倩的发怒，现场的气氛顿时变为尴尬的沉默。

“不如我们玩捉迷藏吧？”娜娜打破沉默。

“好呀！”王倩又兴奋地叫起来。

董强提议将别墅的灯关掉，这一点遭到娜娜和吴琼的强烈反对，最终王倩拍板关灯。随后董强将众人带到大厅角落的配电室，并将电闸落下。黑暗降临，大家兴奋地尖叫起来。

董强掏出打火机，表情在摇曳的火光中显得诡异：“不过这个电箱启动时间很慢，要五六分钟才能重新亮起来。”

王倩笑着说：“谁要是害怕，谁就来开灯吧。”

“……97，98，99，100。”

吴琼的声音在别墅内回荡着，他拽下眼睛上缠着的丝巾，房间里一片漆黑，四周已变得寂静和深不可测，只有桌子上散乱的啤酒瓶还残存一丝欢愉的气息。不知哪里来的微风吹着他的鼻尖，吴琼大声喊道：“都藏好了吧？我要开始找了！”

吴琼并不准备开灯，只是举起他的摄像机，开到红外模式。周围的一切绿莹莹地显示在监视器上，这简直是黑夜里捉迷藏的大杀器。老旧的楼梯发出“咯吱咯吱”的声音，暴露了吴琼的行踪。

吴琼紧张得头皮发麻，心脏似乎也缩成一团，不敢用力跳动，他从来不是一个胆大的人。他内心在煎熬地想，要不要回去将电闸打开，反正也没人会嘲笑自己。

上了二楼后，迎面就是一条漆黑的走廊，摄像机上绿色的画面像是一条通往地狱的路。笨笨站在远处角落里看着吴琼，它的双眼在镜头中变成了空洞的白点。

一只手在吴琼背后缓慢地接近着，似乎要拍一下他的肩膀。吴琼停住脚步，隐约感觉背后有人。心跳逐渐加速，他猛地转身，背后漆黑一片。吴琼举起摄像机，低头向监视器看去。

监视器上却是黑的。这显然是不正常的，除非是红外线坏掉了，或者有人站在面前将镜头挡住了。

吴琼有些害怕地伸出手，向前摸去，什么也没摸到，再低头看，摄像机已经恢复正常。吴琼调整呼吸，重新上路，只是心底多了一丝阴影。

十几分钟后，吴琼捉到了董强，紧跟着二人在董强的藏身处发现墙上镶嵌着的一枚诡异的二维码图案。

猫眼

王倩是最后一个被找到的，她成了捉迷藏游戏的大赢家。酒精上脑的王倩玩性大发，要求输的人围着别墅裸奔一圈。娜娜本想劝说王倩，却被她扇了一个耳光，众人不欢而散。

晕头转向的王倩抢到了别墅内最好的房间，她吃下缓解视力衰退的药物，来不及脱衣服，便倒在床上沉沉睡去。

“咚咚咚”，敲门声传来。

王倩迷迷糊糊地睁开眼睛，她的视力在黑暗的环境中近乎失明。她摸索着找到手机，将屋里照亮。手机时间显示午夜十二点整。

“谁呀？干吗？”王倩喊了一声。

“咚咚咚”，只有敲门声，还是标准的三声。

王倩愣了一会儿，反应迟钝得像是占满了内存的老电脑。她发现这敲门声很轻，并不是正大光明地敲门，而是像特务接头，充满了鬼鬼祟祟的气息。

王倩慢慢站起，脸色由不爽变得恐惧。

“什么事呀，不能明天再说吗？”一阵清冷的夜风从窗外吹过，王倩颈后的汗毛竖了起来。她隐约记得自己睡前是关着窗户的。窗外是山中夜色及半弯的明月，完全陌生的世界。

在王倩的老家有个恐怖的传说，午夜十二点整的时候，如果听到门外有敲门声，千万不要从猫眼里向外看，否则你会见到鬼。

她手指哆嗦，无数的亏心事从脑海中飞速掠过。

“咚咚咚”，又是三声。这是用长指甲轻轻叩出来的声音。

笨笨站在床后啾啾地叫了起来，声音尖锐，像是某种警告。王倩害怕极了，但是她又不敢无视这敲门声躺回床上。

无数恐怖片的经验告诉王倩，这个时候在猫眼里面绝对看不到什么好玩意儿，也许是一只黑色瞳孔的大眼睛，也许是学猫叫的裸少年骏雄，也许是刘海及腰的贞子……

但真正恐怖的东西则是未知，不知下一秒会发生什么，这才最恐怖，同时也是最有魅力的。因为这是人类进步的动力，一种叫作好奇心的禁忌果，这又像是潘多拉的盒子，打开一次就永远关不上了。

王倩打开过一次。那一年她大二，得了一种怪异的角膜异常疾病。在医院的日子里，围在自己身边鞍前马后的男生们统统销声匿迹，刚加入校电视台就要被排挤掉，这使得王倩心里充满了落寞与愤怒。就在王倩内心充满负能量的时候，一个女孩出现在了王倩身边。

这是个风一样的女孩，每次王倩回忆起两人的初次相遇，都会感觉有风吹过。病房走廊的窗前，一个穿着碎花棉布裙的消瘦女孩逆着阳光，冲王倩笑着，风扬起她的发丝，在阳光的渲染下她的头发是金色的。

这是住在隔壁病房的女孩，叫欧阳婷，后来她成了王倩的闺密，两人一起逛街、吃饭、治病。

欧阳婷家里条件不太好，父母都是下岗职工，能住得起豪华病房则是因为男友的资助。王倩问过欧阳婷很多遍，她都没说过男友是谁，因为家庭条件悬殊，她不想给他带来困扰。欧阳婷的男友只来看过她一次，那天王倩刚动完手术，眼睛被包上了纱布。男人在走廊里大吼大叫，气愤离去。护士们的谈论，让王倩知道欧阳婷被男人打了耳光。

欧阳婷说，男友的继父从小就打他，所以得了心理疾病，性格暴躁且习惯性撒谎。王倩非常生气，信誓旦旦地要给欧阳婷报仇，欧阳婷反而劝了王倩半天。王倩鼓动欧阳婷跟渣男分手，为她出了很多主意。

然而，欧阳婷却不再有这个机会，她自杀了……

王倩鼓足勇气看向猫眼。

欧阳婷静静地站在门外，像一阵清风，面带微笑，就像来隔壁病房借一把指甲刀。

但这并不是什么医院病房，欧阳婷也早就死了，葬在几千里外的墓地里。王倩揉揉眼睛，仔细看去，欧阳婷的眼是血红色的，她张开嘴无声地尖叫，嘴唇也是血红色的。

多年的唯物主义教育终于又给了王倩一丝勇气，这一切都是幻觉，因为自己太累了，因为喝了酒，还因为那件事对自己的压力太大。王倩找了好多理由，然后拉开了房门。

屋外是昏暗的走廊，斑驳的墙皮有些脱落，穿堂风吹得王倩小腿发寒。除此之外什么都没有，只是空荡荡的走廊。

“哈哈哈！”王倩自嘲地笑起来，笑得很畅快，果然是幻觉呀，王倩想道。她重重地摔上房门，准备躺回去继续睡觉。

“咚咚咚”，敲门声在她背后响起，她的心里起了一股寒战，鸡皮疙瘩从胸口漾起，直到手臂。

欧阳婷再次出现在猫眼中，依然是血红的眼睛，血红的嘴唇，那是一个痛苦的灵魂，自地狱深处而来，带着鬼哭狼嚎的绝望和森寒虚妄的气息，一双可疑的眼睛攥紧了王倩的心脏。

王倩再次拉开房门，外面依旧空无一物。

一股彻骨的恐惧顺着脊椎爬向她的头顶，紧接着是强烈的眩晕感。再也支撑不住的王倩颓然倒地，昏了过去。

暴盲

一股热腾腾的气息喷在脸上，似乎有人正紧贴着自己呼吸，王倩慢慢睁开眼睛，漆黑一片，什么都看不见。她感觉全身酸软，没有一点力气。王倩从床上坐起来，脑袋一阵涨痛，像是做了一个可怕的噩梦。

她摸到床灯，按下按钮，没有反应，依然是漆黑一片。

“怎么？停电了？”王倩喃喃自语。

王倩摸索着来到窗前，想拉开窗帘，却被寒风吹了一个激灵。她急忙系上胸前的扣子。王倩突然意识到窗帘是拉开的，她凝神向外看去，没有月光，没有星光，只有漆黑一片……

“当……当……当……”一楼大厅的座钟敲起来。

王倩在心里默默数着，响了八下，钟声在别墅内回荡着，像是夜色中的幽灵。

似乎有哪里不对劲儿……

八声！

也就是说现在根本就不是深夜！

现在的时间是上午八点！

王倩突然感到一阵恶寒，牙齿止不住地打战。此刻八点钟的朝阳正明媚地照耀着自己，可她却看不到了。

暴盲症！

王倩想起当年医生曾跟自己说过，如果受了严重的精神刺激可能会导致暴盲，暴盲时间由几十分钟到几十小时不等。

“娜娜！董强！吴琼！来人啊！来人！”王倩惊恐地大叫起来，跌跌撞撞地走到床边，将床头上的台灯以及化妆品打散在地。

王倩发出无比凄厉的惨叫，却没有任何一人闻声而来。只有空旷的回声和无边的寂静包围着她。

另一个问题出现了，既然已是上午八点。为什么没人来，他们不都睡在旁边的房间吗？

她想到了一种可能性，那就是大家将她扔在这里了，她不敢往下细想，只是歇斯底里地尖叫着：“滚！滚！你们这些禽兽……滚得越远越好，到死也别再回来！”

眼前无边无际的黑暗令王倩彻底爆发了——大哭，大骂，吼叫，跳脚，揪头发，撕、丢东西，直至嗓音嘶哑，精疲力竭。

视觉的丧失使王倩对时间的把握也模糊了，直到座钟再次响起，她才知道已经过去了一个小时。

整座别墅里真的只剩下她一个人，她被孤独地丢在了深山中。她想，也许方圆几百里只有自己一个人，而自己却是个瞎子！

王倩抓起手机，按了半天却没有反应，她才想到昨晚睡觉前手机就没电了。

地毯的霉味蹿入鼻腔，王倩通过手掌的触觉带着自己慢慢前进，眼泪和鼻涕挂在脸上来不及擦，她知道自己的动作看起来像一条可笑的虫子，绝不是平时那么骄傲讲究的王倩。但是无所谓了，根本没有人在自己身边。

王倩摸到墙边，又顺着墙找到了门，她走入走廊，依然是一片漆黑。“董强住在右边的房间。”王倩扶着墙，向着右侧缓慢前行，斑驳的墙皮剐得她手掌生疼，墙皮剥落的声音大得夸张。终于，王倩又摸到了一个门。

王倩使劲儿拍门：“董强，董强，你在吗？在吗？”

门被推开了，门闩“吱嘎”地呻吟着。王倩摸进了董强的房间，被子被整整齐齐地叠起来。没有摸到任何私人物品，明显是经过了仔细收拾。王倩又去敲吴琼和娜娜、大海的房门，她的一切呼喊似乎都被黑暗和寂静吞噬了。

凭着记忆和双手的触摸，王倩终于在座钟敲响十声的时候摸到了一楼大厅。她知道自己的充电器在这里。只要给手机充好电，那么王倩又将是王倩了，所有抛弃自己的人都将付出代价！

王倩双手摸过去，摸到了靴子和散乱在地上的酒瓶子。她趴在沙发边，费劲儿地将手伸向沙发底下，记忆中充电器大概是在这个位置。忽然，她摸到了一只手，一只毛茸茸的手！

王倩吓了一跳，闪电一样地将手抽了回来。

“啾啾啾”，笨笨从沙发下面钻出来，扑进王倩的怀里。

"原来是你呀，真是吓死妈妈了！"王倩抱紧笨笨，泪如雨下，还好，虽然所有人都离自己而去，但是笨笨还陪在身边，不算最坏。

她想起欧阳婷自杀后，自己每晚都会做噩梦。心理医生建议自己养宠物，于是自己便养了一只宠物貂。说来奇怪，自从养了笨笨后，噩梦再也没有出现过，每晚都可以睡得很踏实。

王倩抱了笨笨一会儿，自觉更加坚强了。她再次伏下身体，去寻找充电器。又过了好久，没找到。充电器神秘消失了！片刻后，王倩内心只剩下最后两个字：绝望。

此刻她仅存的慰藉便是笨笨啾啾的叫声和能够抚摸到的光滑皮毛……王倩听到窗外下雨了，她无比深切地明白：自己极有可能再也走不出这栋别墅了。

梦魇

接受了命运安排的王倩，双手摸索、跌跌撞撞地开始适应残酷降临的悲惨新生活。

她摸索着来到厨房，找到冰箱，里面有牛排、肉串、鸡腿和各类蔬菜，不过都是生的，王倩可没本事将它们弄熟。她只能放弃这些食物，将目标放在零食和饮料上面。王倩用外套兜住几包肉干和膨化食品，又在裤兜里揣了两瓶牛奶，在黑暗中前行，她全神贯注地计算着距离。

"千万别走错，迷路的下场可不是闹着玩的。"王倩这样提醒自己。

黑暗中时间的流速也变慢了，终于熬到晚上十点，王倩听到钟声响了十下。一阵困意袭来，王倩躺在床上，任凭黑暗和未知将自己包裹起来。

是不是自己长期的胡作非为引起公愤的爆发才使大家把她一个人丢在了这里？再想深一层，这深山老林，他们怎么离开的呢？难道这里真的有鬼？自己被鬼吓得暴盲了，那么他们又遇到了什么事情呢？完全没有头绪，这一切就像一个三流编剧写的恐怖电影，只有噱头，没有逻辑。但不管怎样，王倩总得生活下去，她还有一个希望，就是六天后谢师傅的小巴车会按约定开来。

王倩的意识渐渐模糊，坠入一个久违的梦境。

梦中王倩开着一辆车，行驶在荒芜的公路上，前方突然出现一个人，她猛踩刹车却为时已晚，那人被撞飞了出去。王倩急忙下车去看，被撞飞的人竟是欧阳婷。欧阳婷狠狠地瞪着王倩，眼珠子几乎要爆出眼眶，王倩吓坏了，想打电话求救，却发现躺在地上的竟是自己，还被人围观着。一圈人指指点点，却无一人来救。王倩看到欧阳婷也在人群之中，急忙向她求救，却发现欧阳婷眼神冷漠，看着自己像看一个死人……

王倩猛地惊醒，从有色彩的噩梦中回到了黑暗的世界，身上都是滑腻的汗水。

“只是一个梦，又不是第一次做了，没什么大不了的。”王倩安慰自己，重新躺在床上。不知道现在的时间，肚子还不饿，那么继续睡吧。

这是个太过静谧的夜晚，使钟表秒针和窗外的风都变成巨响，被窝里是黑魆魆的阴冷，毛孔纷纷收缩，王倩看向天花板，怀疑这个世界的真伪。她的手指轻轻摸着棉布床单，棉布的质感轻轻地摩挲过指尖，这让王倩渐渐放松下来。她趴在被子下面，伸展着身体，将手臂尽量地打开，向着远处摸过去。突然，王倩的指尖摸到了什么东西。

仔细摸着，滑腻腻的，像人的皮肤，好像是一个人脸！

有人？

“是谁？”王倩大叫了一声。

“是谁，谁在这儿，你说话，你说话啊！”王倩声音越来越大，像是给自己壮胆。

她不忘凝神听着，并没有什么异常的声音，周围安静得好像全世界只有自己一人。王倩将手伸出去，这次却什么都没有摸到。

“难道这里真有鬼，还是说自己像《寂静岭》那样来到了另一个维度？难道有人并未离开，而是偷偷地留下来吓唬她？抑或那只是自己精神紧张产生的幻觉？”想得越多，王倩越害怕，但她又不得不想，除了思考，她现在几乎无能为力！

更令人毛骨悚然的事情还在一件件发生着。王倩发现别墅大门已经被人从外面锁上了；笨笨时不时向自己发出厉声警示；明明杯中倒满了牛奶，端起后却发现里面是空的。

强烈的求生欲望激发出王倩性格最深处的坚忍和勇气，她坚信自己很快便会复明，很快便会获救。

王倩甚至摸到浴室，洗了自己失明后的第一个澡。热水洒在她的头上，顺着她的脸颊流下。水流打在地板上，发出“啪啪啪”的声音。王倩摘下莲蓬头，让水向前方喷去，声音传到王倩的脑海里短暂地组成了画面，她听到了地板，听到了墙壁，听到了天花板。

啪啪啪！

王倩又向正前方喷去。

噗噗噗！

水似乎在很短的距离内就遇到了阻碍，这不是喷洒在墙壁上该有的声音，倒像是喷在了某个物体上，比方说……一个人！

脚步声

王倩拿着莲蓬头向着自己的正前方喷去。

“噗噗噗”的声音传来，这声音维持了一会儿，又变成了水打在地板上的“啪啪啪”声，好像那个物体在水流前面离开了。

王倩在四周乱喷着，“噗噗噗”的声音彻底消失不见，就像从没有出现过。王倩感觉自己有点神经衰弱，但她不知道是这些事引起了神经衰弱，还是神经衰弱引发了幻觉。

热水开始变凉，刺骨般的寒冷。这倒不是她的幻觉，而是水真的变凉了。王倩急忙关上了淋浴，手忙脚乱地擦干自己，套上衣服，跌跌撞撞地回到了自己的卧室。

床头有她刻下的四道杠，说明这是来到鸢尾花别墅的第四天。王倩拉开窗帘，对着感受不到的阳光伸了一个懒腰。冰箱里的零食已经被她吃光，今天的午饭王倩喝了一杯牛奶，吃了一根生萝卜，还有一把貂粮。

她强迫自己按时吃饭，按时吃药。她最强的信念就是自己只要谨遵医嘱，就可以恢复视力。王倩想到强光会对自己的眼睛造成刺激，便找到一条丝巾将双目蒙了起来。已处于崩溃边缘的她不断在心中一遍遍地用力默念着：别怕、咬牙、坚持、冷静、再熬几天——再熬几天，自己就会复明，或者就会有人找来！

笨笨的叫声将王倩从梦中唤醒，紧接着她听到大门的方向传来很大的声音，鸢尾花别墅的大门被人打开了，一阵脚步声由远及近。

会是谁？

钟声也恰好响起，凌晨四点。

“是谁回来了？”王倩的大脑飞速地运转着，“为什么没有喊自己的名字？为什么要半夜进来？”

王倩没有大呼小叫地求救，而是翻身藏在了床底下。她屏住呼吸倾听着，沉重的脚步声出现在一楼，紧接着楼梯开始“咯吱”作响。

脚步声在上楼，向着王倩的方向走来！

王倩没有获救的感觉，反而越来越害怕，她内心不断祈祷着，希望脚步声可以停下。随着距离的接近，脚步声也越来越慢，像是在慢慢寻找着什么。

王倩瞪大失焦的瞳孔：“怎么办？”她心里很乱，她不知道自己藏得好不好，但是她知道这个古董床的床板很高，估计一推门就能看到一个衣衫不整的女人傻乎乎地趴在床底下。

王倩又从床底下爬出来，慌张地摸到墙边，确定房间内的灯是关着的，又急忙爬回床底下。

等她忙完这一切时，脚步声已经停在了王倩房间门口，似乎是犹豫要不要进来。

王倩突然想到自己的房间门没有锁上，但为时已晚。老旧的门闩发出“吱吱”的惨叫，王倩的房门被推开了。她凝神听着，没有开灯的声音。

一阵窒息的寂静。

“咔”的一声响，从王倩头顶上传来。王倩浑身一激灵，差点尖叫出来。

是王倩的床在响，这个人坐到了王倩的床上。

就在王倩即将精神崩溃的时候，这个人开口了。

“王倩，你在哪儿？”是吴琼的声音。

王倩听到吴琼站起来，向外面走去，还在喊着“王倩，王倩”！

“我在这里。”王倩从床底下慢慢爬出。

吴琼是王倩这辈子遇到的对自己最好的男人，而且四年如一日坚持不懈，她相信这个男人是不会伤害自己的。

“你怎么跑到床底下去了？”吴琼将王倩抱起来，然后一直抱着她。

好温暖的拥抱啊……王倩在吴琼的怀抱里失声痛哭。

“你的眼睛怎么了？”吴琼发现王倩的脸上蒙着纱巾。

王倩听到吴琼的话，趴在他肩膀上哭得更凶了。

“我瞎了，你们高兴了，你们不是要报复我吗？让我死在这里吧！”王倩号啕。

等王倩在自己怀里痛哭了一场后，吴琼将前因后果讲给她听：因为王倩喝酒后耍脾气将大家都给得罪了，大家为解气把她丢下，步行回了城里。而回城之后却打不通王倩的电话，吴琼很担心，便主动要求回山里接王倩。正在此时，山里面下起大雨，没有车愿意进来，众人百般劝说，吴琼依然决定步行回来，而这一走就走了两天多。

王倩听后觉得不对劲儿，便问道：“那别墅大门怎么锁了？想把我困死在这儿吗？”

吴琼说：“怎么可能，门没锁啊，我直接推门就进来了。”

“但是之前我……”

“你看不见，当然打不开复杂的古董大门了，没什么好奇怪的。”吴琼说。

王倩点点头，算是认同了吴琼的说法。

窗外的雨声越来越急……

“雨太大了，我们没法离开，还是等停了再想办法吧。”

“你的手机呢，我打几个电话。”王倩说。

“在路上泡了水，打不开了。”吴琼苦笑。

“那怎么办，你回来有个屁用！”王倩生气地骂道，吴琼带来的安全感使她又变回了那个刁蛮的女孩。

“谢师傅再过三天就来了，或者雨停了我带着你下山。咱们一定能回去的，回去就去医院，我会一直陪着你，你的眼睛也会好的！”

“对了，你大半夜回来也不出个声，想吓唬我吗？”王倩嗔怪道。

“大半夜？现在明明是白天呀。”吴琼说。

“白天？可是钟声明明敲了四下呀！”

“是呀，现在是下午四点。”

王倩沉默了，她忽然想到，也许这两天自己一直是过着黑白颠倒的生活。

旧座钟

接下来王倩非常自然地把自己交给了吴琼，吴琼帮助她吃、喝、服药，给她削苹果……吴琼轻轻亲吻王倩的嘴唇，她没有反抗。人在脆弱的时候，依赖感这种东西很容易就会发酵成爱情。

由于是梅雨季节，连续三天，雨都没有停止的迹象。王倩和吴琼坐在别墅门口等待着小巴车。也许是失明后嗅觉变得更加灵敏，王倩闻到了大厅里有一股子臭鸡蛋和烂草莓的味道。

“食物发霉了吗？”王倩问道。

“没有，都在冰箱里冻着呢。”吴琼将一杯热水递到王倩手中。

“我怎么闻到一股腐烂的味道？”王倩说。

“没有吧，我没闻到啊。”吴琼沉默了一会儿说，似乎是刻意地去闻了闻。

王倩站起身，鼻尖抽动着向着大厅中间走去，吴琼急忙扶住她。

“咚咚咚”，座钟响起来，敲了六下，两人已经从早晨等到了晚上六点，小巴车依然没有来的迹象。

味道越来越浓，王倩像是一只灵敏的警犬，追踪着气味向前走，她走到了座钟面前。这是一个暗红色的大座钟，足有两米多高，钟的前框上有着龙凤的浮雕。王倩伸手摸着，漆早已褪尽，只有斑驳的木纹在指尖滑过。

“别动它。”吴琼突然慌张地说。

这几天，王倩总感觉什么事情不太对劲。具体是哪里不对劲，王倩也说不上来，但是此刻吴琼的反应是完全出乎意料的。

王倩感觉吴琼好像在瞒着自己什么。越不让自己动，她就越要动，这才是王倩的性格。

王倩伸手打开座钟的门。吴琼“噔噔噔”后退了三步，似乎被什么骇人的东西吓到了。一股恶臭扑面而来，像一把重拳打在了王倩的鼻子上，紧接着一个硬邦邦的物体砸在了王倩身上。王倩被某种可怕的东西压住，她拼命挣扎，似乎能看见吴琼正冷漠地看着她，一点也没有扶她起身的意思。

王倩一下子从沙发上弹起来。她惊恐地四下张望，是没有一丝光亮的漆黑。她没有摸到尸体，触手的是老旧的沙发皮革。她大口喘着粗气，浑身都是冷汗，连眼睛上绑着的纱巾都湿透了。

“怎么，不舒服？”吴琼温柔的声音出现了。

“咚咚咚”，座钟响起来，敲了六下。王倩逐渐冷静下来，她没有说话，而是仔细地嗅着。

王倩想起曾经做梦梦到被关进了恶臭的厕所逃不出来，醒来后发现马桶堵了。还有一次梦到了在花海中奔跑，醒来后则发现自己养的雏菊开花了。

梦中所见会受到现实中的气味影响，王倩确实怀疑自己闻到了什么。当然也许只是梦中的残留，想到这里，似乎真的闻到了若有若无的一丝腐烂的味道。

“你闻到了什么怪味吗？”王倩问吴琼。

吴琼沉默着，没有说话。

王倩等得不耐烦了，继而又说："喂，我跟你说话呢，给个反应行吗？"

"哦，对不起对不起，我忘记你看不到我摇头了。"吴琼不好意思地说着，一只手好像放在头上挠了挠。

如果不是被纱巾绑着，王倩一定会狠狠地向他翻个白眼。

王倩将吴琼搀扶的手推开，站起身缓慢地向着座钟方向走去。吴琼急忙跟上，寸步不离。

王倩在距离座钟三米远的地方停下，噩梦太过真实，直到现在还心有余悸。那一丝腐烂味道却又消失了。

"你去把座钟的门打开。"王倩对吴琼说。

"好吧。"吴琼走到座钟跟前，过了一会儿说，"门卡住了，拽不开。"

"用力拽！"王倩下意识地捂住鼻子。

"咔"的一声巨响传来。

"怎么了？"王倩急忙问道。

"呃，我好像把钟表给弄坏了。"

"打开了吗？里面有什么？"

"什么都没有……"

疑心病

王倩和吴琼依然坐在沙发上等待，吴琼说现在天已经黑了。

"你在吗？"王倩突然说。

"我在，怎么了？"吴琼的声音在王倩的身边响起。

"你听！"王倩把自己的声音放轻。

“听什么？”

“楼上好像有人在走动。”王倩说话的时候，还在侧耳听着。

“哪有？我怎么听不到。”吴琼叹了口气，“我觉得你今天好奇怪。”

“奇怪吗？”王倩还在聚精会神地听着，声音消失不见了。

“倩倩，我理解你，也心疼你。在这深山老林里你自己生活了好几天，又是传说的鬼屋，你还失明了。唉，我知道你受刺激了，但是你别再胡思乱想了，好吗？”吴琼自顾自地说着，“刚才的声音也许是笨笨造成的，也许是年久老化的管道或地板发出的，也许根本就是你的幻觉。别给自己太多负担，有我在呢。”

王倩点点头说：“现在几点了？”座钟坏掉，已经不再响了，王倩只好询问吴琼时间。

吴琼回头看了一下座钟表盘：“快十点了。”

“扶我回房间吧，车不会来了。”王倩的声音充满了疲惫。

王倩走到房门口时对吴琼说：“帮我找一下笨笨，我要抱着它睡觉。”

“不用找了，就在你的床底下趴着呢。”吴琼有些好笑地说。

“笨笨，过来。”王倩叫了一声。

笨笨啾啾叫着跑到王倩脚边，王倩一把将其抱起。吴琼将屋内的灯打开，然后将她送到床上。

吴琼给王倩倒了一杯热水，又准备好了治眼睛的药，王倩坐在床头，接过吴琼递过来的药，突然她感觉有什么事情不太对劲儿。

“你怎么看见笨笨的？”王倩一边吃药一边问。

“什么意思？我的眼睛又没问题，怎么看不到它。”吴琼奇怪地说。

“我的意思是，刚才进屋，又没开灯，你怎么一眼就看见它在床底下？”王倩把话讲得更清楚了。

“有月光照进来嘛，别想了，睡觉吗？需要我陪你吗？”吴琼关心地询问王倩。

“不用了，你去休息吧。”王倩说，“今天一天要累死了。”

“好的，我就不给你关门了，有什么事就喊我。”吴琼说着走向隔壁房间。

“等一下，你还是给我关上门吧，开着门总感觉有些害怕。”王倩说。

“可是，我怕……”吴琼还想反驳。

“关上吧。”王倩已经做了决定。

“好吧。”吴琼离开，王倩听到门响后，又仔细听着吴琼走到隔壁，才松了一口气。额头上的汗水已经流了下来。

她想到了为什么不对劲。

那天吴琼刚来的时候，王倩一直默认为是晚上，但是后来吴琼说是下午。下午四点，这个房间会被阳光照得通亮，吴琼没理由看不到床下的自己。那么吴琼就是在撒谎，要么在时间上撒了谎，要么就是假装没看到自己。他为什么要撒谎呢？他说的其他事是真是假？

王倩发觉自己已经看不透吴琼了，这栋别墅好像一个照妖镜，将每个人内心深处的阴暗面都照了出来。

怀疑就像一颗种子，初时埋在心底还不知不觉，一有机会就会生根发芽。现在王倩被当头浇了一盆凉水，怀疑已经长成了参天大树。

继而她又发现了一件说不通的事情：自己的暴盲症，最多两天也就能恢复了，可是现在过了这么久都没有一点恢复的迹象。难道，是有什么在影响着自己的视力吗？

王倩抓起床头柜上的药瓶。药瓶的瓶盖上有着花纹，她仔细地摸着，细微的花纹好像发生了变化。

王倩突然明白了，这根本不是一个药瓶，这根本就不是自己的药。想到吴琼每天按时拿药喂自己吃，王倩感到一阵彻骨的心寒。

王倩翻身下了床，手脚并用地爬进厕所，她压抑又恐慌，一阵尿意从膀胱蹿向头皮，她尽量不让自己发出奇怪的声音，但地板的“咯吱”声，前所未有地大。

王倩关上厕所的门，猛抠自己的嗓子眼。胃酸火辣辣地流过，她将晚饭都吐了出来。

王倩曾想象，也许有一个游荡在别墅里的鬼，他要夺走自己的眼睛，让自己在黑暗中溺水，她感觉到了失重、黑暗、深邃、恐慌，过往的记忆都盘旋在脑中，终于临界点到了，下沉停止，一切希望如同泡沫破碎，窒息的痛苦盖住一切，时间变得艰难起来。王倩拼命蹬夹水，浮出水面，原来，那只鬼就是吴琼！

她推想到一种可能性，吴琼跟着众人离开后，觊觎自己的他便找借口返回来，也许他本想霸占自己，但看到自己的眼睛瞎了，他便动了新的邪念，一方面温柔地照顾自己，另一方面则将自己变成了一个被圈养的奴隶。

也许有一天，这个游戏玩累了，吴琼会带自己回去，自己可能还被蒙在鼓里，认为吴琼是那个拯救自己、照顾自己的好男人！

演技派

雨渐渐停了，吴琼拿着药来到王倩床前。

吴琼说：“来，该吃药了。”

王倩乖巧地接过药，往嘴巴里一扔，然后喝水冲了下去。

“乖，想吃什么？我去给你准备。”吴琼接过杯子，细心地擦了擦王倩的嘴角。

“随便啦，什么都行。”

“那我给你炒个猪肝吧，对眼睛好。”吴琼说着便准备离开。

“雨好像停了。”王倩装作不经意地说。

“是的，雨已经停了。”吴琼停下脚步。

“既然谢师傅没来，那你带我回去吧。”王倩说。

“刚下完雨，路太泥泞，还是过两天吧。”吴琼说着走了出去。

等吴琼走远王倩才松了一口气，她刚才偷偷将药片藏在手心里，并没有吃下去。现在药片已经被手心的汗水完全浸湿了。

下午的时候，王倩蒙在丝巾后面的双眼渐渐感受到了一丝光亮，按捺住心头狂喜的她瞬间确定了自己的推断——果然是那些药在作祟！

王倩的视觉缓慢地恢复着，但她并没有急着摘下纱布，因为这段时间眼睛非常脆弱，见光的话会造成很大的损伤。她依然跌跌撞撞、手脚并用地走着，依然在吴琼的照顾下，吃饭、睡觉、吃药，并且神不知鬼不觉地把药瓶里的全部内容换成了另外一个小瓶里的谷维素保健片。

王倩的计划很简单，当她完全恢复视力的时候，吴琼还以为自己看不到，那么局势就完全翻转了！

这天晚上，吴琼突然小声对王倩说：“如果这个药不管用就别吃了吧，是药三分毒，还是等去医院看看再说。”

王倩一下子紧张起来：难道吴琼知道自己复明了，还是说他在试探自己？

“干吗不吃呀，吃药总比不吃强。”王倩说着将两粒谷维素保健片扔进嘴里。

她隐约感觉吴琼在盯着自己，王倩不知道他在想什么，只能让自己表现得特别自然。

又过了一天，王倩觉得自己的心和眼睛同时亮了起来，丝巾外面的世界越来越清晰，王倩感觉自己的视力恢复了七成。终于有一次趁吴琼上厕所的时候，她慢慢扯下了丝巾，这是她失明后首次看到这个世界。

她先是模模糊糊地看到了镜中的自己，憔悴、苦涩，疲惫的眼睛，苍白到有些陌生的脸，眼睛越来越适应光线，她的感知范围终于跳出指尖的触感和模糊不清的听觉，好像一部从头到尾都是大特写的电影，第一次有了全景。然后她就看见了，让她难以忘怀的，无比恐惧的，从头寒到脚的画面！

她震惊地发现……

整个房间里四面墙上遍布着各种摄像头，指着自己！

这是什么？！王倩像是中了美杜莎的诅咒，被石化了，动不了，一动就会崩溃。

她走进自己房间的淋浴间，里面也挂了好几个监视器。

随着王倩在别墅中发现的监视器越多，她就越发害怕。她以为自己搞清了事情的真相，她以为自己重新认识了吴琼。现实证明她错了，她根本就一无所知！

王倩疯狂地跑下楼梯，她要逃跑，逃离这不正常的地方。

王倩跑到大门处，发现大门被锁得死死的，没有钥匙根本打不开。钥匙被吴琼藏在哪儿了？王倩根本不知道。

厕所传来一阵冲水声，吴琼提着裤子从厕所走过来。

吴琼的眼镜上反射着白光，那邪恶的目光直接刺痛了王倩的眼睛。

“你在这里干什么？怎么把纱巾摘了？”吴琼声音温柔，脸上的表情却冷冰冰的。

“我……我……”王倩一时语无伦次，危险逼近使她乱了方寸。

“你能看见了？”吴琼又问，并轻轻握住王倩的双手。吴琼的手很凉，王倩竟然有被冻伤的错觉。

“没有，还是不行。”王倩强迫自己恢复演技，脸上出现了失落的表情。

“这样啊，走，我们去厨房，看看还有什么好吃的。”吴琼不待王倩表态，便拉着她的手来到厨房。王倩看见厨房的灶台上散乱地扔着几个小药瓶，其中还有使人产生幻觉和昏迷的药物。

她不敢想象，吴琼到底喂过自己什么。

吴琼拉着王倩，来到冰箱门前。

“你看看你想吃什么？”吴琼拉开冰箱门。

“我哪看得到啊。”王倩发出不满的声音，但是眼神又偷偷地向冰箱里面瞄去。

冰箱里塞着肉食和蔬菜，但是这些菜已经略显稀少，将冰箱后方的东西露了出来。它被塞进狭窄的冰柜里，拥挤着，又被冻成了冰。

是大海！

无法承受的王倩终于发出了惊恐的尖叫！

“啊……”

计划

“你果然看见了。”吴琼冷冰冰地说。

“你是不是傻！”王倩一巴掌朝吴琼的脸上扇去，却没扇准，擦着吴琼的脑门过去了。

吴琼愣了一下，接着又被王倩劈头盖脸地一顿骂！

“你也瞎啊！眼睛怎么长的！”王倩说着蹲下，并哭了起来。

“你怎么了？”不按套路出牌的王倩把吴琼打乱了。

“你开冰箱夹我手了！”王倩怒骂，她的一只手紧紧握着另一只手。

“对不起，我不是故意的。”吴琼也像是松了一口气，又恢复了温柔的语气。

吴琼拿起王倩的手，她的食指果然肿了一圈。吴琼急忙拿药给王倩擦了擦，好言相劝了一下午，王倩语气才好一些。

“我要告你虐待残疾人。”王倩气呼呼地说。

“好啦，我都道歉一百遍了。”吴琼说，语气特委屈。

“不行，你要补偿我。”王倩说。

“你说吧。”

“给我准备一个丰盛的晚餐！”王倩说。

“成！”

晚上，吴琼做了好几道菜。王倩又说让吴琼陪自己喝牛奶，吴琼便准备了两个杯子，倒上牛奶。王倩又要吴琼去喂笨笨，吴琼便又很有耐心地去找笨笨了。

王倩凝神听着吴琼的脚步逐渐远去。她急忙从口袋里掏出一个小包，并将里面的药粉倒进吴琼的牛奶里，这是她在厨房顺走的催眠药，她把药碾成了粉，这个量距离自杀也不太远了。

她必须这样做，否则是无法逃离的。吴琼既然杀了大海，那么董强、娜娜估计也是差不多的下场。也许他对自己还有念头，所以暂时没杀掉自己，但是结局估计差不了多少。他不想被枪毙，就不会让自己活着离开。

吴琼喂完笨笨回来，王倩正自顾自地慢慢吃着。

吴琼坐下，然后端起杯子……

王倩低着头，似乎在专心地吃着烤肉，但她紧张得浑身都僵硬了。

“你怎么了？”吴琼端着杯子奇怪地问王倩。

“没怎么呀。”王倩让自己的声音尽量显得自然。

“你的手在抖。”吴琼说着把杯子放下了。

吴琼凑到王倩的脸前，瞪着眼睛盯着她，声音却出奇地温柔：“你身体不舒服吗？”

“没什么，突然有点冷。”王倩颤颤巍巍地把杯子端起来，喝了一口牛奶，以掩饰自己的紧张。

吴琼听到王倩的话，没有出声，不知道在想什么，视线却始终没有从王倩的脸上挪开。

王倩尽量让双眼失焦，像个瞎子一样摸索着拿起烤肉，往嘴里送去，脸上还保持着一丝略显僵硬的微笑。

“我们碰个杯吧。”王倩举起了杯子。

吴琼也端起了杯子，同王倩碰了一下，王倩喝了一大口牛奶，吴琼却又将杯子放下了。

这个动作几乎让王倩的心脏跳了出来，他在怀疑什么？

吴琼看着王倩的脚：“你把你的旅行鞋穿上了。为什么，你想去哪儿？”吴琼温柔地问道。

王倩几乎坚持不下去，她的眼神不由自主地向吴琼那充满恶意的眼神上瞟。

“那双拖鞋有些脏了。”王倩笨拙地撒着谎。

“你是要去哪里吗？”吴琼乘胜追击，打破砂锅问到底。

王倩心里开始乱起来，他知道了？他知道我能看见了！

“哎呀，你今天怎么回事啊！这么多问题！”王倩猛地拍了一下桌子。她发飙了，她将拍完桌子的手拿回桌子下面，手指在狂抖。这反而使吴琼打消了顾虑。吴琼将杯子端起来，送到嘴边。王倩望眼欲穿，一丝惊喜几乎要挂到脸上。

“这奶好像有股子怪味。”吴琼喝了一点点就将杯子放下了。

“挺好的呀，你快喝了吧。”王倩说。

“我还是喝啤酒吧。”吴琼说着倒掉了牛奶，给自己换上了啤酒。

倒完啤酒，吴琼将房间里的灯都关上。

这种光线下，王倩又变回了瞎子，她紧张地将一个餐叉偷偷藏在身上。

一道闪电划过，吴琼的脸一闪而逝，就像一个妖魔。

人影

夜晚，王倩悄悄地爬起来。

晚饭下药的计划失败了，但是王倩依然没有放弃逃跑。夜晚她视力极差，但这也是吴琼最松懈的时刻。

王倩已经把这栋别墅摸透了，细嫩的手掌都磨出了茧子。她像一只夜行的蝙蝠，不需要看到，就能灵巧地避过黑暗中的障碍。

她摸进吴琼的房间，她要找到大门的钥匙。

如果吴琼发现了她，王倩就说自己害怕，大不了就献身，虽然还是会有障碍，毕竟她还是处女，曾经也希望将第一次交给自己喜欢的人，但是现在顾不上了。

王倩摸进吴琼房间就觉得不对劲，这里太安静了。一个房间睡了一个人，怎么也得有呼吸声，但是这里没有。她在房间里找了半天，也没摸到钥匙。不知去向的吴琼随时会回来，王倩只得放弃。

王倩在走廊溜着墙根走，突然看到尽头站着一个人，王倩吓了一跳，她以为是吴琼，便装作看不到，继续摸着墙慢慢走。

随着距离越来越近，王倩发觉这个人影完全不像吴琼。

“王倩，你在哪儿？”背后传来了吴琼的喊声。

王倩心里“咯噔”一下，看来前方的人影并不是吴琼，那是什么东西？

比起背后的变态杀人狂，面前这个一言不发的黑影并不能带给她多少安全感。

再仔细看，这个人影却有股强烈熟悉的感觉。

人影很高，身形修长，一身休闲运动服，干练的短发……是董强！

王倩想起董强和自己相遇的时候，那时自己正陷入欧阳婷自杀的自责当中。强烈的精神压力使她原本就不好的视力骤降，王倩开始找心理医生。几次心理治疗都无效，直到王倩遇上了董强。

后来，王倩问董强：“为什么别的心理医生都不能缓解我的症状，而你这个刚上班没多久的小子可以呢？”董强笑说：“因为别人都把你当病人，我是把你当成未来老婆呀！”

就这样，董强在治疗王倩精神疾病的同时，成了王倩的追求者。王倩当然没有答应董强，却也没有明着拒绝，玩暧昧一直是她的拿手好戏。董强建议王倩养宠物，她便养了笨笨，董强一直企图成为笨笨的爸爸，但被王倩一票否决了。

过去温情的时光在王倩脑海里一闪而过，她知道，董强一定会保护自己！

“救命！”

王倩像看见救星一样狂奔而去，还没来得及喊董强的名字，就摔了一个狗吃屎。

惊呼和惨叫，将偌大的寂夜扯开了一个小小的口子，露出一丝血腥，很快又被缝上，似乎什么都没有发生过。

王倩狼狈地爬起来，就听身后一串脚步声响起，吴琼跑到自己身前。

王倩发现董强一直安静地站在前方，默默地注视着两人，吴琼对董强似乎视而不见。吴琼扶起她，皱着眉头：“你的视力恢复了？”

王倩说：“没有。”

“你为什么喊救命？”

“我做了个噩梦。”

“你的纱巾怎么摘了？”

“脏了，我想洗洗。”

吴琼对于王倩的问题越来越多了，王倩知道他在怀疑自己。不知这样的答案他是否满意，总之，她没有再说话。

董强走开了，王倩用余光看到他赤脚走在地板上，他的脚步那样轻，呼吸也那样轻，如果不是亲眼看到，根本不能想象身边还站着一个人。

紧接着王倩又想到，吴琼根本就没有致人失明的药物，只有身为医生的董强才可能有这种药，而且只有别墅的主人才能神不知鬼不觉地准备并安装如此多的监控。

这两个人竟然是同伙。她一下子失去了所有逃跑的力气，甚至没有办法自己站起来。

“你去哪里了？我去你屋怎么找不到你？”王倩打破沉默。

吴琼说：“大晚上不睡觉乱跑，你看你身上都脏成什么样了，去洗个澡吧。”

吴琼扶着王倩来到浴室，王倩害羞地将吴琼推出门外。她尽量不让自己去看墙上那几个闪着黝黑光泽的摄像头，若无其事地将身上的衣服一件件脱光。哼着歌打开水龙头，摸索着开始洗澡。

厨房

恢复了视觉的王倩渐渐明白了两人在做什么，董强和吴琼竟然在拍自己的真人秀。准确地说，叫“瞎子美女秀”更合适，也许他们的灵感来自那部经典电影《楚门的世界》。但是王倩知道自己可比楚门更有看点，因为自己是个美女，因为两人的拍摄可以正大光明，还因为吴琼和董强一直找机会吓自己，自己的每一声尖叫都是货真价实的。

至于大海和娜娜，估计是反对这种变态的行为，被两人残忍地杀害了。想到这里，虽然一切都能说得通，她却还是无法接受。正常的现代人怎么会做出这种野蛮而不合理的事情，难道真如董强所说，这栋房子里有鬼吗？

王倩抱着笨笨坐在客厅沙发上，眼睛的余光看到董强和吴琼两人鬼鬼祟祟地进了厨房。经过她的观察，这是两天内，两人第四次一起进厨房了。

厨房里一定还有什么重要的东西。王倩需要逃跑，需要在两人将自己玩腻杀掉之前找到大门钥匙，所以她悄悄跟了过去。

王倩站在厨房门边，假装摸索地向前走。她走到厨房，却看到里面空荡荡的，没有一个人。

两人竟消失了。

白炽灯管还在闪个不停。王倩围着厨房走了一圈，确定没有藏人的地方，对不起，应该是藏活人的地方。

王倩的心被压抑塞满。自从来到云南，一切事情都变得极其不顺利。再仔细想想，倒霉也不是从今年开始的，这一切都是从那一天开始，自己查出得了角膜疾病的那一天。

在那之前，王倩的人生顺风顺水、无忧无虑的，却突然遇到了一个急转弯。她估计算命的人会说“你的命里有个劫，如果能过去，一辈子仍然顺利，如果过不去……”，看来，自己是过不去了！

一些细碎的声音从地下传来，听上去像是将家具砸了个七零八落。

“咔”的一声响，王倩看到冻着大海的那个冰箱竟然自己动了起来！冰箱滑动到一侧，露出一个阴气森森的洞口，王倩看不到里面，只是觉得那是通往地狱的路，没有尽头，没有光线，没有希望！

王倩突然想到这个别墅是有地下室的，但是自从自己进来，还从来没有见过地下室，甚至通往地下室的楼梯都没有见到。

是的，冰箱和滑动门镶嵌在了一起，正巧将通往地下室的路挡在了后面。董强、吴琼、大门钥匙，以及一切的罪恶与答案都藏在那里。想明白这一点后，王倩又有了新的疑问，这道暗门怎么会自动打开，难道是让自己进去吗？

王倩愣在原地，一时不知道如何选择，只是突然感到右下腹一股一股地疼起来，竟然是太紧张导致岔气了。

急促的脚步声出现，一个蓬头垢面的女孩赤着脚突兀地从洞口跑出来！她穿着满是血垢污迹的脏衣服，双手还被麻绳紧紧地捆在身后。由于勒得太紧，手臂肿胀并呈现出一种极其夸张的黑紫色。王倩认出来了，女孩是娜娜！

娜娜刚跑出来，王倩还来不及做出反应，吴琼和董强又出现了。吴琼看到王倩愣了一下，而董强则一把扯住了娜娜的头发。娜娜跪倒在地上，撕心裂肺地号叫起来。

出奇诡异的是，娜娜的嘶吼是无声的，好像隔着一个不透声的玻璃，好像在看一个夸张的默剧。

娜娜哑了？

董强拖着她向地下室走去，他似乎也受了伤。娜娜不甘心地死死瞪着王倩，用尽了她全部的求生欲望，眼球因为过度用力几乎要爆裂开来。她知道王倩看得到，她清晰地看到王倩见到自己时惊讶的表情！

“你在吗？什么动静啊？”王倩的眼神开始虚焦，嘴角露出一个不自然的轻笑。面对娜娜，王倩无能为力，只能选择自保。她想，如果有机会的话，一定要带着娜娜一起逃出去。

“没事，我发现有老鼠。”吴琼说道。

“老鼠呀，真恶心，抓到了吗？”

“抓到了，没事了。”吴琼的声音里有一丝不安。

“你帮我拿个饮料，我找你半天找不到。”王倩表情嗔怪。

吴琼转身开冰箱拿饮料，而王倩趁他不注意，将地上一张报纸捡起来，塞进袖子里。

做这一切时，王倩的手是抖的，不是因为怕吴琼发现自己的小动作，而是被报纸的内容吓到了。

《渤海青年报》，2015年5月21日！

头版头条是：《老人遭三车碾轧，行人冷漠旁观》。就是这篇新闻让王倩声名大噪，也让她后悔一生！

不堪的记忆像一记重重的耳光击中王倩，她想起那天发生的事情。

那是一个傍晚，王倩探望欧阳婷结束后，欧阳婷送她走出医院。那时王倩已经逐渐康复并出院，而欧阳婷的病情却愈加严重。

路上十分安静，没什么人，欧阳婷便陪伴王倩等司机来接。这时，有辆高速行驶的轿车撞到了一位横穿马路的老人，疾驰而去。老人受伤很重，向两个女孩大喊救命。王倩吓得呆在当场，欧阳婷马上跑了过去，而一直梦想成为记者的王倩则急忙掏出手机拍了起来。

谁知欧阳婷来到老人身边却停住了，没有救老人，只是默默地看着她。王倩还没弄明白欧阳婷是怎么回事，就有第二辆车疾驰而来，再次碾过了老人。老人没了声息，欧阳婷也诡异地陷入一言不发的状态。又有第三辆车开了过来……

二维码

这一切，都是从那个捉迷藏开始的！

“……97，98，99，100。”

吴琼的声音在别墅内回荡着，他拽下眼睛上缠着的丝巾，房间里一片漆黑。

“都藏好了吧？我要开始找了！”吴琼喊了一声，便举起摄像机开始找人，他非常紧张，但他也下定决心在王倩面前展现自己男人的一面。

关了灯后的鸢尾花别墅显得格外大，吴琼觉得自己应该将这一段红外镜头记录下来。放在纪录片中绝对会将那些小师妹吓得惊叫连连。

这种想象成功缓解了他的紧张，吴琼打开了摄像机。

此时，大海和娜娜两人正拉着手跑进厨房。

“干吗要将灯全关掉，吓死了！”娜娜不满地噘起嘴。

大海精准地在黑暗中咬住娜娜的嘴，笑眯眯地说：“关上灯，比较方便做坏事呀……”

说着便将手伸进娜娜的衣襟里，摸索着去解娜娜背后的胸罩扣子。娜娜也开始主动迎合，动手解大海的腰带……

“呀，这就干上了！”吴琼嘿嘿笑着，蹲在不远处偷拍，红外模式下摄像机将一切都记录下来，这一段吴琼决定私人收藏。

“先让你们玩会儿，我去找别人。”吴琼转身走出厨房，感觉好像做了件善事。

关了灯之后，吴琼觉得这栋别墅真够大的！

他走进三楼的一个房间。这个房间里空空的，什么都没有，风吹动窗帘变换着形状。吴琼瞪大眼睛，借着月光他发现这个窗帘有些奇怪，似乎后面有东西。吴琼慢慢走过去，他越来越确定后面藏着人。

吴琼猛地拉开窗帘，大叫一声："哈！抓到了。"

是董强。

董强坐在一把老太师椅上，脸上挂着一丝若有若无的奇怪微笑。

"你笑什么？"吴琼皱眉。

"没什么，没什么可乐的。"董强虽然这么说着，脸上的笑意却越来越浓。

"神经病！"吴琼骂了一声，他通过摄像机监视器注意到墙上似乎有个图案。

吴琼一推眼镜，将摄像机凑近。

墙上镶嵌着的是一枚二维码图案！

"以前还真没发现过。"董强睁着眼睛说谎，脸上却看不出一丝惊讶。

吴琼打开了摄影机上的灯，二维码就消失了，这二维码竟然是夜光的。

"用手机扫一下，看看能扫出什么鬼。"董强提议。

吴琼掏出手机，却没仔细想为什么上世纪的别墅里会有二维码这种科幻的东西出现。

吴琼率先通过扫码进入了一个叫作"凶区"的网站。

网站的背景是黑色的，顶头是"凶区"两个灰色的大字，下面还有四个血色小字：收集恐惧。旁边有一个 flash 动画小鬼跳来跳去，一首仅有几个音节的圣诞歌无限循环着，搭配得不伦不类，就像这栋鸾尾花别墅。

这网站制作水平非常一般，无论是版面设计、字体、音乐，还是那个跳来跳去的小鬼动画，都是敷衍而劣质的，但它却有种怪异的魅力，让人不可自拔地想要一探究竟。

吴琼和董强便根据网站提示，越陷越深。

网站的规矩很简单，就是去吓人，并把吓人的视频上传到这个网站上。网站会根据惊吓指数来打分，给予奖金。

抱着试试又不会死的想法，董强提议整蛊一下王倩。“这倒提醒我了，我们去吓唬王倩好不好？”

“她会发飙的。”

“这么好玩的点子，可以作为纪录片的素材呀。她知道你是为了工作，不会怪你的。”

“那，好吧……”不知为何，从来谨小慎微的吴琼却鬼使神差地答应了。

夜深了，玩嗨喝大的几个年轻人都已睡下。弯弯的月亮挂在窗外，为房间铺上了冷色调的光。

吴琼躺在床上睡不着，他睁开眼睛，看到董强站在自己床头，表情诡异，眼睛似乎放着绿光。

“你干吗？”吴琼吓了一跳。

董强低下头，将脸凑得更近：“该走了！”

“干吗去？”

“去吓人！”

圈套

董强掏出一张照片，是个清瘦漂亮的女孩。他用剪刀沿着女孩的身体边缘剪下。

“你这是做什么？”吴琼好奇地看着。

“你看着就明白了。”董强窃笑着，用笔将女孩的眼睛和嘴巴涂成红色。

“搞定。”董强笑了。

吴琼抱着摄像机跟着董强来到王倩门前，董强拿着那张照片小心翼翼地向王倩房门猫眼上插去。

“你干吗呢？”吴琼满脸好奇。

“根据人眼看到物体的透视原理……哎，你可以开机了。”董强一边说，一边慢慢调整着照片的角度。

“行不行？”

“好了好了。”董强说着轻轻敲了敲王倩的房门，然后拉着吴琼躲进隔壁房间，房间开着一条门缝，吴琼举起摄像机拍摄。

吴琼有些后悔，董强的行为透着怪异，回想起来，那个所谓的收集恐惧的网站不过是个恶作剧而已。他可以想象王倩发怒时的恐怖，自己肯定会遭殃。

紧接着，王倩被两人的恶作剧吓晕了。

“没事吧？！”吴琼扔了摄像机就向王倩跑去。

董强也慢悠悠地跑过来，看了看王倩的瞳孔说：“没事儿，吓晕了，睡一觉就好了。”

吴琼还是不放心：“不会有什么问题吧？”

“相信专业人士，来，我们把她搬到床上。”

两人将王倩抱回床上，吴琼还是一脸担心的表情。

董强看了看王倩说：“让她好好睡一觉吧，明天醒了就当做了个噩梦。”

董强说着掏出一瓶药，取出两粒给王倩服下。

“这是什么药？”

“安神的，对睡眠好。”

“哦，那她明天就没事了？”

“说了没事，回去睡觉吧，困死了！”

吴琼走进房间前，董强说：“把视频给我一份，我发网上。”

吴琼将 SD 卡取出来，递给董强。“别上传了，这不好吧？”

“试试又不会死，再说又没有拍到王倩的正脸，怕什么？”

吴琼：“这个网站肯定是恶作剧的。”

董强对吴琼的啰唆有些不满，便说：“把你的账户给我，如果有奖金，算你的。”

吴琼想了一下说：“好吧，我的账号是 6548465……”

吴琼回到房间，呆呆地坐在床头。他想不通，似乎黑夜降临之后，遇到的所有事情都那么奇怪。

吴琼的手机银行突然收到提示！

他打开手机，发现自己的银行账户收到了“凶区”寄来的五百美元！

这一切都太怪异了，吴琼一边恍惚地思考着，一边脱光衣服躺在床上。

董强将自己叫醒，用怪异的方式吓晕王倩，将视频上传到一个山寨网站，一直没有信号的手机突然收到了短信。

或许这一切太过怪异，以至于吴琼怀疑自己是不是经历过这一切。也许董强根本就没来自己房间，自己一直就躺在这里。这一切不过是在脑海中幻想出来的。

吴琼坠入了一个梦境，梦中他回到了青葱岁月，他和王倩在一起，两人手牵着手，走过校园和大街小巷……

第二天一早，他第一时间奔去了董强的房间，将手机短信给他看。董强却不以为意。

“这怎么可能呢？这个网站如果这样给钱，那他们还不亏死啊！网站上又没有广告，怎么赢利呢？”吴琼急了，感觉好像掉入了一个圈套。

“我知道。”董强笑了，“咱们可以多拍几个，多赚点。”

“你什么意思？现在王倩还没醒呢！”吴琼没办法接受董强的逻辑。

“走，我们去看看她。”董强说。

两人来到王倩的房间。

“王倩？”吴琼轻轻喊着王倩的名字。

“王倩！王倩！”吴琼逐渐加大了声音。

董强走到王倩身边，拍了拍王倩的脸。

“还没醒，看来是安神的药物还有作用。”董强一副思考的表情，不知在想什么。

“她还好吗？”吴琼很担心。

“好得很，就是睡得熟嘛。”

董强说着爬上了王倩的床，在吴琼目瞪口呆地眼神中，掀开了王倩的被子，跨坐在王倩的大腿根，用手掌握住王倩的脖颈，一根强壮而活跃的血管在他的手中跳跃着，他仿佛能听到血液努力流动的轻响。

“你在干什么？”吴琼吓了一跳，一股毋庸置疑的邪念瞬间萌芽又倏然消失，吴琼不知道它是真的消散了，还是藏在了某个角落。

“机会难得，我先上，然后让你上。”董强的嘴角漾出淫邪的笑意。

“你疯啦！”吴琼急忙也跳上床，去拉董强。

董强被拉得不耐烦，一脚将吴琼踹倒在地。“别装好人了，搞成这样也有你一份，再说，你不是还拿了钱吗？”

“钱我不要了，你别动她。”吴琼跪在地上哭了，却不再挣扎反抗。

“我在做你想做却不敢做的事情。别哭了，一会儿轮到你。”董强又开始解扣子，但是王倩衬衣的扣子特别难解，费了半天劲儿，只解开两个。

吴琼又爬起来拉董强，董强心烦地将他一拳打倒！

“你干什么？烦不烦！”董强骂。

吴琼低着头，好像做错事的小学生。

“你没事干了是吗？行，你打开摄像机负责拍摄！”

吴琼摇头。

“拍不拍？”一个耳光扇在吴琼脸上。

吴琼眼前猛地黑了一下，他的半个脑袋都火辣辣地疼起来，耳朵嗡嗡作响。他忍着疼痛摇了摇头，董强又扇了吴琼一个耳光。

扇到十个耳光，吴琼双颊都高高肿起来了，他一边抽泣着，一边举起摄像机，而董强脱掉了裤子，再次爬上王倩的大床。

王倩却在此刻猛地睁开了双目，直勾勾地死盯着董强的脸——董强和吴琼瞬间被吓得呆愣在原地——王倩竟视二人若无物！当她凄厉的惨叫声在别墅内响起，吴琼才梦醒过来：王倩瞎了。

她疯狂地惨叫，将自己的东西砸在地上。吴琼刚想说话，被董强狠狠地捏住了嘴巴。

董强提着吴琼，像提着一只猫，悄无声息地退出了王倩的房间。

两人来到楼下，正巧撞见衣衫不整的娜娜和大海从一楼的某个房间里探出头来。

“怎么了？”娜娜一脸惊慌，对这凄厉的惨叫很是害怕。

董强摆个噤声的手势，娜娜吓得赶紧闭上嘴。董强向大家招招手，示意去厨房谈。大海一脸郁闷，似乎被打断了好事很不爽，而吴琼一直低声抽泣。

董强将厨房门关上，这门隔音效果特别好，不管在里面说什么，外面都听不到……

真相

地下室并不大，还堆了很多杂物，地下室中间被清理出一小块空地，巨大的显示器屏幕摆在桌子上，显示器屏幕上分割了很多小画面，都是别墅内各个角落的监控录像，其中一个画面中王倩正在洗手间里上厕所。

桌子边上摆着一摞报纸，《渤海青年报》，2015 年 5 月 21 日。

董强坐在地下室的椅子上，跷着二郎腿，用针缝着肚子上的一道伤口。吴琼跪在董强的脚边，像一只可怜的狗，额头抵在地板上。

“我们说好了的……你听我的指挥，我保证你和王倩最后可以活着离开，好不好？”董强一边缝着伤口一边龇牙咧嘴地说。

“对不起，对不起！”吴琼用力磕着头，泪水抹了一脸。

“我这么信任你，但你总是骗我，你有几次帮王倩也就算了，但你又把娜娜放出来是怎么回事？让她杀我？”董强说着，将桌子上的一把小刀扔给吴琼。

吴琼吓坏了，只知道摇头。

“这样，我做事很公平的，你杀了她，我就不杀你。”

吴琼拿起董强扔给他的刀。

吴琼拿着刀站起来，猛地刺入了董强的心脏，董强瞪大眼睛，不可思议地看着吴琼。好吧，这只是吴琼的想象。

这个念头刚一出现，吴琼就急忙将它打消了。他抓起刀，一边哭着一边向阴影处走去……

董强给自己包扎完成，穿上了外套。“我去看看她，回来前你记得打扫干净。”他打开抽屉，将里面的一枚钥匙放进裤兜，然后走出了地下室。

董强在怀疑一件事，就是王倩已经偷偷停了药，她明明已经恢复了视力，却还在戏耍自己。为了确认这一点，他将王倩的胶囊换成了安眠药的成分，但是王倩一整天都没有昏睡过去。

既然游戏玩不下去了，就到了 Game over 的时刻。

愤怒在董强体内横冲直撞，每一块肌肉都凝结成了一触即发的状态，他在二楼走廊捉到了笨笨，一手提着它，向着大厅沙发上的王倩走去。王倩听到了董强沉重的脚步声和笨笨惊慌的叫声，回过头向董强看过来。

王倩的眼神依旧失焦，面无表情地说："吴琼，笨笨怎么了？怎么这么叫？"

董强没有说话，歪着脖子看着王倩，嘴角咧开一丝神经质的笑容，眼神中有一丝疯狂蔓延。

王倩表情不变，只是语气中多了一丝不快："你怎么不说话？"

董强一步步靠近着王倩，手上的力量也在逐渐加重，被掐住脖子的笨笨由惊慌变成哀鸣。

笨笨被掐得出不了声音了，董强也凑到了王倩跟前仔细地观察着，但又看不出什么破绽。董强又将笨笨举起，当着王倩的面，做着最残忍的事情。董强露出无声的笑意，由诡异的微笑开始，逐渐绽放，变成恶意的大笑，直到癫狂的疯笑，当然，无声的。

王倩瞳孔抽紧，用尽力气克制住不要流出眼泪，她表情轻松地伸了个懒腰，脸的方向也转了回去："这几天身体都要生锈了，我看今天天气不错，你陪我出去走走吧。"

董强倒提着笨笨的尾巴在王倩的脸前晃着。笨笨还没死透，强烈的求生欲望使它用尽全力呼吸，小嘴巴呼呼地喘气，小爪子一抖一抖地伸向王倩，似乎希望主人可以帮助自己或在最后时刻给自己一点温暖。

但王倩却像是没有看到，她打了个哈欠，声音控制不住地有一丝抖："什么声音啊？你在干吗呢？怎么不说话？"

董强终于忍不住笑出声来，他后退了两步，看着王倩的脸哈哈大笑。

"笑，笑什么？"王倩的声音越来越惊慌。

董强猛地将笨笨扔向王倩，王倩下意识地伸手去挡并发出尖叫。董强收敛了笑声，冷冷地看着王倩。

“你已经看见了。”董强声音透着死亡的气息。

王倩的视线对准了董强，她害怕地哆嗦，同时又有憎恨和厌恶的表情出现。王倩慢慢后退着。

“你知不知道自己在干什么？你是疯了吗？”王倩大声说道。

“干什么？”董强说，“我在报仇啊！”

王倩想跑，却被董强扯住了头发。

董强表情悲伤，而声音疯狂，他说：“你忘了欧阳婷吗？那是我最爱的女孩，但是她自杀了，就是你逼死的！”

“你和欧阳婷？原来你接近我是有目的的。”王倩突然明白了。

“你为了自己的利益，编造假新闻！你明知道她是晕血的，你自己怎么不去救人呢？！”

“我不知道……”

“不管怎么样，都是你害死了她。”

“我没想伤害她……”

“没想伤害？太可笑了，你知道她每天上街被人指指点点，电视上、网络上都在骂她的时候，她有多痛苦吗？你背叛了她。”

“我是个记者，我只是想记录真相。”

“真相？哈哈哈，什么叫真相，你看到的就是真相吗？”

捉迷藏

吴琼拿着小刀，在地下室犹豫了一会儿，却没将娜娜杀死。吴琼的内心似乎在经历复杂的斗争，很快就出了一身汗，脱力又脱水的他只得先补充水分。吴琼一边喝水一边看着监视器，突然，他发现董强正扯着王倩的头发，似乎要对王倩动手。

吴琼急忙跑出地下室。

“喂，你在干什么？”吴琼惊呼着去拉董强的手。

“你不是说过不伤害王倩的吗？”吴琼用力，但那只大手却像把铁钳子一样攥住王倩的头发。

董强看也不看吴琼，随手一挥，吴琼就飞了出去，滑了四五米才停下。就在此时，一把餐叉深深地插进了董强的大腿中，董强痛得一松手，王倩狂叫一声猛跳起来，飞也似的逃出了大厅！

董强发出痛苦的低吼，将餐叉拔了出来。他腿受伤了，却像没有知觉一样大步走到吴琼面前。

“这是你留给她的？”董强说。

“不，不是。”吴琼躺在地上，爬不起来。

董强一屁股坐在吴琼身上：“你们两个一起吃饭，少把叉子你能不知道？你想让她杀了我？”

“我是……”

咚！

吴琼刚刚开口，董强就一拳砸在了他的脸上，吴琼的脑袋以及地板都发出巨大的闷响。董强接着又朝吴琼的脸上打了三四拳，吴琼躺在地上，满脸是血，不知死活。

“要玩捉迷藏吗？”董强大喊。

“……捉迷藏吗……捉迷藏吗”，回声过后，别墅变得静悄悄的，看来王倩已经藏好了。

众人来到别墅的第一天，王倩就找到了一个绝好的藏身地点。另外几人全被捉到后又一起找王倩，足足找了一个小时都找不到。最终大家齐喊认输，王倩才自己走出。

董强的表情兴奋起来。虽然王倩跑掉，但钥匙还在自己手中，那么王倩就依然是个瓮中的老鼠。苟延残喘的唯一作用，便是快感的延长。

董强一步步走上楼梯，脚步沉重，他看到王倩的鞋子被丢弃在楼梯边，便一脚接着一脚地将几个卧室大门踹开。卧室里没有人，里面空空荡荡的。

董强又上了三楼，一张张厚厚的窗帘被扯开，露出了墙上一枚枚甚至一排排更加奇诡的二维码图案！

他凝神听着，忽然心有所感，急忙跑到楼梯口向下看，正看到王倩快速跑过大厅，她光着脚步履轻盈，像一只猫，转眼就钻进了配电室。

董强飞快地向着一楼跑去，他要将王倩堵在那间小屋里。董强三步并作两步，转眼就跑到了一楼，配电室就在眼前了。

整个别墅的灯突然灭了，与此同时，董强也一个箭步冲到了配电室门前，一把顶住了配电室的门。

他在口袋里掏出打火机，摇曳的火光亮起，他慢慢拉开配电室的门。这是一个只有三平方米的小空间，空空的，除了墙上的电箱什么都没有。

董强皱紧眉头，事情的发展出乎他的意料，他忍不住向头顶看去，自然是什么都没有。

董强拉开电闸，并退出配电室。房间里已陷入黑暗，形势开始逆转，黑暗是王倩的领域，虽然只有五分钟。

董强举着打火机，在黑暗的别墅中慢慢走着，他突然看到一个人影，吓了一跳，再仔细看，原来是镜子中的自己。

董强失笑，什么时候自己也变得紧张起来了。五分钟的时间很快过去，董强自然是一无所获。大厅的灯光忽闪着重新亮起，董强一屁股坐在沙发上，发现本该躺在大厅中央的吴琼也不知在何时不见了踪影。

这五分钟时间，王倩做了什么？难道只是将吴琼藏起来，作为撒手锏？

董强摸了摸自己的口袋，钥匙还在自己身上。

他将别墅翻了个底朝天，都没有发现王倩的踪影。董强坐在沙发上思考，难不成还能变成幽灵？

转头看到大厅上装的摄像头，他笑了，哪怕是变成幽灵自己也能把你找出来！

生路

董强跑到地下室的监控机房，打开监控电脑。那些摄像头拥有红外功能，内置蓄电池，哪怕是别墅断了电，它们也能持续记录几个钟头。

董强开始翻开监控记录，将时间调到断电的那五分钟。他看到王倩抓起桌子上的水杯泼向吴琼，吴琼醒了过来，慢慢爬行着钻进座钟里面藏着。董强无语，这家伙虽然是个超级㞞包蛋，不过还挺会藏的。

吴琼不重要，这小子可以先忽略，最后再收拾，重要的是要找到王倩。

董强终于找到了王倩的踪影，在灯灭掉的一瞬间，王倩钻出了配电室。红外模式下，王倩的两只眼闪着白色的光，像是两团飘忽的鬼火。

王倩叫醒吴琼后就藏在了沙发背面，而自己却坐到沙发上，两人相隔不足一米，打火机的光线在王倩的头顶划过，自己却没有看到她。

再接着，自己举着打火机找了厨房，而王倩一直蹲在沙发后面一动不动，就在自己要走出来的时候，王倩蹑手蹑脚地来到了厨房边，并在自己开门出来的瞬间，蹲着钻进了厨房。

自己将厨房门重重关上，又开始搜寻二楼，自然是一无所获。厨房的画面中，王倩在厨具中翻找着。重新下楼时，厨房中的王倩挑选了一把剔骨尖刀握在手中。

此时所有监控中的灯都亮了，董强看到自己坐在沙发上不知所措，而王倩则用力拉开了冰箱后的暗门。

董强急忙点开地下室的监控记录，这个监控就在自己的头顶上方。董强看到王倩握着尖刀走进地下室，并隐入监控的死角……

紧接着，自己气急败坏地冲进监控室，一屁股坐在椅子上开始查找监控录像……

董强意识到了什么！

他猛地回头！

王倩从董强背后的阴影里扑出来，手中的尖刀向着董强的胸口插去！

尖刀入肉半寸，王倩却被董强一把攥住手腕。她一只手用力向下压着，另一只手则抓向董强的眼睛，还有一只手则拼命捣着董强腹部的伤口！

等等！

哪儿来的第三只手？

而这第三只手的主人，正拼着命咬向了董强的喉咙！

娜娜也加入了这一场殊死搏斗，原来她被王倩放了出来。愤怒、恐惧、痛苦在这一刻都化作力量，她压住董强的一只手，疯狂地又抓又咬。

董强痛得发狂，手上的力一松，刀子又深入一些。董强腾出一只手，猛砸娜娜的脸，两拳下去，娜娜的脸就歪了。

娜娜眼角破裂，倒在地上不动了。董强又腾出手一巴掌将王倩打倒，胸前插着的刀子还在晃悠悠地抖着。

董强拔出胸前尖刀，向王倩走去，恐惧和无助出现在王倩的脸上，她躺在地上，实在是爬不起来了。

董强走了两步，突然栽倒在地，晕了过去。吴琼在他背后出现，他用摄像机狠狠砸中了董强的脑袋，董强栽倒在地上。

“快，快走！”吴琼拽起王倩，两人跌跌撞撞地逃出地下室。

他们将冰箱暗门重重关上，冰箱受不了多次蹂躏，箱门被弹开，大海滚了出来。

吴琼和王倩深深地喘着粗气坐在地上，两人都脱力又脱水，看着对方，不知该用什么表情好。

“喝水，补充点体力。”吴琼接了杯水喝，又给王倩倒了一杯。

王倩喝足了水，歇了一会儿才将气喘匀。

王倩盯着吴琼的脸：“你怎么会和董强变成一伙的？还有，大海是怎么死的？那一天到底发生了什么事情？”

吴琼叹了口气说：“一开始只是一个恶作剧，后来就失控了。你的眼睛失明，大海就要给你父亲打电话，董强阻止他，两人就抱在一起打了起来。我也不知他是无意的还是故意的，大海被捅了一刀，娜娜就像疯了一样要跑，也被董强拖到地下室弄成了哑巴。董强说只要我听他的，他就能保证你活着，不然他就先弄死我。”

“不是恶作剧，这些都是计划好的，否则怎么解释这些提前准备好的监视器？他就是为了向我们复仇。”王倩表情悲伤，不知想起了什么。

这时，地下室传来野兽垂死挣扎时才会发出的恐怖长啸，董强又爬起来了！

“不好，咱们得赶快离开！”王倩急忙说。

吴琼苦笑：“那我还得下去一趟，钥匙在他的口袋里。”

“不用。”王倩亮了亮手中的钥匙，原来在刚才的搏斗中，王倩将董强的钥匙偷了过来。

“你赶紧走，我来挡住他。”吴琼说着，又在厨房找了一把刀握在手上。

王倩深深地看了吴琼一眼，给他一个拥抱，并轻轻地吻了一下他的脸颊。

地下室的沉重脚步声在逼近……

“快走吧！”吴琼推开王倩。他死死顶住冰箱，僵硬的大海倒在吴琼身边，一只手恰好抵在冰箱门上，似乎在帮他一起顶。

王倩奔跑着，由于过度紧张，她的小腿开始抽筋，但她速度不减地朝着大门继续奔跑，那是她的生路！

冰箱被董强从地下室用力推开！

一阵阴风吹入地下室。

地下室桌子上的一瓶夜光涂料被吹到了地上，下面压着的报纸被风掀开，是一份 1990 年 4 月的旧报纸。上面写着一个富商在山中别墅里自杀的新闻，照片上的男人坐在太师椅上，脸上挂着若有若无的奇怪微笑。

如果仔细看，会发现男人和董强长得非常像，也许是董强的父亲。

尾声

王倩跑到了别墅大门，用钥匙打开重重暗锁，推开厚重的大门。灿烂的阳光瞬间出现，打破了别墅中的无边黑暗，将王倩包裹。

雨后潮湿的山风扑面而来，王倩重新站到了阳光下，她的脸上流着幸福的泪水，她终于逃出了这个恐怖的牢笼！

地面上长满植被，并没有想象中难走的淤泥。树上悬挂着某种胀裂开的黑色果实，苍蝇围绕着死去的乌鸦飞舞，炎热又潮湿。王倩又向前跑了两步，听到身后的门响，竟是吴琼也逃了出来。他走路踉踉跄跄，鼻青脸肿的脸上露出了劫后余生的表情。

王倩跑过去，用力抱住了吴琼。两个人用力抱着彼此，感受着彼此的心跳，那一场噩梦终于结束了！

癌

司文沛

“为了摆脱二次元，我‘票’死了创造我的作家。”

腐烂者

星期天早上倒垃圾的时候，叶琳闻到隔壁家门缝里飘来一股臭味，像腐烂了的猪肉。她咧了咧嘴，肠胃翻滚得难受。

隔壁女人二十五六岁，长相乖巧，圆脸，有钱。

圆脸女人刚搬来时，叶琳和她在电梯里碰到，叶琳斜着眼：“你，新搬来的租户？”

女人腼腆一笑，想叫声阿姨又改口：“姐姐，不是，这是我刚买的房子。现在家里乱，等收拾好了请你来做客。”

叶琳好似被针扎了一下。

当晚，叶琳狠骂了丈夫一通，还扇了哇哇哭的儿子一耳光：“哭什么哭？小杂碎！你爸要是有一半争气，咱娘俩都不用窝在这出租房里受罪！都指望你好好学习，出人头地，瞧瞧你这傻不啦唧的德行，我还指望个屁！不如死了算了！”

她说着就要将脑袋往墙上撞。

丈夫慌忙抱住她的腰，觍着脸哄：“你也不想想，房价这么高，哪是年轻女孩买得起的？”

“哦……你是说……”叶琳的眼睛亮了起来。

此后，每逢遇到隔壁那圆脸女人，叶琳都有种说不出的优越。她昂首挺胸如一只斗鸡，目光恨不得在对方那白嫩的脸上打出几个大字：被包养的贱货。

“呸！”叶琳往那圆脸女人的门上狠啐了一口。

门缝里飘出的那股恶臭，更浓烈了。

叶琳倒垃圾时被居委会大妈批评，说她垃圾分类有误。她被逼着弯腰鼓捣，厨余垃圾的酸臭味让她的肠胃越发翻腾了。

鼓捣完了，叶琳气不打一处来，回去冲着隔壁家门就是一脚，出乎意料，门没锁，“吱呀”一声打开了。

隔壁家大门正对着卧室，卧室门也开着。一个女人上半身赤裸地瘫在地上，一只手伸出了卧室，她身下的血汇成小溪，一直流到门边。女人的脸像被切开了的西瓜，明显被什么东西毁掉了。

这个味道……呃，的确是腐烂了的肉。

叶琳登时瘫在地上，双手捂住脸，迸出一声凄厉惨绝的尖叫。

同时，她又有点窃喜：让你骚吧。活该！

赠酒者

湾里市吉末区刑警队队长顾枫和女徒弟小海半小时后到达命案现场——风

荷小区，周法医也来了。

周法医负责确认死者身份及死因，顾枫和小海负责勘查现场。

死者面部被泼了浓硫酸，看不清长相。现场遗留了几条编织绳，应是搬家时捆绑家具用的。受害人的手脚及颈部有明显勒痕。

“被勒死的，窒息。颈部勒痕与身边编织绳痕迹吻合，可确认为凶器。从尸斑及腐烂程度来看，死亡时间是 6 月 28 日晚上 8:00 到 9:00，也就是三天前。”

“死者身份？”

“现在没法确认，推测是房间主人。她邻居说她上个月被开水烫伤了小腿，你看。”

顾枫揉揉鼻子，看到死者右边小腿上一块被烫伤的痕迹后默认了。

“师父，死者苏扬，25 岁，女，悬疑作家，笔名小安，有点知名度。”小海气喘吁吁地跑过来，将走访成果上报。

“人际关系呢？”

“邻居们不太喜欢她。”

“有争执？”

“没。就是一些中年妇女嚼舌根，说她被包养，不然怎么买得起这里的房子。其实她们不熟，两个年龄段，玩不到一起去。”

顾枫嗤笑一声。

小安。他记得这个笔名，在书店看到过她的小说。以老刑警的眼光来看，故事倒还曲折，可惜破案过程过于简略，到底文人想象，贻笑大方。

顾枫看到苏扬桌前放着个硕大的芭比娃娃，皱眉：“怎么，25 岁的女人还喜欢芭比娃娃？”

周法医抿嘴笑了：“按理说不会。这要么是心理不成熟，要么是补偿自己小时候没得到芭比娃娃的遗憾，要么是直男送的。”

“哦，那你喜欢吗？”

周法医再次抿嘴笑：“喜欢。”

顾枫走到厨房，看见洗菜池里搁着两只高脚杯，碗筷也都是双份。推测苏扬可能有男友或者要好的闺密。

“顾队，死者生前遭受过性侵，应该还服用过迷幻药。”

“嗯。”

地上随意歪倒着两个空酒瓶，顾枫戴上白手套观察，确认其中一个装过浓硫酸，另一个装过红酒。酒瓶颈外侧沾着些不明分泌物，白白的，结了块。顾枫嗅了嗅，当即皱起眉头，明显被恶心到了。他想，他知道那是什么。

顾枫抬抬手：“周法医，这个也检测一下。”

“好。”

顾枫走出门，叶琳还没从惊吓里缓过神来。她看见顾枫，“嗖”地站直：“警官先生。”

“你最后一次见苏扬是什么时候？”

“三天前。”

“几点？”

“5:30 左右，刚下班。”

“回忆一下当时的情况。”

“呃……她提着个挺大的蛋糕，说是生日礼物。我们在电梯里碰到，寒暄了两句。”

“嗯。”

“师父！师父！我调到监控录像了，三天前的下午 6:45，一个高个男人进入死者家，还提着两瓶红酒，死者亲自给开的门，他待到 8:30 才走。”小海气喘吁吁地冲过来说道。

顾枫低头点燃一根烟："让技术部从湾里市面部识别数据库里查找，迅速将这个男人锁定为犯罪嫌疑人。"

"是！"

嫌疑人

高思明觉得自己要完蛋了。

他是众星集团老员工，兢兢业业的程序员，他一个月有三万的收入，但也是拿命在换，996。最近头发大把大把地掉，明明才三十来岁，就有秃的迹象了。

八个月前，他交了女朋友。两人是在马路上认识的：一个圆脸女人追尾了他新买的凯迪拉克，本来窝着一肚子火下车质问，却被那女人不断鞠躬道歉的乖巧样给吸引了，二人就追尾一事你来我往，不久就在一起了。

圆脸女人便是苏扬。高思明对她的名字很感兴趣："你名字怎么跟个男人名一样？"

苏扬登时拉下脸来："我妈起的，你以为我不想改？"

高思明不敢说话，看来苏扬对她妈怨念颇深。

高思明和苏扬的关系也没维持多久。高思明是一个 IT 理工男，对苏扬喜怒无常的脾气接受无能，更不知道怎样去讨女孩子欢心，双方经常冷战，于一个月前彻底分手——来自高思明的单方面描述。

分手一个月后，在公司里写代码的高思明被警察当场带走。

审讯室里刺目的灯光让高思明非常难受和紧张。听说苏扬死了，他一蒙，不禁悲从心生，当场就要掉泪。现在又听说她死在自己前往她家的那天，他又害怕了，觉得自己像犯罪嫌疑人。他坐在审讯椅上难受极了，屁股下像垫了若干个图钉，往这边靠也不是，往那边靠也不行。

“三天前，晚上 8:00 到 9:00，你人在哪儿？”

“在……在她家。”

“谁家，说清楚！”小海一拍桌子，气势十足。她对这种杀害女性的人渣异常愤怒，一时没控制好情绪，惹得在外面看着审讯屏幕的师父顾枫拿过话筒提醒：“小海，注意控制情绪。”她这才反应过来，闷闷坐下。高思明被吓了一跳，整个人向后靠去，他语无伦次地说：“那个，苏……苏扬家。”

“为什么要去那里？”

“她……她邀请。”

“你刚说你们分手了，你还去干什么？”

“我……我……她说她过生日，求我好歹过去一次，我一时心软。早知道就不去了。”

“为什么要带编织绳，还是在你们公司楼下五金店买的？”

“她说这段时间要搬家，想将一些东西打包，让我带几根绳子过去。她说她会离开，从此不再打扰我。”

“你带去的那两瓶红酒呢？”

“这个，我每次见她，都会给她带酒。她喜欢的。”

“你对她做了什么？”

“……没……没什么。”

“她身体里有你的精液，你说没什么？”

“……”高思明涨红了脸，低头不再说话，脸红了好一会儿，他才小声咕哝，“我什么都没干，人不是我杀的。”

顾枫右手摸着下巴，盯着审讯屏幕沉思，他目光如鹰隼般紧盯着高思明。

他总觉得有什么地方不对，高思明虽嫌疑大，但从哪个角度看都不像凶手。他眼神畏缩，像受惊了的绵羊，跟能狠下杀手的歹徒相去甚远，再者，他没杀人动机。

小海审讯完了，一脸怒色冲出来："撒谎！那姓高的家伙一定在撒谎！人渣！"

"怎么说？"

"师父！你知道这事有多搞笑吗？"小海气极反笑，她手指关节在透明的桌面上"砰砰"敲着，"我们那天在监控里看得明明白白，高思明进去死者家时提着两瓶红酒。周法医也说得明明白白，死者遭受过性侵，下身受伤，是酒瓶颈插入后导致的。而姓高的这家伙解释说自己的确那么做了，但没用太大力气，不可能给死者造成伤害。他说他那么干的原因是满足死者特殊癖好。你说这借口幼稚不？酒瓶上全都是他的指纹！"

"听起来可信度不高。"

"极有可能是那家伙一边做那事一边给死者脸上泼硫酸。"

"多大仇啊，这是……"刑警队的人窃窃私语。

顾枫没答话，依然紧盯着屏幕中高思明的眼睛。高思明很颓，目光涣散，整个人在审讯椅上瘫成了一堆烂泥，怎么看怎么像一个普通男人，还有点懦弱，和"变态"二字相去甚远。

激动的小海劈头怒斥："怎么，变态会将这两个字写在脸上啊？"

"死者生前服用过迷幻药，那迷幻药瓶在哪里？高思明如果曾经购买或者从其他渠道得到过迷幻药，我们应该能查到交易记录。去查吧。死者邻居叶琳说，死者那天拿过一个生日蛋糕。可那天不是她的生日，也不是高思明的。更重要的是，死者房屋里没有任何吃蛋糕的迹象，如果真有过蛋糕的话，蛋糕盒在哪里？监控没有显示出蛋糕盒被高思明带走或扔掉。更重要的是，凶手他为什么要藏起蛋糕盒和蛋糕残渣？”

小海被顾枫这一连串的话给说愣了，她直勾勾盯了他两三秒：“师父……怎么您看出这么多疑点了呀？”

“疑罪从无，不要先入为主。”

“顾队，我们按照您先前的要求调查了死者的人际关系，发现她的关系网非常单纯，大多是作者朋友或者合作编辑，她特别努力，作品很多。但有一点反常……”前来汇报的技术部人员任辉顿了顿，“她未免太富有了。”

“死者是有点名气的悬疑作家，有点钱很正常。”

任辉抬起头来：“她名下房产、股份还有存款，保守估计，得上亿。这不是有点钱。”

顾枫呆住，这的确反常，苏扬出售的版权加起来肯定到不了这个数。

“这些钱只有小部分被投资在房产和股市中，其他都是存款。而且……去年年初，死者账面上有项很不寻常的资金变动。”

“怎么说？”

“去年1月23日，死者从银行共分10次提了8000万元现金。去年7月5日，她来到咱们吉末区定居。一年后她遭人毒手，那8000万元也不知所终。”

“难不成，是她的钱来路不明，遭人勒索，为避难才来到这里，然后一年后被勒索她的人找到杀害？谋财？”

“有可能。”

顾枫揉了揉太阳穴：“技术部，和银行联系，查查她的资金来源，她背后可能有人。查到了立刻报告。”

“对了。”顾枫突然想起来，“死者的事网上应该已经传遍了，怎么她的亲属没一个过来认领尸体？”

“这太反常了。她就像是从石头缝里蹦出来的，无牵无挂。”小海苦着脸，

“也没人关心她，真可怜。”

凤凰村

顾枫和小海两人开了两小时的车赶到苏扬老家——凤凰村。那里很隐蔽，还是他们上报给公安部要求调取全国数据库进行比对，才得到了苏扬的个人信息和老家住址。

凤凰村偏远落后，村庄临水而建，路也没修好，坑坑洼洼的。听说苏扬的妈妈一个人生活在那里，叫丁媛。

小海对村里颠颠簸簸的小路很不满，在连续两次差点将车开到河里后，顾枫实在是忍不住了，勾勾手跟她换了个座，让她绑好安全带坐在副驾驶座上。

“师父，这路也太差劲了吧。要致富，先修路啊！”

顾枫瞟了她一眼，没说话。

不过，这村庄虽然偏僻，但每家的房屋都还盖得不错，最差的也是三间四层。这就有点奇怪，难不成，光靠卖农产品，凤凰村村民就有这样的收入？顾枫略感诧异。

负责接待顾枫一行的是当地村委会的主任，有个通俗好记的名字——张伟。

张伟很客气，一见面就热情地递茶递烟：“久仰，领导。”

顾枫还没说明来意，张伟就开口了，明显是做足了功课：“情况我知道，上面领导跟我打过招呼。听说你们辖区出了命案，想来打听下我们村丁媛和苏扬的情况。”

顾枫搓着手：“对对对。”

他略略迟疑：“那……丁媛人呢？”

“这会儿该是去庙里了吧。有日子没见着了。”

“庙？”

“你们来的路上没看到？喏，出了这里，往东走，开上两三公里，就能看见个很大的庙，叫保平寺，供奉的是观世音菩萨。我们村里信佛的人多，这新庙一起，可有个拜佛的好去处了。”

“这样啊。”顾枫眼珠转了转，“丁媛这个人怎么样？”

张伟嘿嘿笑：“长得好。十里八乡出了名的美女。心气高。”

“家庭情况怎么样？人缘呢？”

张伟狠嘬了几口烟屁股：“她这人怎么说呢，和其他人不一样，想得多，心气高。当时是 1983 年，你知道的，刚改革开放不久。那年丁媛 17 岁，一心想出去打工。毕竟长得好嘛！看不上村里男人，但念书不行，很早就辍学了。家里给她定了门亲，她不满意，离家出走了。这一走就是好多年，也没个音信。8 年后，她 25 岁，突然抱着个女娃娃回来了，说是她女儿。我估计是在外头给人生了娃，男人不要她，没法过就回来了，挺狼狈的。她老娘 8 年前就给她气死了，毕竟逃婚让家里人丢尽了脸。

“但她爸还是收留了她。没多久，小丁因为长得好，被村里一个家境殷实的男人看上了，那人叫苏文强。小丁细皮嫩肉，又不想下地干活，就带着女儿嫁了过去。没想到啊，10 年后，她那女儿叫苏扬的，跟她一个德行，小小年纪就不学好，跟不知哪来的男人处对象，寒冬腊月生了个孩子。那兔崽子没长大，生下没一个月就死了，是个女娃娃。娃儿死得奇怪，看过的医生说整张脸都是青的，那时村里有流言说是当姥姥的小丁嫌丢人，狠下心将娃儿掐死了，背地里都说她是杀人犯。小丁再没脸住村里了，带着苏扬跑了，两年前才回来。

“小丁和她女儿不知道在外面干了什么，穿金戴银的，一回来就捐钱盖了保平寺，说是给苏扬赎罪。小丁还给乡亲们挨家挨户发钱，说是感谢啊、叶落归根、回馈乡里。现在乡亲们都住上了楼房，也是小丁的功德。不过，乡亲们虽然面上待她好，背地里其实挺看不起她的，觉得她那钱都是卖屄卖来的。”张伟吐了口烟圈，不怀好意地嘿嘿笑。

顾枫皱皱眉头，回头看小海，发现她的脸都已经憋红了，于是从口袋里扔出车钥匙：“你去车里找找我的酒，拿过来。”

“哦。”

小海走远后，顾枫开口：“苏扬女儿的爸是谁？”

“哟——那小不点的嘴紧得很，当时小丁都要把她给打死了，她愣是没说一个字。也不知道被村里哪个小毛头搞的，苏扬都快没命了，他愣是没站出来认。这种事嘛，是个男人就要敢作敢当是不是？躲着算什么？”

“丁媛打她？她才 13 岁，她那么小，她懂什么？”

“是啊，打得狠哪！大冬天的，罚她跪在雪地里。那孩子冻得整个人都青了，在床上躺了三个月才能勉强下地。”

“那丁媛丈夫呢？就看着她打孩子，什么也没说？”

“跟个没事人一样。”

“后来她们跑了，他也没找？”

“没。”

“这……”顾枫挠挠头，“现在那男人呢？”

“嗨！早死了。”

“死了？怎么死的？”

“胃癌。”

顾枫有些沮丧，长嘘了一口气。

“不过说来也巧，他死的那年，都已经跑了五六年的苏扬突然回来——真不知道为啥，都不是亲生的，还能有什么感情？不过他倒挺开心的。不久后，他胃癌发作，送到县里的那个仁爱医院，结果病情突然加重，住了两天就一命呜呼了。怎么说呢，倒是死得有点不明不白的。不过……”张伟叹了口气，“也好，人都得癌症了，早死晚死都是一个死，免得活受罪。”

顾枫的眉头狠狠地拧成了一个“川”字。

疯婆子

“我们去找丁媛。现在、立刻、马上。”顾枫跟小海说这话的时候，她刚在他车的后座下找到了所谓的酒。小海抱着酒正往张伟办公室里走，半路上碰见了迎面而来的顾枫。顾枫一把拍上她肩膀，指指前方：“走吧。”

“那酒……”

“我喝了怎么开车？”

“我开啊。”

顾枫斜她一眼：“还是算了。”

“那你要什么酒？”小海嘀咕着坐上车。她还没反应过来，就见顾枫边打着手势边跟她说：“今天回去后，你一字一句地，把苏扬写的小说全看一遍，告诉我主要内容及中心思想，最好能做个 PPT。”

“这……”小海边扣安全带边用手机搜索，“师父，她写了足足有 36 本啊。”

“看，别废话。”

“……遵命。”小海条件反射般答应了后，又耷拉脑袋闷了一会儿，“可是为什么啊，师父？”

“知人论事。”

“从她的悬疑小说里了解她这个人？做侧写？怎么可能！本故事纯属虚构。每本小说的扉页都会这么一提。”

“她的作品逃不出现实生活，逃不出她童年生活的影子。你学过心理学，对弗洛伊德也不陌生，你知道我在说什么。”

小海瘪瘪嘴，不说话。

可她这个人闲不住，沉默了一小会儿又嘿嘿笑：“那个，师父，你是不是喜欢周法医呀？”

“胡说！哪有这回事！”

“噔噔噔噔！”小海唱了一句，她打身后拿出一个穿着白色纱裙的芭比娃娃，“不承认？那这是什么？不是买给她的？我刚在你车上翻出来的，周法医那天才说自己喜欢芭比娃娃呢……”

顾枫一把抢过：“别瞎说，这是给顾思买的。”

“拜托，顾思是你儿子不是女儿，你难道不该给他买变形金刚吗？”

“……”顾枫红了脸，“那又怎样？不行吗？”

顾枫说这话的本意是：难道他不能给儿子买芭比娃娃吗？可小海明显误会了。“行，当然行。”她一口咬定，“我们全队都知道你喜欢周法医，只有周法医不知道。当然行啊，你老婆都死了十年了……”这话刚说出口，小海又觉得不对，慌忙捂住嘴，“对不起啊，师父，我不该……”

顾枫瞟了她一眼：“没事。”

“哎！前面有个人！”小海突然捂住眼尖叫起来，“小心啊啊啊——”

一阵刺耳的刹车声响过，顾枫五官都拧在了一起。他这时真的很想骂人，待看到眼前横穿马路的是个半白头发的中老年妇女，他将要出口的那句“操”被狠狠逼回了嘴里。顾枫阴沉着脸下车，被吓了一个屁股蹲儿的女人正瞪着一双惊恐的大眼睛在看他。

顾枫咬牙切齿了好一会儿，却又不好说什么，只得将那女人给扶起来。

他伸出的手吓了女人一个哆嗦。于是顾枫缩回手，弯腰去捡她落在地上的篮子。顾枫发现里面搁着很多黄纸和庙堂里上供的香，明显是刚从前面的保平寺里回来，他诧异回头："丁女士？"

女人没答他，依然坐在地上，眼睛垂向地面。她脏兮兮的，随便扎起的头发上沾着很多枯草，没半点张伟说的"长得好"的样子。

"丁媛女士？"

"啊——"女人口中发出长长一声咕哝，她目光呆滞，抬起头，张着嘴，哈喇子"吧嗒"一下流了出来。

"您是……丁媛女士？"惊魂未定的小海跟着下车，又被地上的女人惊得目瞪口呆。

这女人明显疯了。

可没听张伟说起丁媛疯了啊？难不成是最近才疯的？奇怪。

小海上前扶起丁媛，她直爽而嘴快，上来就直接一句："丁阿姨，我们是警察。这回过来想了解一下您女儿苏扬的事，她已经死了，您知道吗？"

气得顾枫重重一巴掌拍在自己脑门儿上。

丁媛忽然嘻嘻笑了，她摆弄着自己面前的编织篮，想了想又从口袋里摸出一沓百元大钞，自顾自地往顾枫手里塞："给……给……给你。这些我都给你，我们能做好朋友了吧？你们不会再说我坏话，瞧不起我了吧？"

"不够吗？"瞧见顾枫无动于衷，她惊慌起来，又从贴身衣物中掏出几沓钱，少说也有好几万，她手忙脚乱塞进顾枫怀里，"拿着拿着，就当我回馈的，也好替我那不争气的女儿赎罪。"

顾枫没接，冷眼看着那些钱哗啦啦地落在自己脚下。

"你女儿已经死了。"

“死……死了……嘻嘻。”丁媛退后几步，流着哈喇子傻笑，突然她尖啸一声，用长长的指甲抓着自己的脸，“死了，死了好。她活该！她不孝！她就是个畜生！”她抱住脑袋，“不——不要来找我！苏扬……扬扬。你那个小兔崽子不是我杀的，你明明知道！我不欠你的，是你欠我的！你这个拖油瓶……都是你，你跟你那个小兔崽子丢尽了我的脸！现在倒好，你解脱了，变成鬼了，可你有什么资格回来复仇？你凭什么！还有……”

丁媛狠命拍打着自己的胸膛：“我是她母亲，亲生母亲！我做什么都不过分！我对她做什么都是应该的，她都该忍着！”

顾枫没说什么，他站在那里静静地看着丁媛歇斯底里，直到她再也说不下去，捂住脸号啕大哭了起来。

“你是说，苏扬回来复仇了？什么时候？”

“对。瞧瞧，好心人啊，只有你懂我。你说她怎么就这么狠心？她还是个女儿吗？死了都不让我安生！”

顾枫皱了皱眉：“你是说……苏扬她回来了？她找过你？”

“她一直都在……她自从死了之后，鬼魂就一直守在这里，缠着我……我躲到观世音菩萨的庙里都没办法，她……她的鬼魂……啊啊啊——”

丁媛歇斯底里地大声吼叫起来，她伸手指着前方，畏畏缩缩地躲在顾枫身后：“就是她，她来了……她为什么这样恨我？她……啊啊啊——”

丁媛凄厉惨绝一声尖叫，整个人东倒西歪向后奔逃，冷不防被路面上的砖头绊了一跤，她爬起来继续鬼哭狼嚎。

小海右边眉毛不停地狂跳：“这……”

“她疯了，最近几天疯的。”

“这……”小海目瞪口呆。

“回去先将苏扬所有书的内容都给我整理出来，然后联系心理侧写师，将书里面每个主角都做个心理分析。”

“这……师父，这有关系吗？”

“有关系。”

“啊？”

“作者写遍千山万水，其实写的都是他们自己。”

前尘事

小海花了足足一礼拜才研究完了苏扬所有作品，还找了个文学院的学长询问，学长告诉她文学作品不是无本之木、无源之水。通常来说，在作品中出现次数较多的意象和情节经过加工改换，可能就是对该作者产生过重大影响的记忆。

小海经过整理，发现在苏扬的悬疑小说中，排行前三的情节分别是“雪地下跪”“被老男人性侵”“被同学弄坏东西或欺负，母亲却责怪自己”。

关于这些，苏扬在书中是这样描述的：

我好不容易得到的新圆规被同班同学摔坏了，我哭着回家找妈妈，可是她气急败坏地给了我两耳光：“人家为什么只弄坏你的东西，而不弄坏其他人的？肯定是你自己不对。”那一刻我就知道，她不会保护我……

……

那天我在床上坐着看电视，电视里播放着《还珠格格》。母亲和继父在门外大吵大闹，他们说我是个累赘，说我出生的时候，母亲为什么不掐死我。我听得一清二楚，我很害怕，怕他们不要我，那天我坐在床上僵硬了一个多小时。他们吵完了，母亲哭着跑出门去。继父非常生气地走进来，他居高临下看着我说：“你有什么用啊？”接着他像老鹰拎小鸡一样拎起我，摔到沙发上，撕开我的衣服，捂住我的嘴……这不是我的错！我发誓这不是我的错！可我没法告诉任何人！

母亲说我丢脸，她逼我跪在雪地里。好冷啊，我记得那天雪下得很大、很白。我跪在那里，我身体里空荡荡的，一阵风吹过来都能把我穿透，我的知觉被冻成冰了，思维也是。后来我感受不到喜怒哀乐，看到别人的眼泪生不出同情……很多年后我才明白，我的灵魂被杀死了。那天我在雪地里跪下去之后，一辈子也没能站起来。

…………

小海看得很心伤，越来越觉得苏扬是个人才，想象力不是一般地丰富。她整理完后向顾枫提交材料，恰好遇到技术部的任辉在做汇报。

“顾队，我们调取死者名下账户及关联账户，发现她的稿酬和版权收益的确没那么多。她的财产来源是比特币兑换，现在比特币升值，汇率到1∶40000了。至于她怎么来的那么多比特币，好像是暗网交易。”任辉咳嗽了两声，“涉及暗网，资金来源我们就没法查了，服务器在美国，全都是虚拟账号。”

“暗网？”顾枫左边眉毛跳了跳，“苏扬在暗网上做什么？做生意？她做什么生意？贩毒？贩卖人体器官？杀人？拐卖？她没前科呀。”顾枫挠了挠头，“但凡犯罪涉及线下，就一定会留下蛛丝马迹。”顾枫想了想，“这样，你们先想办法恢复死者的电脑，看看能不能追踪到她的上网记录，还有……”顾枫看见小海，招手让她过来，“你过段时间再跟我去众星集团走访一下高思明和他的同事，他一定还有事没跟我们交代。”

吩咐完了，顾枫有点心烦。苏扬被杀案已经发生两个礼拜了，他们还在做基础的走访工作，毫无头绪，除高思明外，没能锁定任何犯罪嫌疑人。

顾枫将食指搁在下巴上沉思，手机丁零丁零响了，接起，是他8岁的儿子顾思。儿子一个人在家里，打电话哼哼唧唧地说今天是中元鬼节七月半，想让爸爸早点回来陪他，他怕。顾枫一听这话就更生气了，案子的事已让他够烦了，再者，他厌恶极了儿子这鼻涕泡一样的懦弱样。他有点火大："臭小子，你就不能争点气？哭哭唧唧像什么样子？鬼节？你又没做亏心事，你怕什么？光长个子不长脑子！"

连珠炮样说完了，顾枫摔下手机，回头看见周法医端着一盘切成小块的梨站在他身后，面色苍白，目瞪口呆。

顾枫红着脸站起来："周法医，你在啊！"

"我……我来给顾队分点水果。"

"哦哦，真是辛苦你了。"顾枫打着哈哈赔笑，他指指手机，"没办法，我儿子他……他不听话。"

周法医抿嘴一笑："没事儿，小孩子都这样，长大就好了。"

顾枫边吃梨边寻思自己要找个什么借口将芭比娃娃送给周法医——以巧妙的方式——既自然又不会让她发觉自己的企图，太主动的男人容易将女人吓跑。

"案子怎么样了？"周法医好似随口一问。

顾枫"咔嚓"咬了口梨："不太好办。"

"卡住了？"

"涉及暗网，不容易啊。那里不受监管，很难查出什么来。"

"其实我觉得，还是我们对暗网的了解太少。我想它肯定跟线下密切相关。一般来说，从死者日常行动轨迹就能推测到她在暗网上做什么。虽然只是推测，但也是个调查方向，总比没有强。"

"你说得对。"顾枫指了指她，"聪明，做法医可惜了。"他笑笑，打抽屉里掏出芭比娃娃，故意以风轻云淡的口气说，"这个奖给你。"

“哇！”周法医惊喜一声，脸上开出了一朵花来，抿嘴说“谢谢你”。顾枫心里美滋滋的，有点飘。

“对了，有点事想问你。”

“嗯？”

“关于你们医学界的。我不知道你听说过没有，凤凰县仁爱医院多年前出过一起医疗事故，主治医生误将氯化钾注射入病人体内导致病人死亡的。我想跟你打听打听，听说你从前在仁爱医院工作过。”

“苏文强的事？”

“你记得啊。”

周法医笑了：“这么大的事我怎么会忘。那事很奇怪，到最后也没查清是谁的失误，他们那个科室的主治医生和护士全都被辞退了。从那以后，仁爱医院的生意每况愈下，大家都想办法调来湾里市，听说很多人进了咱们吉末区第三人民医院，我也是在那个时候转行做法医的。我记得的也就这么多，怎么了？”

“苏文强是苏扬的继父。”

“什么？”周法医愣住，“这也太突然了……”

顾枫揉揉太阳穴：“我想，这两个案子之间可能有内在联系。”

“哈哈。”周法医调皮地吐了吐舌头。她收走顾枫面前的空水果盘转身离开，临出门，回眸一笑：“那就是你们动脑人的事了，我的本事可不在推理上啊。”

无端惹得顾枫心头一荡。

死亡书

周法医走后，顾枫找了个做 IT 的朋友帮忙接入暗网，然后就被上面乌七八糟的信息恶心到了。顾枫喘口气，心里说苏扬这家伙到底在做着什么生意啊？还赚了那么多比特币。做得挺大的嘛！

顾枫寻思，暗网上的生意大多是重罪，大部分需要线下来配合。现在技术侦查措施改进了，线下犯罪只要警方想抓，就不难侦破。所以这些事苏扬可能不会做，否则早都暴露了。顾枫浏览了一段时间，突然在一个不起眼的小角落发现了一桩线上赌博活动，赌博的内容是预计他人的死亡日期。而这些被预计的人，在社会上都有一定的知名度。

此项赌博名为“惩戒之矢”。规则是这样的：每期给出一个人的名字作为目标，接着设一个巨大的奖池，参与赌博的人每人往奖池里投 0.25 个比特币，预测目标人物的死期，预测准了的人会获得这个奖池里所有的奖金。这就导致了一个结果：如果奖池里的钱足够多的话，自然会有人铤而走险，为了钱将目标置于死地。

顾枫皱了皱眉头，他想，一个人如果不参与线下犯罪的话，在暗网上赚钱，这种方式快速而隐蔽，是个好选择。

只是到底是什么人会引起这样的公愤？以至于大家都想预测他的死期？应该大部分是执政不力的政治人物吧。顾枫想。

顾枫拉了拉往期目标名单，果然大部分是政治人物，但兑奖的机会很少，暗杀政治人物没那么容易。还有一些是抛头露面的公众人物，有人品行不佳，引起了公愤，比方说猥亵幼女的商业精英、出轨家暴的社会名人。

顾枫注意到有个当红歌手也在往期死亡名单中，名字叫许星海，当年红的时候如日中天，后来因为家暴事件引起公愤，引退了。“惩戒之矢”奖池中参与许星海死亡日期预测的人非常多，奖金达到 300 个比特币，折合人民币 1200 多万，结果这笔奖金还真有人因为预测准确而被领走了。

顾枫记得许星海是在一次醉驾中出了交通事故，送入医院抢救两天后被宣告死亡。没记错的话，应该就是在他们吉末区第三人民医院。

顾枫看见个好似是开玩笑的名字：悬疑作家小安，本名苏扬。他周身一颤，忙凑近了去。大家要预测她死亡日期的理由很简单：作家小安写了那么多悬疑故事，就像上帝一样掌握着每个角色的生死，那大家就预测一番，看看能不能把她给“票”死。网民们觉得这个提议非常好，于是纷纷“附议”，最终奖池金额高达128个比特币，折合人民币512万元。好巧不巧，还真有一个人获得了这笔大奖，他预计的死亡时间是6月28日。

顾枫的笑容慢慢僵在了脸上，因为苏扬真正的死亡时间正是6月28日。

如果他没猜错的话，这个斩获大奖的人就是凶手，就算不是，也最有嫌疑。

顾枫可以追踪到奖金是流入了哪个账户中，可没法知道这个账户是谁开立的。

不过还好，调查总算有了眉目。顾枫揉了揉僵硬的脖颈好让自己放松些，接着往下看那份死亡名单，然后，一个人的名字突然跳进他的视野中，吓了他一跳，那个人的名字是：顾枫。

顾枫以为自己看错了，忙揉了揉眼睛。他想：“我又不是什么名人，不至于吧？”他凑近屏幕细看时，发现那的确是自己的名字，连身份证号都一模一样。

“我去——”顾枫猛推了一把电脑，他都不知道自己究竟得罪了谁。不过算算，这些年折在他手上的犯罪分子不算少，恨他是应该的。奖池里的金额是594个比特币，折合人民币2376万。顾枫觉得自己还不如当场自杀算了，他做警察一辈子也赚不了那么多。

顾枫看了看奖池下方预计的死亡日期，五花八门的，有人都预计到20年后了，而距离最近的预计死亡日期则是：7月18日。

那岂不是三天后？

顾枫头脑一蒙。

顾枫敏锐地注意到，预测他最近死亡日期的那个人和那期预测苏扬死亡日期的奖金得主用的是同一个账号，也就是说，他们可能是同一个人。

顾枫眼珠转了转，难不成，有人想阻挠这个案子的告破？而自己已经被盯上了？

顾枫觉得在网上预测他死亡日期的那些人就是有病。每人花一万块钱咒他死，真是钱多没处花。顾枫冷笑一声："要杀我？谈何容易！"

"放马过来吧！"他耸耸肩，第一次觉得自己的命竟然这样值钱。

既然这样，那可得好好珍惜了。

新线索

顾枫第二天下午和小海走访了高思明。

没确切证据，不到 24 小时，高思明就被放回去了。

顾枫和小海先去了众星集团，得知他请了假，于是向公司其他人简单了解了高思明的情况后驱车前往他家。

同事对高思明的评价大多都是勤劳踏实、认真刻苦，没什么建设性。唯有一点入了顾枫的心。

当顾枫问他们对高思明的女朋友有什么印象时，同事大多一脸茫然："女朋友？没听说过啊。怎么，这家伙藏得真够深啊。"

不过，还是有一名同事提供了有价值的信息，是高思明的下属，一个怯懦的女孩。她说自己三个月前去高思明的公寓送材料时，看见他家里有个女人穿着睡衣在洗漱。

顾枫将苏扬的照片拿出来："是不是她？"

女同事摇摇头。"不是。这个女的没我在高思明家看到的那个好看。那个女的……呃，"女同事想了想，"是惊艳的那种。事后我还揶揄过高思明，说你房间里那个女人好漂亮啊，叫啥，干什么的。他挺得意，跟我说那是，他的眼光不会差。阎婷在她们医院可是院花呢，而且是护士，很会伺候人。"

医院？护士？顾枫心中大动，整条推理链中好像有那么一环给"咔嗒"一声扣上了。

事后，顾枫迅速给队里去了电话，要他们立刻对护士阎婷进行全面调查。

顾枫和小海敲开高思明家门时，高思明一个人在喝酒，眼球上布满了红血丝，家里烟味浓得很。开门时，一见顾枫他就有些崩溃了，高喊一声"人不是我杀的"，就狠劲关上门。

顾枫将脚卡在门缝里，"咚"的一声，门弹开了。

高思明比了个手势，转身就往屋里走："得，您还是毙了我吧，反正我说什么您也不信。"

"我个人认为不是你杀的。"

顾枫这么一句出口后，高思明整个人都精神了起来，他嘴角向下瘪，竖了大拇指："还是顾队高明。"

高思明立刻将顾枫和小海请进屋，他这段时间焦虑得很，坐在沙发上，挠了挠几天没洗的油头，将在警局里说过的话重复了一遍。他的确没杀苏扬的动机，可也没有不在场的证明。

于是顾枫问起了蛋糕的事。

高思明一脸蒙："蛋糕？我没看见啊。我们那天吃的菜都是苏扬做的。她跟我说她骗了我，她只是想见我，那天并不是她的生日。但我也没怪她，只是个善意的谎言。”

“嗯。”顾枫想了想，难道那房间是一间密室，蛋糕和包装盒怎么可能不翼而飞？

“你当时为什么用酒瓶？”

高思明焦躁起来：“那是她要的！我们一直都这样！”

“一直？她没跟你说原因？”

“没。”高思明想了想，“应该是她的习惯吧，具体我也不明白，这种事多问也不太好。”

“很好想啊，你肯定没有酒瓶硬。”小海突然插的这句嘴成功让顾枫和高思明同时尴尬。顾枫瞪了她一眼，咳嗽了两声掩饰。

“如果，你没杀人的话，我是说如果，”顾枫打着手势，“我们从监控上也没看到那天有其他人进去。这有两个解释：一是监控有死角，凶手避开了；二是凶手很久之前就潜入房间，躲在柜子或者其他地方，本来打算行凶，你却来了，他等你走后才行凶，然后嫁祸给你。”

高思明打了个哆嗦，明显后怕，但依然做出一副痛心模样：“我现在就特别恨我自己，你知道吗？如果那天我没那么早走，可能这件事就不会发生了……”

“对了，”顾枫想起什么，“你去都去了，为什么不留宿？天都黑了。”

“是苏扬不让我留宿的，她脾气上来，又哭又闹地赶我走。”

“你对苏扬这人怎么看？”

“很聪明、很好看、很不错的姑娘，又会关心人，性格开朗，各方面都不错。”

“有什么缺点呢，在你看来？”

“嗯……”高思明皱皱鼻子，“要说缺点，就是她的脾气有点怪，明明正开心呢，突然就能拉下脸来，面无表情，好像你做错了什么事。但你问她的时候，她又说没事。搞得你无所适从。”

“不是所有的女孩子都这样吗？”小海插嘴。

“女人我见过很多，我知道你说的那种女的耍脾气是什么样，但苏扬不是，肯定不是。”高思明斩钉截铁，“我也说不上来，但就是有些地方不对。”

“怎么说？”

“她就像戴了张假面。你看着她在笑，可你知道那是假的，她哭的时候、撒娇的时候也是。经常相处你就能感觉到，面无表情才是真的她。怎么说呢，她像个黑洞，有时候又像个孩子，有着孩子样的天真，还有孩子样的残忍。”

顾枫皱了皱眉头：“你说谎。”

高思明一愣。

“你和她根本就没分手。”

“什么意思？”

“阎婷。”

高思明突然站起身来，他的脸红一阵白一阵，嗫嚅道：“你……你这是什么意思？我根本不知道你在说什么。”

顾枫微微示意，小海就将他接下来要说的话给说出口了：“三个月前，你因为阑尾手术住进了吉末区第三人民医院，照顾你的护士名叫阎婷。你们从此保持着男女关系，但你也没跟苏扬分手，你两个都想要。你们的这段关系在上月28日，也就是苏扬死的那天被她发现了。你去苏扬家根本就不是她邀请你去的，而是你自己去赔罪的。我说得对吗？”

高思明瘫倒在沙发里，他极度烦躁地抹了把脸：“劈腿不算犯罪吧？”

“不算。”

“那你们管我干吗？”

"我只是想知道，你为什么要隐瞒这个。"

"没必要坦白。"

"为什么？"

"这不更坐实了我的嫌疑吗？我傻啊？"他一把扯住顾枫，"顾警官，人真不是我杀的……"

顾枫将他的手指一根根掰开："我知道不是你杀的。"

高思明好似泄了一口气，他一只手捂在眼睛上，颓废极了。

"算我运气不好。"他喝了一大口酒，"我也是一时糊涂。阎婷她特别漂亮，你们去调查过，肯定知道，是个男的都会被她吸引。我跟阎婷好了没多久，也就两三个月，就被苏扬发现了。我怎么都没想到，她们认识。我不知道她们是怎么认识的，认识了多久，但她们关系应该还不错，平时互相分享男人或什么，结果……"高思明又闷了一口酒，耸耸肩，"我就这样被发现了。"

"应该是那天，苏扬死的那天她确认了的，她之前应该猜到了，6 月 28 日她故意设个圈套去确认的。那天是阎婷生日，我跟苏扬撒谎说有事不能陪她，其实我是想和阎婷过生日。但我没想到的是，苏扬买了个生日蛋糕拿过来，恰好发现我和阎婷一起，于是就……"高思明长呼一口气，"接下来的事你们都知道了，我因为不想失去苏扬，晚上到她家道歉，那还是我第一次去她家呢，之前她从来不让我去。结果……"

高思明抱着脑袋："你说我为什么不在她家过夜？起初她还好好的，我躺在她身边的时候她突然又想起了什么，又哭又闹。我理亏，当然不敢留下来。"

高思明惨淡笑了笑，伸出双手："现在看来，我连杀人动机都坐实了，劈腿，杀掉试图阻碍的前女友，啊……一切顺理成章。既然这样，我也没话说，你们将我抓走吧，我累了。”

顾枫站起身来，居高临下地看着他，目光中有说不出的味道。他迅速给高思明戴上手铐：“那跟我们走一趟吧。我相信不是你做的，你就当是配合调查。”

高思明苍凉地笑了一下。

“渣男！”小海瞪着眼睛骂。高思明就像弹簧一样从沙发上蹦起来：“我渣我知道啊，但我受的惩罚还不够吗？我现在已经快疯了！我只是个普通男人！我只是一念之差！我都快要因为这些破事被你们给折磨疯了！”

“渣男！”小海临出门了，依然在恶狠狠地骂，还伸手狠狠推了他一把。

原生癌

“让你看的苏扬的书看得怎么样了？”回去的车上，顾枫问小海。

“我给你打的报告你没看？昨天上午就给你了。”

“太长了，来不及。你给我简单说说吧。”

“……”

“怎么不说话？”

“我在手机上翻电子版！”

顾枫揉揉鼻梁：“雪地下跪和幼女被性侵的情节多不多？”

“很多，”小海诧异，“你怎么知道？”

顾枫低笑了一声：“还有什么情节出现得多？”

“家庭暴力、冷漠、犯罪、原生家庭、贬低、精神控制。”

“犯罪方法涉及什么？”

“扼死、下毒。”

顾枫的食指在方向盘上敲了两下："果然。"

"反正我就觉得，这个作者的小说里戾气很重，她似乎在为某些犯罪开脱，觉得那些都不是犯罪者的错，而是原生家庭和社会共同作用的产物。也不能说她的想法错了，毕竟很多研究犯罪心理的教授都这么说。但我觉得事情不该是这样的，因为人无论生活在哪种环境下都可以用自由意志进行选择，这才是我们人类的伟大之处。"

"事情没发生在你身上，你自然能隔岸观火。"

"天哪——"小海突然捂住嘴尖叫起来。

"怎么了？"

"师父，你看！苏扬的事被人在网上披露了！现在已经上了热搜！"

"怎么回事？"顾枫一脚踩下刹车，劈手拿过小海的手机。他向下滑动了几页，眉头渐渐拧成了一个"川"字。

琳琅满目的新闻标题和公众号文章让顾枫有些眼晕。

《她不必难过，人间不值得》

《记著名女作家小安：离开或许是解脱，如此惨烈则是罪恶》

《原生家庭：她一生都未曾被善待过》

…………

"怎么回事？这么突然？"

"我看看。"小海拿出笔记本电脑放在膝盖上，迅速查找这件事的前因后果。

三天前，一个账号叫"小红帽"的人自称是小安的好朋友，在网上发了一篇帖子：《女作家小安奸杀案：我所认识的小安》。

小红帽在帖子中说，苏扬是个被强行将自卑烙进骨髓里的人。她母亲丁媛将她看作累赘，非打即骂，好像苏扬一辈子从未干过一件好事。

苏扬没男朋友时，丁媛说她是大龄剩女，嫁不出去。她有男朋友了，做事没按照丁媛的意思来，她就跑到男的面前说什么“苏扬配不上你，肚子里死过人”之类的话。

但凡苏扬和丁媛有任何一点争执，她都会歇斯底里起来，说一切都是苏扬欠她的，是苏扬害她生不出孩子，害她一辈子在乡亲面前抬不起头。

反正就一句：你不配。仿佛 13 岁那年的事，就该让苏扬低声下气，夹着尾巴过一辈子。

顾枫看完后左边脸上的肌肉噗噗直跳。

“这是 PUA 吧？世上怎么会有这样的母亲？”

小海叹气：“我妈动不动就在我面前说，她当年为了照顾我放弃了自己的事业，而我还不按她的意思来，惹她伤心。我都快被逼疯了。我去看她，她还不开心。我不去看她，她又说我不孝……说实话，太常见了。”

“……”

顾枫看完后，有些吃惊，吃惊完了又心酸，心酸过后是羞愧。因为昨天是中原鬼节，儿子给他打电话说害怕，希望他早点回来，他也骂他懦弱来着。而他会说出那样伤人的话，并不全是因为儿子本身，更大的原因是他被这案子弄得焦头烂额。

顾枫叹了口气。他侧过头来戏谑小海：“怎么，你们现在这些小孩想得都这么多吗？”

小海的面容非常严肃，顾枫看见她眼睛里闪烁着亮光，她一字一句：“师父，我是个成年人，不论是谁，在我面前说一句‘小孩’都是非常不尊重的。”

“……”顾枫拍了拍她，“别想太多。我的意思是，现在很多人都对自己的原生家庭不满意吗？”

“很多。如果不是囿于道德和法律，我们可能会想将那些不配为人父母的玩意儿抓进去。”

“胡扯！”顾枫明显生气了，“那是你们还没有为人父母。”

小海从他的车上跳下来：“父母？上一代的人因为想上进而没有上进的机会或者能力而被生活压制，就将这份压制和怨气转给下一代。做了父母后就伟大光明正确，子女都必须听他们的？不过是打着爱的名义来靠压制别人找存在感！我们一个自然人，难道就因为是另一个人的子女，人权、人格都可以被轻视吗？”

小海看着他：“你知道更可悲的是什么吗？”

顾枫没有说话。小海冷笑一声：“更可悲的是，我甚至害怕当我成为父母之后，也变成这种人。这是‘癌症’，一代又一代，互相折磨，死也不休。”

顾枫张了张嘴。

癌症吗？

晚上 9:00，第三人民医院传来报案信息，一个叫阎婷的女护士失踪了。

阎婷，女，26 岁。工作经历简单，六年前和一批同事从凤凰县仁爱医院转过来，工作认真，技术也到位，获奖无数，但前几年出了个倒霉的意外——因为家暴丑闻引退的过气歌手许星海，酒驾出了车祸被送到三院，死在那里，死前出了一点医疗事故。他伤得太重了，没医疗事故，最好的结果也得成植物人。尽管如此，三院还是对那起事故进行了严肃处理。阎婷当时是主治医生手下负责打针的护士，走了霉运被连坐，被扣了一个月工资。

顾枫的眉头狠狠地皱了起来。

这些看似散乱的事件，会不会有某种内在联系呢？比方说，阎婷和苏扬在许多年前合作杀了苏文强，并且通过制造医疗事故的方式杀了许星海而赚取比特币？这样的话，那苏扬的财产来源就能解释清楚了。而这次……

“阎婷的银行账户有什么异常吗？”

“有。”

“什么？”

“在上月28日，也就是苏扬死的那一天，阎婷不知从哪儿得到了198个比特币，折合人民币512万元，又在三天后兑换为人民币，转到一海外账户中。”

顾枫一敲额头：“这就对了。”

“嗯？顾队？”

顾枫坐直了身子，嗤笑一声：“阎婷她不是失踪，她可能是潜逃或者是……”他皱了皱眉头，“被灭口了。”

地下室

约莫是受了“小红帽”发帖的影响，顾枫觉得对不起儿子，特地回了趟家。

顾思这小子挺懂事儿，母亲死后将自己照顾得不错。8岁的孩子，一个人做饭，一个人打扫卫生，一个人上学，遇到什么问题都是一个人处理，没让顾枫操半点心。

顾枫到家时已经晚上11点多了，顾思在洗衣服。他将自己的衣服洗完了，开始洗顾枫的牛仔裤，他人又小，一小块接一小块地洗，洗了整整有三个大盆子。

顾枫揉了揉鼻子，觉得顾思挺好的，是自己在鸡蛋里挑骨头。他喘口气，觉得是时候给顾思找个妈了。

周法医的模样在顾枫脑海中倏地一晃。

顾思听到身后响动，吓坏了，他脊背挺得笔直，手里肥皂“咣当”落地，大气不敢出一声。

“是我。”顾枫忙出声，“我回来了。”

“饭在锅里。”

顾枫刚想说自己吃过了，又不想拂了孩子心意，揉揉鼻子说：“哦。”

顾思做了炒饭，味道还不错。顾枫忽然想，要是自己今晚不回来，那这饭怎么办？念及此，他端着碗走到厨房门口：“哎，顾思。你怎么知道我会回来？”

“我就没指望你。”顾思说了句没头没脑的话后径自走回房间，房门“砰”的一声被他摔上，顾枫登时气不打一处来，骂了句：“小兔崽子，什么态度！”

顾枫气了足足有十分钟，看了会儿电视，洗澡睡觉，不搭理顾思。

顾枫醒来时，太阳已经升得很高了，看看表，9:30，这个点没法去警局。顾枫思忖着，既然这样，那不妨再前往案发现场走一回，说不定能有新线索。

临走时，顾枫看到桌上放着碗皮蛋瘦肉粥和一个太阳蛋，应是顾思给准备的。他心里生出一阵暖流，觉得这么多年，还是顾思照顾他多一些。碗底下压着一张字条，上面是稚嫩的笔迹：我原谅你。

顾枫揉揉鼻子，心想：什么玩意儿？老子用得着你原谅？

顾枫洗漱完毕，驱车来到风荷小区。那里大变样了，前段时间来时还挺安静，宛若世外桃源，今天熙熙攘攘的，要么是搬家公司在搬着行李，要么是一些西装笔挺的房产中介在看房子。

“怎么回事儿？”顾枫看见最初报案的叶琳一家人正搬着东西，问道。

“搬家啊！警官先生。”

“这么突然？”

"邻家死人啦！晦气！每天晚上都觉得瘆得慌！"

顾枫愣了片刻："这样啊。"

"地下室那些没什么用，不用搬了，扔给房东吧！值不了几个钱。"叶琳一只手抱着洗脸盆，另一只手招呼丈夫。

"怎么，这里有地下室？"

"也不是每家都有，稍微好点的房子才有。"

"只有从房子里才能下去地下室吗？"

"不是，地下室有两个出入口。从地下车库也能进去。"

顾枫脑袋"嗡"的一响，像被人打了一闷棍。

他抖着手找出钥匙插入锁孔，打开门后，阴冷的气息扑面而来。苏扬房屋的摆设一如既往，没人动过。顾枫记得清楚，这里的生活物品都是双份，精致小巧，不像男人的，高思明说他之前没来过苏扬家。那么这间屋子，应该住着两个女人，或者至少有一个女人经常过来。

顾枫看见苏扬家中有个小酒柜，内中放着多瓶红酒，他突然想起高思明口中的，苏扬特殊的癖好，感到尴尬。

顾枫打电话给物业，问苏扬家最初在设计时有没有地下室，物业给了他肯定的答复。

顾枫在物业人员描述的地下室入口处发现了一个书架，挪开后，一扇小门就露出来了，挂着锁。顾枫先打了个电话到局里物证科，让他们派个人将苏扬随身的钥匙给拿过来，另外打电话给法医处，找周法医。

周法医声音甜美："您好。哦，是顾队啊，您好您好。"

顾枫心头一颤。

"什么事儿啊，顾队？"

"嗯，我想问问你，上月28日，风荷小区杀人案，死者的真实身份确认了吗？”

周法医明显一愣：“那……那不是苏扬吗？”

“我知道，我是问你，有没有从技术方面进行确认？”

“这个……没有哎，抱歉。”周法医很尴尬，她小声说，“我思忖着她的身份既然已经确认，就没有……呃，对不起，给您添麻烦了。”

“我没有怪你的意思。别误会。我也是突然想起来，这会儿需要。”

“嗯。我现在就做，不过要一个礼拜才能出结果。”

“谢了。”

挂上电话，顾枫思考了一会儿。等物证科的同事将钥匙送来了，顾枫挨个在地下室的门上试，试到第三把钥匙的时候，房门“啪嗒”一声开了。

顾枫以手掩鼻下了地下室。通过一条长长的楼梯，顾枫摸到开关后开了灯。地下室有人打扫过，还算干净，摆放的都是些长久不用的杂物，还有个大柜子。奇怪的是，其他杂物上都落了灰，独独柜子上没有。顾枫戴着白手套打开柜子，发现里面是些书籍和女人的各式衣物首饰，和苏扬平时的打扮风格完全不同。

顾枫有些诧异，脑海中登时出现了双份餐具和洗漱用品的事。

顾枫在不是很大的地下室转了转，找到了一扇小门，打开后是地下车库，顺着地下车库可以直达小区门外。

物业人员告诉顾枫，地下车库处并没有监控录像。

而门前的监控录像显示，苏扬每天都从正门出入，无一例外，而且非常准时——她每天早上7:30出门去买新鲜蔬菜。从没有人和她一起从正门进入，这给人的感觉是：她一直以来都是一个人。

而她为什么要掩饰另一个女人存在的事？

如果是这样的话，那么所有的案情还原后应该是：

苏扬和阎婷一直保持着特殊关系。苏扬长大后回到凤凰村向继父复仇，阎婷让他死于医疗事故。后来，阎婷来到吉末区第三人民医院，二人合作杀了歌手许星海来赚取比特币——或者她们还杀过更多的人。

苏扬和阎婷找了同一个男人恋爱——又或者说阎婷是故意的。苏扬预感到阎婷的情人是高思明，在6月28日设计确认。那天阎婷从地下车库回家，向苏扬道歉，这时高思明过来了，苏扬为了报复阎婷，同高思明发生关系，引发了阎婷杀意。高思明走后，阎婷在苏扬的蛋糕中加入迷幻剂，用编织绳勒死她后带走蛋糕和蛋糕盒从地下车库离开。

或者说，阎婷因为财产和情感关系，早对苏扬起了杀心，所以在暗网上预估了她的死亡日期，并加以实施，阎婷账户里多出的比特币就是证据（可能性更大一些）。

顾枫摸了摸下巴，没记错的话，预估自己死期的也是阎婷那个账号，怎么，是阎婷想要阻止案件进程，杀他灭口吗？

有意思。

可还有一个地方说不通：为什么在凤凰村，丁媛说死后的苏扬来找她报仇了呢？丁媛为什么突然会被吓疯了？难道，这只是一个疯婆子的信口胡诌？

还是说……顾枫皱了皱眉头。还是说死者根本就不是苏扬，而是阎婷？

那天苏扬骗她吃了有迷幻药的蛋糕，正准备动手时，高思明来了。苏扬将没法行动的阎婷绑起来放在柜子里，应付了高思明后再下手，并且伪造出死者是自己、凶手是高思明的现场。而因为她们二人长期的合作和情感关系，知道阎婷的比特币账户对苏扬来说不是难事。

毕竟到现在，没任何证据表明死在苏扬房间里的女人就是苏扬。她的脸被毁了，DNA比对还没进行。刑警们有可能在误导下陷入了一个误区，他们错误地将死者当作了苏扬。

而这，没任何证据支撑。

诛心计

丁媛不知道为什么，乡亲们对她的态度急转直下。

她硬塞的钱不起作用了，最近每个人看她的眼神都变了，稍凶点的小孩还捡石块丢她，他们呵斥她，像呵斥一条狗。

很多陌生人来到凤凰村，用油漆在她家大门上涂些“贱人”“滚出去”的话，将装满了蟑螂的盒子丢进来，在她被子上涂满粪便，还砸坏锅碗瓢盆……

摄像机镜头像闪光弹一样刺眼，话筒铁棒槌似的戳在她眼前。

“您好，我是《社会日报》的记者，请问丁女士，您对您女儿苏扬被杀一事怎么看？”

“我是《人间法事》的记者，请问您是否多次向苏扬讨要钱财？”

“听说您在苏扬活着的时候将她逼上绝路，是否属实？”

“丁媛女士请回答！”

“请您回答！”

“……”

苏扬！苏扬！

这个名字好似打四面八方涌过来的潮水，将丁媛整个人吞没，她抬头是乌泱泱的人群，带着探究、愤怒……抑或是幸灾乐祸的眼神。

丁媛抱着脑袋蹲下身子，她痛苦地哀号着，像只暴露于日光灯下人人喊打的老鼠。

这是烙进她骨子里的感觉啊，贯穿了她一生。那是种拼命想抬起头来却又不断被按进泥沼里的屈辱感。

从 17 岁离家出走到带着苏扬身无分文地回来，从将希望寄托在苏扬身上到被她的丑事羞辱得抬不起头……她没有一天不想挺起胸膛，不想荣归故里、衣锦还乡，她要让耻笑过她的乡亲们正眼看她！要让他们知道她现在手里有钱，她过得很好，她不是他们口中的烂人！

可怎么就这样了呢？

给他们送了那么多钱和礼物，还不够吗？

丁媛不明白。

“丁媛女士，我开车开了 1000 公里来到这里，就是想当面问你一句，你对苏扬做过的那些，可曾心存愧疚？”

《焦点周刊》某记者的这句提问将丁媛给弄蒙了。

不久前，苏扬的鬼魂也是这样问她的：你可曾对你做的事情，心存愧疚？

丁媛愣在那里，片刻后打了个哆嗦。

不久前，凤凰村的丁媛正和隔壁阿花提着菜篮子闲聊，回头看见有人从田埂上飞奔过来，说：“小丁！你女儿给人杀了！快去看看！都上新闻了！”

丁媛脸上火辣辣的，像给人打了一巴掌，“女儿”两字，让她觉得羞耻。

死了？

一瞬间，好似有块冰嵌入了她的心脏，那凉意扎根后又迅速蔓开，直渗透了四肢百骸，她失魂落魄地退后了两步。

丁媛嘴角抽了抽：“她活该。”

丁媛是一个人回凤凰村的，在这之前她跟苏扬闹翻了——为建保平寺的事。她说苏扬是个畜生、不孝女，想从苏扬手里拿钱去捐给村里盖保平寺，给她赎罪。

苏扬没给。

丁媛没法理解，这么好的赎罪机会，苏扬为什么不要？这么多年，苏扬做了多少忤逆她的事？让她去找个稳定工作不去，找个对象不找，在家给自己做饭也不做……不照顾父母已是最大的不孝了，简直跟牲畜无异，现在让她捐钱建寺庙赎罪还不愿，真是家门不幸，她生了这么个狗东西。

苏扬“嗤”的一声笑了：“我做稳定工作，你哪儿来钱赌？我找了那么多对象，哪个不是被你弄没的？我没时间做饭。”

“哎，话说清楚了。什么叫你对象是我弄没的？你也不想想你配不配？是你没有羞耻心也不知道检点，也难怪人家男的看不上你，还不都是怪你自己！”

苏扬眼眸稍稍下垂，到底没说话。

丁媛语重心长：“给你机会建个庙赎罪，妈也是为你好，省得你死了下地狱啊。”

苏扬面无表情。

丁媛变了脸，狠狠一巴掌扇在苏扬脸上，打得她侧过头去，苏扬没说话，腮帮子鼓了鼓。

“我养大你花了多少钱？你吃的奶那都是我的血！要不是你，我早嫁到大户人家去了！你长大了翅膀硬了，怼得我是一愣一愣的，就光算这么多年你让我生气的精神损失费，你得赔我多少？要你几个子儿怎么了？你还给计较上了。”

“要多少？”

“500 万。”

“太多。”

“你不是有钱吗？”

“没那么好赚。”

“哦，你也知道钱难赚，屎难吃啊？我当年养你不辛苦？要不是为了你，我会嫁给苏文强那老东西？我看得上他？结果你怎么报答我的？我呸！我一张老脸都被你丢尽了，你恶不恶心啊？我一想起你，就像吃了苍蝇一样，一天恨不得洗八遍澡，恶心！”

又来了……

苏扬耳边嗡嗡直响，她开始头晕目眩。

1月23日，苏扬从银行共分10次提了8000万现金。她拿出1500万给丁媛，第一次也是最后一次跟她说：“滚吧，从今往后，不要出现在我面前了。”

居高临下，面无表情。

丁媛再见到苏扬时，听说她被人杀了。

当时是个阴沉的夜晚，无星无月，风吹过来凉得让人心里发怵。丁媛在保平寺里给观世音菩萨上香，她拜托菩萨保佑，让苏扬来生投胎成猫狗。

投胎做人？那不可能，别为难了菩萨。苏扬？她不配。

她13岁时……丁媛又开始碎碎念了。

丁媛无比虔诚地在菩萨面前三叩首，抬头时看见一袭血红血红的衣裙。

菩萨显灵了？

丁媛打了个哆嗦，瑟瑟发抖着抬头往上看，正对上苏扬苍白的一张脸。

她没有血色，苍白到要透明了，散着头发，眼珠子黑到让人感到空洞。

丁媛发出凄厉的喊声，整个人瘫在苏扬脚下，烂泥一样。“你……你来找我做什么？”她疯狂踢打着双脚，“都是你欠我的，你欠我的！”

苏扬眼眸很黑，皮肤惨白像鬼魅，面无表情。她伸出双手，想要掐住丁媛脖颈，忽然又缩了回去。她站在原地，看着丁媛因惊恐而歇斯底里地大力扑腾，她弯腰大笑了起来。

“哦……原来你怕死了的我啊。”苏扬侧歪脑袋，露出孩子样天真的神色，她捂住嘴惊诧，“可这没道理啊。我活着的时候，你天天咒我死，现在我死了，你反倒怕？”

“我……你不要过来，我告诉你不要过来啊……南无阿弥陀佛，南无阿弥陀佛……”丁媛被吓到精神失常了，她疯了一样将手头能找到的香、黄纸什么的丢向苏扬，无果后，她惊慌失措闭上眼，语无伦次念起经来。

苏扬走过来，依然大笑着。

“你真可怜，真的。你一辈子都想得到那些乡亲的承认，可是呢？婊子就是婊子，变不成仙女。你 17 岁跟人私奔，结果被耍了。亏你还能觍着脸回来，你妈都被你丢人丢到自杀了。因为钱，乡亲们待你和气，其实谁心里看得起你，你自己没点数吗？垃圾就是垃圾。建庙？你也配给观世音菩萨建庙？啧啧啧，脏……太脏了。”苏扬一字一句，字字剜心，“你这样的人，怎么配有听话的儿女？看吧，我就是菩萨给你的报应。这都是因为你，是你该受的。你在计较什么？你还有什么不满意的？给我赎罪？不，该赎罪的人是你，你活该。”

“你胡说！你在胡说！我怎么会……怎么会是我的原因？都是你……都是你……”丁媛捂住脸，“都是你害的！要不是你……”

“哦。可真会甩锅啊。话都被你说完了。”苏扬弯下身子，凑近她，“那我说都是你，不行吗？你教的。甩锅啊。都是你害的我，都是你害的……糟糕！”苏扬突然暴怒起来，她抱住脑袋尖叫，“你说都是我害的？是我求着你将我生下来的？哦不，我难道不是你跟男人瞎搞的结果？我害的？是我求着你干那些事？我这么多年求过你什么？都是你在求我！天……”她抱住脑袋，神情明显狂躁，她在地上踱来踱去，自言自语着咒骂，“我真的要被你逼疯了。不不不，我已经疯了，我早都疯了。”

苏扬的话戛然而止，空气突然凝滞，静得能听见一根针落地。

时间静止了有5秒钟，诡异的笑容像透过皮肤蔓延而上的毒素，慢慢烙在苏扬面无表情的脸上。她眼珠向下，嘴唇一开一合：“丁媛，知道我有多恨你吗？在几千个日夜里。

“我恨不得将你剥皮抽筋。我想让你脱光了跪在雪地里。我为你设计了无数种死法。我曾经想过将你这张恶毒的嘴给缝起来或者用熨斗给烫平了。后来我想了想，不够，还不够。杀了你有什么用？我要你活着，一辈子在自己编织的牢笼里苟延残喘。知道吗？我女儿是我亲手掐死的，嫁祸给你了。我要你一辈子背上杀人犯的恶名，千夫所指。苏文强也是我杀的。我再告诉你一个秘密……”她弯下腰来，凑到丁媛耳边小声说，“苏文强是我女儿的父亲，我勾引他的，他可看不上你。”

丁媛整个人仿佛被冰冻住了，她直挺挺愣在那里：“说谎，你在说谎！”

“不然呢？”苏扬邪笑起来，“你还真以为自己倾国倾城哪？”

“不——不——你说谎，你在说谎——”丁媛尖叫一声，她全身都颤抖起来，头上的汗和眼里的泪噼里啪啦往下掉，她捂住嘴歇斯底里，弯下腰的时候像呕出了全部的灵魂。

“我……我杀了你——”丁媛疯了样扑过来，伸出手就要掐住苏扬的脖子。苏扬向后退了两步，她扑了个空。苏扬扯下围在颈上的红色丝巾，迅速在丁媛脖上绕了一周，而后狠狠拉直。

丁媛的脸色在她手中慢慢青紫，苏扬看着她那充血而凸出的眼球，突然欣喜若狂。

她笑得上气不接下气：“难得见你露出这样的表情，让我再好好欣赏一会儿。”

公鸡的叫声响彻云霄时，苏扬无所谓地拍拍红裙子，站起身来。她狠掐住奄奄一息的丁媛的脖子，硬塞了几颗药丸逼她吞下去。

咯咯笑了好一会儿，苏扬又凑近她，像好友间分享秘密一样小声说：“这个药啊，它会像蜘蛛一样爬进你的脑子里，在那里结网，吐出毒液，摧毁你的精神，你的全部，让你崩溃，让你发疯。就像你曾经对我做的那样，潜移默化，让我的大脑长成现在的模样。和我一起下地狱吧。”苏扬蹲下身子，用指尖挑起丁媛的下巴，“你教过我什么是善良和爱吗？嗯？

“你能再告诉我一遍吗？我真的好想学啊。

“如果能回到13岁的话。

“妈妈。”

黑暗中，有什么东西掉落下来，像坠入平静水面的一颗露珠。

滴答。

迷雾散

顾枫驱车赶到凤凰村找丁媛时，夕阳刚刚落下，天色麻麻黑。

他赶到时，丁媛正被一群十二三岁的孩子围在河边，她抱着脑袋瑟缩成一个球，孩子们轮流着冲她投石子。

“疯婆子”“老鼠屎”“怎么不去死”……

各种污言秽语化成尖刀，一刀刀向丁媛身上剜。

“我建了庙，我捐了钱，我修了路，我甚至给你们钱让你们盖新房子……你们这群忘恩负义的东西！喂不熟的白眼狼！”丁媛抱着脑袋鬼哭狼嚎，她血红着一双眼，头上散落着稻草和泥土，她挥舞着双手彻底疯了。

她永远也没法明白，为什么自己一生都活在无形的牢笼里。为什么她一直想挺起胸膛做人，却到死都被人看不起。

小兔崽子，这样欺负一个疯了的女人！顾枫气不过，将车停在田埂上就冲了过去。

一个胆大的男孩抄起一块砖头，气势汹汹地走到丁媛面前，猛地一砖头砸在她头上。

“啪——”

…………

丁媛闷哼一声，身影在残存的夕阳中“咣当”倒地，抽搐了两下，不动了。

“干吗呢！”顾枫厉喝，孩子们登时作鸟兽散。

暮色里，丁媛四仰八叉躺在地上，额头上都是血，砖头被扔在一旁。顾枫咬着牙打通当地派出所和医院的电话，让他们来处理这件事。

麻麻黑的天色下，顾枫抬头，看见不远处站着一个穿着火红色长裙的女人，她披散着长发，眼睛直勾勾地望着顾枫的方向。

那张脸……

苏扬！

是苏扬！

顾枫看得一清二楚！

顾枫立刻鸣枪示警：“不要动！苏扬！我看见你了！你已经被捕了！举起手来！”

苏扬没有动，她面无表情伸出右手，向顾枫竖起中指，接着头一歪，露出孩子般天真无邪的微笑来。

苏扬用右手比了个枪的手势，往自己的太阳穴一指，“砰”的一声，她翻出白眼吐出舌头，接着向后一倒，倒入身后流淌的小河里，像一片枯了的叶。顾枫疯了般赶过去时，发现河里的一块浮木上缠着苏扬的血红色披风。

她跑了。

顾枫全身冰凉。

顾枫开了两小时的车赶回警局时，警员们已经下班了，只有周法医还在。

风风火火闯进来的顾枫吓了她一跳。

“尸体身份确认结果出来了没有？”

“没……没有……抱歉。”

顾枫拉着周法医走进冷藏室：“给我个大致结果就行，现在很急。”

“好。”

顾枫大步离开，拎起羁押室里还在睡大觉的高思明，拖拖拽拽来到了尸体库。

这时候高思明才清醒，刚睁开眼就看到满眼的黑色尸体袋，他整个人都瘫软了，脚底哧溜哧溜直打滑：“妈呀——”

顾枫拉开尸体袋的拉链，拎着东倒西歪的高思明过来：“阎婷和苏扬你不是都上过吗？她们的身体你熟悉。给我辨认下这具尸体，到底是阎婷还是苏扬。”

高思明被尸体那张硫酸毁过的脸一激，登时“呕”的一声吐了。

“你睁大眼睛给我看清楚！”顾枫怒吼。

“哈哈，真有趣。”女人的娇笑声从停尸间最里面传出来，她的身影缓缓现出，一身红裙，高跟鞋踩在光洁的地板上，发出“笃笃”的清响声。

她的头发很湿，一缕缕耷拉在脑袋上，面色苍白，挂着渗人的笑——是苏扬。

“啊啊啊——是你——”

高思明凄厉惨绝尖叫一声，接着脚下一滑，栽倒时头磕在尸体架一角，立刻不省人事了。

顾枫三步并作两步冲上去，一个标准的擒拿手捏住苏扬手腕向后，他将她的脸摁在墙上：“你被捕了。我没想到你敢见我。”

“别这么粗暴嘛！”苏扬柔声说，“你轻一些。”

她的声调忽又转为孩子般的惊诧：“呀！被发现了。好可惜哦。”

“你女儿是你杀的，苏文强、许星海，还有你的共犯阎婷都是你杀的，对不对？”

“啊……别把我说得那么没用嘛！只杀那些人怎么能够呢？这世上自以为是的人那么多，不配为人父母的人那么多，杀这点儿怎么能够啊？不够，还不够。这些人，我能力有限，痛恨自己杀不完啊。”

“你就是有病！”

“我告诉你一件事，”苏扬挣扎着回过头来，她冲着顾枫吐舌头，“这世上真是有鬼的。你儿子顾思没说错，我已经扮鬼吓唬他一个月了，可你连问都没问，还辱骂他懦弱。你老婆死了，儿子也不喜欢你，你说你活在这世上有什么意思？”

顾枫一把拎起她领口将她摁在墙上，面色铁青：“你碰我儿子做什么？”

“啊……实话说，看到你还活着我很失望。其实我在7月16日晚上给过你儿子氰化钾，我说你不爱他，你嫌他懦弱，看，他受了这么大惊吓，你都不陪他。我让他要么杀了你，要么自杀，我在他心中种下了颗仇恨的种子，看到你还活着，我就知道我的种子计划失败了。这颗仇恨的种子没有生根发芽，至少现在还没有。”

顾枫暴怒起来，将她的头狠狠地在墙上磕了一下，“咚”的一声：“你就是个疯子！”

苏扬吃痛，闷哼一声。

“你就是个变态！敢碰我儿子我一定杀了你！”顾枫颤抖着嘴唇骂。他长舒了一口气，让自己迅速平静下来：“阎婷是你的共犯，你们合作杀了不少人，得到了暗网‘惩戒之矢’奖池中的比特币，后来因为高思明反目，你杀了她嫁祸给高思明。然后你诈死，诱导我们将尸体误认为你，挑起网络暴力逼死你的母亲丁媛，一石二鸟，我说得对吗？”

“对啊，真聪明。你全都说对了，但我的动机和对象你搞错了。”

“什么意思？”

苏扬扶着桌子站起身来，咧嘴一笑，眼眸中的光芒如孩子般天真。她凑过来踮起脚，在他耳边轻轻一字一句：“我的目标从来都是你啊，没看出来吗，我亲爱的顾警官？”

“什么意思？”

“就是这个意思。”周法医清冷的声音突然在顾枫身后响起。顾枫诧异地回过头去，正对上了她手中黑洞洞的枪口，她面带微笑，食指轻拨，“唰啦”一声，保险栓被拉开。

“你……你哪里来的枪？”

周法医抿嘴一笑：“这是你的枪，我刚从你身上偷出来的。”

“你……”

“你的推理过程满分，但对象错了。”周法医长长的眼睛弯了弯，“阎婷只是个无辜的女人，而苏扬的共犯，从来都是我。高思明和阎婷只是我们计划的一部分，一个烟幕弹罢了。”

“对哦。”苏扬吐吐舌头，“注意啦！警察哥哥。从追尾高思明的车到装作吃醋杀了阎婷，这一切可都是演戏哦。我们的目标一直都是你，你值500多个比特币呢！我只是想拿到钱，顺带着做局毁了丁媛，高思明和阎婷就是工具，哄骗你们的障眼法，不值一提。不过……我顺带着也与男人交往一下……”苏扬“啧啧”两声，弯着眼笑，“果然不行。”

说着，苏扬“咔嚓”一声撬开了手铐，她从口袋里摸出一只怀表搁在顾枫眼前，顾枫听见秒针嘀嗒嘀嗒，还差 30 秒就到 7 月 18 日的 0 点了。

顾枫在那一瞬间终于明白，暗网上“惩罚之矢”奖池中有人预测自己死亡日期，最近的一天正是：7 月 18 日。

也就是——现在。

这从头到尾都是针对他一个人下的套。

这从来都不是案件、不是调查，只是一场精心策划的谋杀。

顾枫看着周法医，她面无表情。顾枫垂下眼，连问一句“为什么”都没有心情了。

他输了，输得彻底。

苏扬走到周法医面前，接过她手中的枪。

“为什么是你？为什么我要选中你？想过吗，顾哥哥？”苏扬拿枪口敲敲自己的头，做恍然大悟状，“啊……你知道吗？我有次下午来警局接周法医的时候，看见你在训斥顾思，因为老师打电话跟你说顾思上午逃学，你还打了他一巴掌。而当天上午我在街上看见你家顾思被几个高年级的学生摁住了头打，他们抢了他的零花钱。顾思一个人坐在地上哭，我过去问他为什么，他说那天是你的生日，他砸碎了存钱罐，想给你买礼物。那天买礼物的钱还是我给他的呢。小家伙冲我鞠躬说谢谢，还说一定会还我。当时我就在想，这么可爱的孩子，怎么会有你这样的父亲？你连原因都不问，就给了他一巴掌。谁给你的权力？嗯？”

顾枫直勾勾愣住，很快，他的眼睛红了。

“你们这些成年人，天天说着爱孩子！多虚伪，你们当中有哪一个真正在乎？还不是将子女当作自己的私产？你们之所以这样，不就是因为子女打不过你们？还在他们是一张白纸的时候，用什么‘听话’来进行思想控制。人与人之间是要相互尊重的，懂吗？”苏扬俯下身子。

苏扬将枪口稍稍下滑，对准顾枫眉心："放心吧，顾警官。你死之后，我和周法医会收养你的顾思，我们会好好对待他的。"

顾枫没有说话，只是静静地看着她，目光中丝毫不见惧色。

苏扬有点诧异，刚要扣下扳机，却听见一阵噼里啪啦的乱响。

顾枫手中扔下一大把子弹，任凭它们落在地上。

"平时，我们都是枪弹分离的。"顾枫一步步走上前来，他上上下下打量了苏扬一番，"你觉得，我会觉得你们像暴恐分子？对付你们，怕还用不上吧。"

"不对——"苏扬突然反应过来，刚才在河边的时候，顾枫明明不假思索就掏出了枪向天示警，"你在说谎——"她反应过来，迅速扣响扳机，而就在那千钧一发之时，顾枫飞起一脚踹上了她手臂，"砰"的一枪打空了。

顾枫扑上来摁住苏扬，她自然没法和顾枫比力气，不到半分钟就被制服。

"还不快跑！"苏扬对着吓呆了的周法医大喊。

周法医冲过来，她抄起一把椅子狠狠向顾枫砸去。就在这时，周遭脚步声纷至沓来。

"警察，别动！"

一队警察破门而入，黑洞洞的枪口指向屋中四人。周法医全身抖了抖，回头向苏扬惨然一笑："扬扬，我们完了。我告诉过你，别打警察的主意，可你就是不听。现在可好？完了。"说完，她举起手来。

"看来你早有准备，不错啊。"苏扬侧过头来看顾枫，眼眸中颇有赞许的神色，"但你怎么知道我在这里？"

"在凤凰村，你露面给我看，不就是想让我折回周法医这边确认尸体是不是你吗？既然你设下了圈套，那怎么会一无所求？我如你所愿，也将计就计。"

“哈。”苏扬依然在笑，“我本来的计划是杀了你后嫁祸给高思明，得到那笔预测死亡的比特币远走高飞。现在看来是失败了，不过也没什么，反正我想干的事也干成了一部分。”

“去和法官说吧。”

被推搡着走过顾枫身边时，苏扬转过身来扬眉：“丁媛她死得很难看吧？”

“我完了吗？这就完了吗？”苏扬放声大笑起来，她笑到快要流泪了，“这种感觉真奇怪，我明明没做好准备，就这么‘嘭’的一声，完了。哈哈，就像我来到这世界，也没做好心理准备一样，‘哇’的一声就来了。哈哈。

“丁媛没问过我，她生我的时候，没问过我是不是想来。”

苏扬有些懊恼，像个被拆散了的芭比娃娃，她耷拉着脑袋嗫嚅：“这辈子没被像人那样看过，很失败，没活好。”

尾声

三个月后，苏扬被判处死刑立即执行，周法医被判处18年有期徒刑。

周法医在监狱里意外死亡，走得比苏扬还早一步。

顾枫辞去了刑警队队长的职务，调职去做了一名户籍民警，工作虽然算不上轻松，但至少有时间接送儿子顾思上学放学，有时候还能带着他下馆子改善生活。慢慢地，小家伙似乎也没那么怕他了。

叶琳一家搬出风荷小区后租了新房子。

房租随着房价一起上涨，新房子比原先的贵了30%。

“晦气！真晦气！我就知道那圆脸的骚狐狸不是什么好东西！害我们的气运都败光了！现在物价这么贵，让人怎么生活嘛！”

“妈，今天老师让买参考资料，要交169块。”儿子硬着头皮走过来。

“买买买，整天买买买，花钱如流水。就你那成绩，还要什么参考资料？垃圾就是垃圾！参考资料顶个屁！也不看看隔壁家小孩，这就是命！人家不用看书都比你强。你个丑东西，也不看看自己长的那样，以后哪家姑娘看得上你？蠢得跟猪一样！”

叶琳越说越气，猛地扬手，狠狠甩了儿子一巴掌。

“啪”的一声。

像是有什么东西碎掉了。

癌症，从未停止蔓延……

尼莫点

会厌

“学妹死后，我变成了‘地缚灵’。”

“今天的故事是什么呢？”

观剧者急不可耐地伸手向我索取。我只得恭敬地递上。

“先生，规则还是一样的，需要我复述一遍吗？”

“我又不是老头子。”观剧者不满地嘟囔一句。

我轻笑一声，却对他的抗议置若罔闻——从某种意义上讲，这对我是一个仪式。

“这篇推理小说缺失了真相和结局，先生您的任务就是找出它。”

“一共有几个相关人物呢？不要又像上次那样，岛上还隐藏了第18个人。”

“放心放心，”我摆了摆手，又开始回味上次戏耍了观剧者的愉悦感，“这次只有三个人。”

观剧者沉思了一会儿，点点头。

“那么，请开始观剧吧。这次的题目叫尼莫点。”

1

今天天气意外转晴，我熟练地摸出偷偷配的钥匙，溜进了高中的体育馆楼顶。此刻正是五一假期，倚靠在栏杆上的我感受着舒爽的风，看着对面映出我颓唐身影的高楼玻璃，吐了一口气。

“嘿。”身后传来了一声俏皮的招呼声。

明知道这个时候体育馆是不可能有人的，我依然下意识地回过了头。然后，她的身影映入了我的视网膜。

那是一个身着湛蓝服饰的女孩，正背着手兴奋地打量着我。

是幻觉。我立刻意识到了这一点。然而在眼前女孩的身影上，我却感受到了额外的东西，这让我无法自如地无视她。我心中萌生了一丝焦躁，就好像心急火燎出门后总觉得忘关窗户，明知不可能，却依旧不安地折返——

“别不理我呀！”女孩笑得很开心，“我……一直在等你。”

如果说看到幻觉还是情有可原的话，那与幻觉对话的人大概是无药可救了。

而我，在那个瞬间，不，或者在更早的时候，就病入膏肓了吧。

2

我审视着洛菲，这是眼前的幻觉告诉我的名字。她长得很清秀，宽松的衣服显得不那么合身，和下面的裙子也并不搭。全身没什么特殊的装扮，虽然没穿校服，但举手投足就和学校里无数的高中生一样。

这幻觉是如此真实，以致我现在依旧没有缓过神来。

如果有别人，一定能看到我正焦躁地捂着脸，一个人宛如神经病一样在天台绕着圈子。

五分钟后，女孩眯着眼微笑的脸依旧没有从我眼前消失。我终于放弃了抵抗，嚅动着嘴唇发出自暴自弃的声音："你想让我做什么？"

我的回应似乎为洛菲模糊的身躯注入了力量，幻觉因获得了我的认可而变得更加鲜明："我希望你找出，发生在这里的杀人事件的真相，那样我才能消失。"

我的思维停滞了一秒。杀人事件？真相？幻觉？这几个词在我脑内爆炸，甚至让我开始怀疑这个世界、这个天台的真实性。事实上，我的确丧失了部分记忆，请假了一个月，前几天才终于摆脱了病号服和消毒水的气味出院回家。那究竟是何时何地的记忆我现在依旧无法记起，因此不由得猜测眼前的幻影是我为自己送来的信使。

"被吓到了？怎么样嘛，答不答应答不答应？"在我脑内狂风暴雨的同时，洛菲依然在我耳边念念叨叨，"你注定要找到真相的。"

这就是诞生于我潜意识的形象吗？我拼命甩着脑袋，并挖掘着我过去的记忆。我那过分开朗的幻觉正在我身旁绕着圈，像极了跳着舞蹈的蜜蜂。

如果这些都只是暂时的幻想就好了，可没错，这里的确发生过一起事件。为什么我会忘了它？这女孩和那起事件有关系吗？我想继续回忆下去，可记忆却出现了一道暧昧的屏障。

默契地呼应着我内心的迷茫，眼前的女孩投来困惑的目光。

我咬了咬牙。

"20X4 年。"

"嗯？"洛菲歪着头，半透明的双眸像极了笼罩着薄纱的星空。

"那一年，有个高三的学生死在了学校里。"

“似乎……有点感觉。”洛菲流露出鼓励的眼神。

我翻出手机输入了相应的关键词。

“有了。”洛菲听到了我的话，靠了上来。明明没有实体，我却下意识地移开了一个身位，这真是奇妙的感觉。

20X4年6月4日，某某高中高三学生从体育馆跳楼身亡，尸体被清晨在附近晨读的学生发现。经警方调查，最终被判断为自杀。

“报道十分简短。据说她是因为课业压力才跳楼的，话题度很高，似乎就连当时的校领导都引咎辞职了。”我粗略翻了一圈，然后总结给洛菲听。与此同时，我也发现死亡的学生照片被隐去，名字也用假名替代，更别提相关人士的信息了。

“所以……你就是那个女孩？”我可不记得自己曾和拥有自杀倾向的少女相识，但陌生人又怎么会进入我的幻觉？

“啊，这个……”洛菲似乎脸红了，“大概……也许……可能应该是这样吧，嗯，我就是那个女孩。”

“你到底是有多不确定啊！”看着她晃荡的身形，我感到更加疑惑了。显然这个女孩起源于我的潜意识，却又有相对独立的心灵。我究竟出于何种原由创造了她？我又为什么要向自己寻求帮助？

苦恼的同时，我绕她一周，打量着困惑的女孩。四肢完好，头部也没有撞击的痕迹，就连衣服也没有摩擦和破损，看起来不可能是跳楼而亡，倒可能是服毒自杀的文艺少女。

如果我只目睹过死后的尸体，应该不会幻想出如此完好的她——我确信自己一定在死前见过她。

“我记得，”我清了清嗓，“你刚才说这是一起杀人事件。你……你是被杀害的吗？或许你可以回忆一下当时的场景，什么都可以，能做到吗？”

闻言，洛菲抿着嘴并闭上了眼睛。

“嗯，当时，我躺在地上，月亮很大，但是周围黑漆漆一片……那是天台，没错，我是在天台上死去的。背上有水泥地坚硬的触感，我好像要陷进去了……不。我的身边似乎有其他人。”良久，她再次开口，声音却明显开始颤抖。

“我感觉周围……全是水，渐渐无法呼吸，四肢冰凉……啊……啊。”

渐渐地，洛菲虚幻的喉咙里发出了破旧的鼓风机一般的怪异呻吟。

“打住！”我厉声喝止了洛菲的回忆。

女孩茫然地抬起了头，眼角垂着泪痕，大概连她自己都没发现。

“我的旁边……有哭声，有水。”洛菲说完，陷入了沉默。

我笨拙地伸出手，却又讪讪地缩了回来。

明明只想随便试试，却没想到她真的可以回忆——不，她描述的部分也只不过是我被封存的记忆吧。难道我曾出现在她死亡的现场？谜题，全都是谜题。

不过现在可以明确的是，她并非跳楼而亡，并且能感受到现场有第二个人存在。还有水，是血泊？可哪里来的伤口，又为什么会让她有着如此深刻的印象？我的直觉告诉我这并不好解释。

“我帮上忙了吗？”

“算是吧。”我支吾以对。

“那你该请我吃烤冷面了！”

“啊？”我一时没反应过来，“噗，哈哈哈。”

“你笑什么！难道现在学校里没这个说法了？”

“不不不。”我的心情顿时轻松了不少。原先学校门口一直有一家早餐店，做得一手美味的烤冷面，当时的同学讨价还价时总是以烤冷面作为筹码，但是——

“已经改成奶茶店了啦，冰激凌店倒是还在，下次请你吃香草甜筒吧。”我笑眯眯地回答，简直像是朋友之间的日常闲聊。

朋友啊……说不定也不错。那我大概算是和自己的幻觉交朋友的第一人吧。

“哈哈，听起来和朋友一样——那么，你是几年级的呀？”洛菲像猫一样眯起了眼。

“真是令人怀念的问题，我看起来这么显小吗？”我也笑着应答道，“老师。我是老师。”这两个字对现在的我来说那么陌生。一个月没回学校，我都忘记了自己现在是个老师。之前的回忆涌了出来，仿佛灵光一闪，我旋即记起了某张熟悉的脸庞。

或许，我能从别的地方找到可利用的线索。

【幕间】

“失去记忆的主人公，和暧昧不清的幻觉？幻觉也算是出场角色吗？”

我点了点头：“您不妨把幻觉和跳楼事件的死者看作一个人——我想读者也早就把她们看作一体了。”

“这前面说洛菲看到了某个人，那么他自然算是小说中的登场人物——”观剧者轻描淡写地直击了我的要害，“如果登场人物只有三人，那这个神秘人岂不就是作为主视角的‘我’，以及‘我’想起的神秘脸庞中的一个？”

“一针见血。”我忍俊不禁，“到底是不是呢？”

观剧者思索了片刻，默不作声地翻开了下一页。

3

很少有人知道，图书馆里有一个永远晒不到太阳的位置。而在这个位置上永远坐着一位满脸写着“生人勿近”的沉默女生。

“你怎么来图书馆了？”眼前的人放下了书，推了推眼镜。

“林学姐，好久不见……今天我想找你问点事。”我通过桌面的反光确认了自己的表情，此刻我的嘴角挂着一轮自然的弧度。那个幻影似乎并没有跟随我来到这里，看来只有在天台的时候她才会出现。嗯，状态还不错。

“还叫我学姐？你可是老师了，这称呼我可担当不起。”被我称作学姐的女人语气里带着刻薄的调子，“四五个月没来找我了吧，前段时间听说你在班里昏倒了，进医院后还拒绝了一切探视。”

“我，呃，对不起！”

“算了。”学姐的语气里似乎藏着一点欢快，这让我更加不好意思了，“没想到你都当老师了，还和高中生一样孩子气，完全没什么长进啊。而且在医院待了那么久，体形都走样了吧——”

“……”

“唉，真的没事吗？我听到一些关于你的流言，好像你在这里和其他同事处得并不融洽。别给自己太大压力了。”

“我不想说这个了。”我难得摆出了强硬的态度，游离的目光再次会聚在林学姐——林清寒的身上。林学姐惊讶于我的反应，难得失神了一瞬间。

没想到学姐这样的人也会露出这种表情。没错，在我的印象里，她从来都是一个做事游刃有余的女人。被后辈学生们戏称为“图书管理员”的她其实早就毕业了，只是出于某些不为人知的理由依旧驻扎于学校的图书馆。而追溯到高中时期，她就是一个天天游手好闲，对校内事情无所不知的问题学生，几乎成了每个老师的眼中钉——我认识学姐也有六七年了，不久前我大学毕业回母校教书，她便成了我为数不多，一直依赖着的朋友。

“学姐你还记得六年前学校里有人跳楼自杀的事吗？”

学姐“啪”地合上了书本，气氛陡然凝重起来。

“这么说，那件事差不多是六周年了，那年我也是高三，年级里发生了那样的事，却很快被高考抢过了热度，真是可怜——难道你的学生里也有那样的人吗？”

“绝对没有！”我摆了摆手，试图用傻笑蒙混过关。

众所周知，比起“学生”，“侦探”更像是林学姐的专属头衔。当年也正是在高考前的这段时间，她瞒着老师多次潜入出卷的行政楼，只是为了破获模拟卷题目失窃的事件。

“如果我说我看到了死去之人……你信吗？”

“哦？”学姐流露出异样的神情，“你该不会在做超度的工作吧？”

“别拿我寻开心了。”我揉了揉脸。

“看你的样子也不像是调侃。你真的没事吗？要说出现幻觉、看到不存在事物的人，无一例外都是精神疾病患者，或者就是……”

“或者是？”

“或者就是太寂寞了吧。你得知道，那种在太空站工作好几年的宇航员，最容易出现各种各样的幻觉，看到巨大的人脸什么的——莫非你其实是在外太空待了一个月？”

“算了。”学姐推了推眼镜，“不过她的自杀的确很可疑。”

“细想就会发现很多疑点：体育馆才四层楼高，而寝室楼有六层。虽然从四层楼上跃下并非不会死亡，但如果真的想自杀，寝室楼明明是更佳的选择；何况体育馆晚上会闭馆，入口又有门禁和管理员。想要去这样一个地方，对计划自杀的人来说太烦琐了。”

学姐突然滔滔不绝地说了一大堆。

“当然，这些思考除了平添烦恼，没有任何意义。因为没有任何人能够明白自杀者心中所想。”学姐随即露出苦笑的神情。

“你可不是‘任何人’。”我坚定地看着学姐的眼睛。

林学姐滑过书页边缘的手指突然停在了半途：“那有什么用呢，并不能撼动现在的事实。事实就是，她就是自杀的——你这是什么表情，难道你知道什么内幕？”

说着，林学姐再次好好打量了一下我：“也罢，就当作这是学姐的义务吧。”

话毕，她终于说出了六年前的事。

“那个女孩原本十分开朗，但在高三后突然变得郁郁寡欢起来，是因为父母在暑假遭遇了车祸，生活的重担突然落到了她的肩上，而升学的压力便是最后一根稻草。我问到的每个人都毫不怀疑地证明了这一点。

“她的这些关系人，你还有联系方式吗？”

林学姐摇了摇头：“当时她的父母已经去世，而亲戚在料理完后事后便去了外地；那几个朋友的联系方式已经变了，至于老师们……我觉得他们知道的不比你我多。

“说来有趣，关于她选择体育馆自杀的理由，我曾以为她是体育社团的人，因此选择了一个充满回忆的地方。但之后我才知道，她似乎属于天文社。”

“咦，”我的身体下意识地前倾，“会不会天文社在那里办过活动？比如看星星什么的。我记得他们不是经常借用天台吗？我高中时期好几次想参加，但是又不喜欢人多，只好作罢。”

“我问过了，他们从来只在图书馆楼顶办社团活动，因为这是附近最高的建筑——而且他们有这里天台的钥匙。”

“钥匙……当时进体育馆的天台需要钥匙吗？”说话间，我捏了捏口袋里的天台钥匙，坚硬的触感让我安心了不少。

“是的。”林学姐托着腮端详着我。

“那么那个女孩？”

“嗯，她和某人一样，早就偷配过钥匙了。”说着，学姐又瞥了我一眼，“实际上，警方的确在她口袋里发现了天台的钥匙。据她几个室友说，她经常把玩着那把钥匙，应该是溜进天台的老手吧。你也知道，体育馆在学校最北边的角落，就南边靠着一栋行政楼，东边是操场，而北边隔着一条公路就是江，想来风景十分好。对警方和她周围的人来说，最后选择那里作为生命的终点也无可厚非。”

林学姐长吐一口气：“如果真的有凶手存在，那么他真的是好算计。”

到头来，她也根本说不出那个女孩死亡的真相。

“我没找到什么逆转的线索，却惹来了很多人的厌恶。或许就像当时有人说的，比起找到真相，我只是在享受反转事件的快感而已。为了破解谜题的快感，我可以做出任何事。”

“我感觉学姐你更像是被偏执所困。”

学姐怔住，表情旋即变得柔和。

“或许吧。”她看向窗外的天空，“事实上，我总觉得我负有一定的责任，你明白吗？所以，如果可以的话，我希望你不去探究那里的真相，我害怕那里会夺走更多的……东西。”

“我也有非找到真相不可的理由。学姐……不瞒你说，从医院回来以后我总感觉自己，仿佛失去了什么重要的东西。”

“那个答案就藏在自杀的学生身上？”

“或许吧，真相……是少数的几种即使完全不了解也想去寻找的东西。但当我见到它，我就会明白那就是我想要的。”

“那么，你知道尼莫点吗？”

“是地球表面距离有人类的陆地最远的地方吧，据说距离尼莫点最近的有人类出没的地方是太空中的空间站。”我很奇怪为什么会提到这个。

“嗯，尼莫就是‘没有人’，最孤独的地方。你不觉得和体育馆天台很像吗？明明在学校里，却是和我们所有人相隔最遥远的地方。我们永远也不会知道那里发生了什么——真相已经在那个地方丢失了。”学姐转向了我，“又或者说，你想当最靠近尼莫点的空间站吗？”

看我没有回答，学姐突然笑了：“别误会，我不是在无聊感伤。在她的日记里也出现了这个词。”

“学姐你竟然连女孩的日记都偷看。”

林学姐熟练地无视了我，摩挲着自己的指腹：“上面没什么有营养的东西，不过是一些絮絮叨叨的发泄，空虚得就像她的人生。”

“太刻薄了。”

“随你怎么说。”学姐白了我一眼，“说起来，你刚才说你想参加天文社的活动？看不出来你还有这个兴趣。”

“其实也没有兴趣可言……只是偶尔幻想过，如果能触碰到天空中的星星就好了。

林学姐表现得毫无兴致：“真是有趣，那个人也在日记里这么说过。说不定你和那个女孩还真有点相似？看你这文艺的样子，应该去当语文老师。”

“呵，那学姐你呢？感觉应该是人见人恨的数学老师……不，想不想正式应聘一下图书管理员？也算老师。”

“我对老师可没兴趣，负担这么多小怪物的未来太可怕了。我没这种使命感。”

“真的到该负担的时候，就会产生使命感的。”

“没想到你也会说这种漂亮话，真不愧是老师。”

我挤出了一个表示得意的笑容，但心里依旧没有任何波澜。我有资格说这样的话吗？心底突然产生了这个疑问。心理医生对我说的话渐渐变得清晰起来，但迅速沉没在了黑暗里。没错，现在不是想这个的时候，还有一些更重要的事。

“我还是喜欢你高中时候无忧无虑的傻样子。”

然后图书馆内的广播陡然响起。

“好了，看来也不早了。”学姐站了起来，唐突地结束了话题。估计是注意到了我的不知所措，学姐又补充了一句：“放心，我不会只调查了这些东西。女孩尸体的情报，以及体育馆那天的出入情况，我都存在了电脑里，等我回去以后发给你——嗯，你还有什么事吗？”似乎察觉了我的吞吞吐吐，她停下问。

“学姐，我……”

4

明明从来没约定过时间，但我却被一种意外的热情支配着，在第二天早早登上了体育馆的天台。

然后，我又看见了她。洛菲茕茕孑立，正抬头望天。那情景，就像她一直等在这里，等待着我前来完成某种约定一般。

“你是天文社的，还记得吗？”我夹着笔记本电脑，故意压低了脚步声靠近她。

“哇！”洛菲像奓毛的猫一样飞了起来，表现得像一个真正的女孩子。

“小心回不来了。”

“我又不是太空里的宇航员！”洛菲发现是我，又静静地飞了回来，“你刚才……说我是天文社的？似乎有点印象……难怪我这么喜欢天空呀！”

洛菲似乎心情很好，甚至开始哼起歌来。

“你喜欢天空？”

洛菲歪着头，对我的提问表示不解。

“听起来好蠢。”

“嗯，你笑什么，哪里蠢啦！”洛菲看着我，像是好友间打闹般突然伸出手向我冲来。我这才发现自己无意识地把心里久违的愉悦表现在了脸上。

同时我也更加了解到：当我越来越把眼前的幻影看作真实的人，洛菲便会更加真实地表现出喜怒哀乐。这样真的好吗？我不禁追问自己。

“先别管这些，来看看我收集到的情报吧。”

“哦。”洛菲乖巧地答应着，“这些是你调查到的吗？”

“嗯，算……算是吧，都是拜托朋友得来的线索。”

“哇，那你要帮我好好谢谢他们。”

“谢什么？”

“嗯……谢谢他们还记着。”

我的手一顿，但马上恢复了回来，熟练地点开了文件夹。

“你的……尸体是在体育馆南面，也就是正门这一面的草丛里被发现的。由于前天晚上八点开始下过一场大雨，到十二点才结束，体育馆下的草丛一直十分潮湿。被发现的时候你全身湿透，穿着校服和裙子，却没有鞋子。身上也没携带什么多余的东西，口袋里只有寝室钥匙。随后警方在天台上发现了你的鞋子和一把特殊样式的手提式电筒，但没有找到遗书。”

说到这里，我偷偷看了一眼洛菲。她脸上毫无表情，无法揣摩她的心思。

“但是警察最后还是认定为自杀。这个结论的得出源于三个依据：第一，是室友的证言。在她们看来，你似乎在死亡之前已经流露出消极的情绪，显得十分……孤僻。”我斟酌着用词，希望不会引起洛菲过分激烈的反应，“咯咯，第二，你身上除了明显的坠落产生的伤口外没有打斗过的痕迹，而左手手腕上有很多刀伤，其中最新的一道甚至尚未结痂，这代表你曾试图割腕自杀，可是失败了。你的胃里也发现了尚未消化的安眠药……警方的结论是，这比较符合一个‘没有经验的自杀者’的行为模式。”

听到这里，洛菲下意识地捂住了左手，随即缓缓地拉起了袖子。果然，呼应着我的话语，洛菲的手上隐约浮现出几条丑陋扭曲的疤痕。但没等我看清楚，洛菲立马捂住了伤口，用力之大，那虚幻的左手都泛白了。

洛菲的神情变得慌乱起来，像是对自己身体随着我的意识而产生的变化感到无所适从。

“冷静下来。”我自我暗示道。洛菲捕捉到了我的话语，旋即放松了手。我开始在心里不自主地思考：动机、死法究竟为何？窒息和中毒都无法排除。电脑中的尸检报告十分简陋，并未记录相关细节，想必是碍于学校舆论压力而草草了事……

“嗯。”洛菲闷闷地给出了反应。或许这个时候我应该上去拥抱她，但没有谁比我更清楚这种举动只是徒劳。她就是存在于我眼前的尼莫点。

“总之，还有最后一点。”我回到电脑前，“如果说前两点都比较牵强，最后一点大概就是铁证了。根据法医的尸检结果，你的死亡时间是凌晨一点到两点之间。而体育馆入口的监控显示，的确有个学生在一点二十分进入了体育馆，并且从体育馆闭馆直到第二天六点十分尸体被发现、警方进入后，都没有人再出来。”

接着，我点开了一张监视器屏幕的照片。黑白的背景下的确出现了一个娇小的身着校服的身影，手持一把手提式电筒照着楼梯的方向。虽然影像显得比较模糊，但在几个角度依旧能辨认出人形。

“这把电筒样式特殊，看起来应该和现场的一样。你觉得这是你吗？”

“嗯……不好说呢。但是感觉有点奇怪。”

“的确，无论如何都还少了一个人。你死前记忆中的第二个人，他是什么时候到天台的呢？应该……不是虚假的吧？”在抛出疑问的同时，我也在探寻着自己内心的记忆。为什么我会这么执着于第二个人的存在？难道那也是哪个我认识的人吗？

洛菲的语气也有点急躁起来了：“在意识消失之前，我的确感觉到‘有人在’。有个模糊的影子，离我很近，但没有说话。”

“意识消失之前……也就是说如果你不是自杀，那就是被偷袭的？”

我开始头痛了，感觉根本无法自圆其说。我竟然知道这么多细节，这怎么可能？而且还有“水”的问题……

“好吧，首先第二个人的确存在。体育馆没有其他能够进入的入口，他只有可能是在体育馆闭馆前就潜伏在室内。而体育馆闭馆时间是每天晚上八点，这意味着那个人独自一人在体育馆里等待了五个小时。我想没有人会无所事事这么长时间吧？他一定在等你，等着杀掉你。”

“我……我不知道。这没有意义吧！”刚才的话让洛菲突然陷入了混乱，“如果要杀我，为什么要约我到这里来呢？明明这里还有监控，说不定就会露出破绽……嗯，没有……没有理由的。”

我不禁皱起了眉：“怎么了？”

洛菲用力地摇头："没……没有。其实我突然觉得，也没必要这么拼命地去抓那个人吧。事情都发生这么长时间了，我也已经死了，这样没什么意义。对，没有意义。而且，我也没有什么怨恨。"

"……你是不是想起什么了？"

我所有的话都哽在了喉咙里，转换成了试探的语气："你还有什么想告诉我的，对吧？你想起了你的过去？你的朋友？你的家人？想起了你……"

死亡的理由？

我感到我所遗忘的自己正试图冲破所有屏障向我传达某个事实。某个十分重要，却被我丢弃了的东西。不，不是我自己，就是洛菲。洛菲正想向我传递什么。她一定是我很重要的某个人。

"好啦，不要摆出这么严肃的表情，我不想再聊这个，我们的时间还很长，对吗？"洛菲仿佛要掐断我的念头，飞快地飘过来，围着我转了一圈。

"那么，今天我待的晚一些，陪你看一下星星吧。"我很诧异自己竟然会说出这样的话。

"好呀！"看来就连洛菲也很惊讶。如我想的一样，她不假思索地答应道，并绽开了笑容。此刻，我只想要这个笑容能永远保持下去。

5

我的名字是，洛菲。

正如各位所见：洛菲，是一个被困于她死亡之地的幻影。

哎，幻影是什么？

嗯……真是一个刁钻的问题呢。你看过书吗？啊哈哈，肯定看过的，对吧？我大概就像是你在翻动书页时，透过阳光映入你眼睛的书页背面的文字吧。书依然是那本书，我只不过是你未曾阅读，或者读过却忘却了的记忆——换言之，我既是你，又与你不同。

我被困在这里的理由？

我刚才说过了吧，我是在你翻动书页时才能存在的幻影。我会出现，就代表着你在该翻页的时刻踌躇了太久。

哈哈，为什么这么执着于书的比喻？看来你还是不太明白，喜欢书的不是我，是你。现在听明白了吧？能让我离开这个世界的，只有你了，只有你了……

…………

“那栋楼真是煞风景，让人浑身不自在。你说是吧？嗯，洛菲，怎么又发呆了？”

“嗯？啊，没什么啦！我也超——级——讨厌这栋楼！”我轻轻地让身体飘浮起来，突然冒出了想恶作剧的念头，瞬间改变了方向，大叫着穿过了眼前这个人的身体。

“你什么时候能安分点！”

“哼，竟然敢白我！”我鼓起腮别过头去，却意外地感受到了一种久违的满足感。

“哦！能看到星星了！”身旁的人仰起了头，向我招了招手。

“嗯。”我含糊地回答，随即直接横倒了身子，就这么飘浮着平视夜空。

“你知道吗？实际上，我的记忆里并不存在很多关于天文的知识。”在看到星星的那一刻，我突然不受控制地开口，“但你说我是天文社的，我却丝毫没有感到意外。总感觉，我对这片天空很熟悉，仿佛看了……很多次一样。”

“嗯。”

“现在学校的铃声还是《星空》吗？”

“嗯，是叫《星空》来着。”

“你知道离地球最近的星星有多远吗？”

“多远？”

“比邻星，离我差不多4.2光年。”我张开了手，“真的是好远的距离！你看这些星星似乎靠得很近，但其实它们之间的距离大概更远。如此遥远的距离，好像……”

嗯，好像什么来着？记忆又残缺了一部分，有种如鲠在喉的眩晕感。

“尼莫点，是吧。”像是为了填补上残缺，对方说出了那个词，“每颗星星都是没有人的孤岛，你想说这个吗？当你看着它们的时候，仿佛自己就成了它们的空间站，有了一种大家都并不孤单的错觉。”

“没看出来你还是文艺青年？”我夸张地捂住了嘴巴，“你是语文老师？”

“瞎说什么呢。”结果我又被白了一眼，“我是什么老师并不重要——不对，我想说的是，这是死者……哦，也就是你生前日记里的句子。你还记得吗？”

“你竟然看我的日记！”

“不光这些，我还知道你其实不甘于只是看着星星，甚至还想成为星星中的一员，没错吧？如果哪一天真的能在群星里遨游就好了！你是不是这么想过？”

“好了好了，不要说了！”这回我感觉自己真的脸红了。不用看也知道对方的脸上一定是一种恶作剧得逞的坏笑！

“我可没嘲笑你。”对方像是对我展开了读心术一般，微笑着辩解道，“……不过，这样的对话真奇妙啊。我有时候甚至觉得你好像是一个真实存在的人，有着自己的心灵。”

“我是真实存在的人呀，最起码，我现在是存在于你眼前的洛菲。”话语超越了思考从我嘴里吐出。但疑问也随之而来：我真的是洛菲吗？我一直对此深信不疑，但事情似乎并没有那么简单。

“为什么你会出现在我眼前？”

“因为我们都因为那起事件失去了重要的东西吧。我的生命……还有你的记忆。”

“我们曾经是朋友吗？”

“嘿，难道现在不是吗？”我反问回去，背着手靠近了对方僵硬的脸庞。

像是对我的主动出击感到羞涩，对方别过了头，尴尬地岔开了话题：“我觉得，我肯定见过生前的你。你还记得高三时候的事情吗，现在是五一假期，结束以后就是三模考试，然后就是高考。这些你有印象吧？”

“哈哈，让人怀念的词，毕竟我这辈子都在和这些东西打交道——一点也不夸张，对吧？嗯……我还记得，以前每次来这附近散步的时候，都好想潜入行政楼里偷卷子。”

“……你知道有人真的做过吗？”

“还有这种事？真想认识一下那个人呢。”

“你没印象？也是。不，我随口说说的。”这么说着，对方站直了身，抖了抖裤腿，“洛菲，我……”

而此刻，熟悉的旋律突然传播开来，是那首名为《星空》的旋律。

“看来要闭馆了，我得赶紧回去。”结果，这段谈话就此戛然而止。

“哎，你要说什么？等等……”

“洛菲，你不用在意这些。等我下次过来，就会让一切结束的。”这句话过于没头没尾，以至我一时没有明白过来。它听起来又是那么像分别前的寄语，给人一种将要永别的错觉。

我只能直直地看着那双漆黑的眼睛。然后，那双眼睛里似乎出现了我自己的倒影。

“难道你已经回忆起了……”

在我反应过来之前，对方头也不回地背对着我离开了，而《星空》的最后一个音符也就此收尾。在天台的门关上之后，我瞬间失去了意识。

6

我的意识漂浮在一片混沌之中，恍惚间回到了体育馆的那个天台。

洛菲正躺在冰冷的水泥地上，却犹如躺在母亲怀抱里，有种怪异却温柔安适的感觉。而那个时候，她也是如此平躺着，渐渐失去了生命。

“对不起，对不起，对不起。”

那是谁？是一团漆黑的混沌。有哭声，但完全不像是人发出来的，更像是一种嘶吼，一种尖叫，仿佛用尽整个生命在哭喊一样。在场的第二个人，在向我忏悔？

请不要哭……洛菲全身僵硬，生命在从她的体内流失。那团混沌旁有一团光，摇摆在浅浅的水上。透过这束光，她似乎能看清一点人影了。那双手……那双手很纤细，但很温柔。

混沌站了起来，费力地拖动着她的身体，将她抛向了空中。洛菲感觉自己差点就要坠落到天上，却又陡然飞向了地面。在与地面深吻的前一秒，她又看到了那一团光。原来那是手电筒。而笼罩着手电筒的光的事物是……

啊。这次，洛菲感觉自己的喉咙不受控制地发出悲怆的鸣叫。

原来如此，是这样吗，对不起，对不起。

对不起，林清寒。

【幕间】

“可以认为洛菲的回忆是真实的吗？”

“嗯……饱含着合理虚幻的真实吧。”我用喝茶的动作掩盖嘴角的笑意，“来，不妨继续猜猜看？毕竟和剧中人相比，您也相当于拥有近乎无限的时间，有充足的试错机会。”

“你明明知道不是这样……”观剧者听罢，垂目轻声说着。

7

今天是特别的，空气中的潮气预示着快要下雨了。

回过神来，我已经站在了体育馆的天台中央。

“说起雨和星星，就会想到流星吧。以某种恒定的频率经过夜空，然后消失的短暂生命，感觉就和你一样。”我的背后突然响起了熟悉的声音。

身体下意识地转了过去，对方就站在那里，头上撑着一把黑色的伞，手上拿着一把特殊样式的手提式电筒，以肃穆而隐忍的表情注视着我。这简直就像是在模仿监控摄像头里的那个女孩。

“你——”

“我是给你送行的。”这是某种下了巨大决心的冰冷语调。

“那个时候，父母的去世、升学的压力以及周围人的冷漠加重了你的抑郁。”声音一步一步靠近了我，然后与我交错而过，“从那之后，你的世界就完全变了一个样子。在无法入眠的深夜，你只有看着夜空，才能感觉到某种安慰。”

我嘴唇翕动，却说不出话来。

没有叙旧，直接进入主题。

那么我也得拿出与之相应的觉悟才行。

“在高三的最后一次模拟考前，你终于决定去死。并把地点定在了这里。”

“你在说什么，之前不是说，第二个人的存在已经足够反驳这个结论了吗？”

对方摇了摇头：“但与此同时，按照你的说法我也可以给出相反的结论：无论在场的第二个人是否计划好杀你，都不应该选择这个有摄像头的不利地点；并且，你的身体如此干净整洁，完全没有反抗的痕迹，这于情于理都说不通。除非你是自愿死亡的。你计划让另一个人，在你选定的终点，结束你的生命。”

我下意识地后退了一步。

“可这也说不通，因为接下来帮助你自杀的另一个人将你抛下了天台，这同时自断了他离开的后路。正因为你的尸体被早起的学生发现，警察和老师才会如此迅速地到达。同时摄像头也未拍到陌生人离开的身影——明明只要将尸体留在天台，那个协助者大可以在第二天开馆后大摇大摆地走出去。这种解答显然会让你难以接受。

“因此，我考虑了另一种更好的说法：自杀的确是你一个人的行为。”对方依旧以那种不掺杂感情的眼神看着我。

“那第二个人……”

“他想阻止，但没有成功。想必你采取了服毒自杀的办法，他想阻止为时已晚。并且，出于某种理由，绝对不能让你的尸体在天台上被发现，这才伪装成坠楼自杀。”

“太荒唐了，你在开玩笑对吧？我如果真的要自杀，为什么要当着另一个人的面？让别人目睹我的死亡……我绝对、绝对不会做那么令人痛苦的事情。”

“嗯，没错。你绝对不会做出那样的事情。”对方也顺从地点了点头，“所以这完全是个意外。那个人完全是无意间，通过某种方法目睹了你的死。”

“按你的说法，好像他不是直接看到的一样。”

“不，他的确亲眼看到了，但当时他并不在这个天台。”

“……就当你说的是对的，可是他不在天台的话，我又怎么看到他？我在意识消失之前，的确看到了一个人！”

“这个容我之后再说明，你现在只需要接受这一点，然后继续听我说就好了。”对方的态度坚决得不容我置喙。

“他目睹了你在天台倒下的瞬间，然后立刻决定起身，前往天台直接确认你的安危——那个时候是1点20分。摄像头里拍到的根本不是你，而是另一个女生匆匆赶来确认你是否死亡的背影，现场的电筒也并非你的物品，而是那个女生特意留下的。

“换句话说，你才是在闭馆之前就潜入天台的那个人。尸检结果证实你是在1点到2点之间死亡的，而实际上你在闭馆前就到达了天台，那么这段时间你究竟干了什么，你还能回忆起来吗？那就是关键，洛菲，那就是关键。”

“……”

“好吧，让我们跳过那点。现在那个女生来到天台了，她也确实看到了失去意识的你，并且确认了你的死因并非外伤，而是服毒自杀——先这么假定吧。

“其实她很早就注意到你了，也目睹了你倒下的瞬间。出于内心的担忧，她来到了天台。你的突然死亡是她没料到的，她迫不得已做出某些考量：如果就将你放在此处不管，第二天你的尸体或早或晚也将被发现。而对于这具离奇死亡的尸体，警方一定会调查监控以及进行尸检。监控已经拍下了自己上楼的样子，为了掩盖自己曾到访现场的事实，必须诱导警察以为 1 点 20 分上楼的人是你——也是因此，她才把被摄像头拍到的手电筒放在你的手边，让这把样式奇特的手电筒加深警察的印象。

“然而，做到这一步还并没有结束。因为现场留下了某个无法轻易隐藏的线索，指明了你可能在更早的时候就到了天台。她为了破坏那个线索，为了从这个事件中抽身而退，才会把你伪装成坠楼致死。”

话语响在我的耳畔，但是对方的推理转换成了哭喊。那一团混沌又出现在了我的眼前。啊，没错，那把特殊的手电筒的确是放在手边——那根本不是我的手电筒。我感受到巨大的如同怒涛的回忆穿透了我，然后转化成了无数的雨滴，把我击打得体无完肤。

不，这雨不是幻想中的雨，是现实中的。

我抬起头，才看见漫天的水珠从我的身体里穿过。黑压压的云呼啸着席卷天空，并且把所有星星都淹没。

“那个女生将你抛下楼，只是为了自己不被追究。可是她到底为什么不想被发现？因为她必须避免一些不必要的怀疑。说得简单点吧，她会出现在此地的理由只有一个，那就是她当时正潜入对面那栋楼，调查试卷被盗的案子，并通过窗户看到了这边天台上自杀的你。

“林清寒，这就是将你推下天台的人的名字。如果作为学校名人兼老师眼中钉的她被发现在深夜出没于行政楼，校方一定会把她作为之前泄题风波的嫌疑人。影响成绩先不论，她更可能因此打草惊蛇，失去了找到真犯人的机会。为了自己享受破解谜题的快感，她将你推下了楼。”

“林清寒……”三个字落下，语言特殊的频率像扰动了平静的水面一般向我传来古怪的心情。而说出这三个字的对方的表情也似有松动。仿佛它有着奇妙的魔力，一举推翻了我们之间本就脆弱的平衡。

对方深吸了一口气。同时我的身影开始闪烁，渐渐模糊了起来。

“我的那些线索……也是她提供的。也许是出于愧疚吧，她才会欺骗自己你是被人杀死的，因此也更加执着于为你搜寻新的真相——从结果而言，这只是白费工夫罢了。”

说话间，风随雨而来。

那个时候我究竟是想干什么呢？我究竟为了什么存在于此的？

“那么，还剩最后几个谜了。需要把你推下楼去破坏的线索是什么？那个在你失去意识之前徘徊在你身边的幽灵又是什么？哈哈，虽然我想卖个关子，但其实事实荒唐得可笑，说不定你也早已回忆起来了。当时你究竟在天台干什么呢？当时的水应该比现在的要深吧——而你，应该触碰到星星了吧？”

我低头，然后沉默着点头。

虽然并没有实体的大脑，但我很奇妙地记起了那个画面，仿佛亲眼看到的一样。本来星星和洛菲都一样，是永远无法和他人发生联系的尼莫点。但如果能在结束之前让彼此靠近一些，也能称得上是一种奇迹了吧——洛菲就是为了完成那个奇迹，才来到了这里。她自然不可能一步迈过四光年的距离，但洛菲还是希望用水面束缚住光，让星星倒映在自己的脚下——嗯，没错，当时洛菲就是站立在这片虚伪而简陋的星海之上，迎接了自己生命的末路。

我的视线往下延伸：在我们的足下，暴雨已经积累起一大片的水洼，平静地映衬着浓重的黑色的云。继而云朵渐渐散开，我的脚旁如镜面一般的地上终于多了几颗星星，仿佛与我们无比接近。

“当时，你应该堵住了下水口。然后从 8 点下雨开始，一直等到了凌晨雨停的时候……那个时候天台积攒起的水洼一定比现在更大，星星投影下的光景也许比现在这里的更加真实。‘想要在星星间遨游’，你其实想实现的愿望就是这个吧。”

月亮出现，星光在我眼中也莫名变得耀眼起来。在无任何人造遮蔽物的一片漆黑中，天体散发的能量成了唯一的光源，随着轻微波动的水面摇摆着，继而星星变得更加清晰，穿过了几万年的柔和光线环绕在我的脚边，如同呼吸一般在我不存在的肌肤上留下刻骨铭心的触感。

我终于，终于突破了天台的束缚了。而我眼前的这个人，也犹如撑伞飘浮在星河之上。

你也终于飘浮起来了……不知道为什么，我有点想哭。

“那时候的你，就像我这样正站在星星之上。

“这就是全部的真相。”雨伞之下，对方的脸色笼罩着一层黑影，我无端觉得那是在哭泣。

“之后你倒在了水泊中。大量的水淹没了你，浸湿了你全身的衣物。当时林清寒为了靠近你而把水放完了。如果你在 1 点 20 分以后才到天台，不可能会有全身湿透的状态；林清寒也无法再制造一片水泊，只能将你推下，用草丛中的水掩盖你身上的水。

“而你在死之前见到的人影，不过是你倒下时自己投射在水面的倒影，是虚伪的幻象。”

——那倒影就像此刻存在的我一样。没错，我不是洛菲，我也只是虚构出的幻象。然而我心中属于洛菲的那部分真实的情感却毫无保留地告诉我所谓的“真实”是什么。

我看到眼前的伞晃动了一下。

“不过话说回来，你……不对，我想要的也并不是这个真相。我只是想再看看这样的星空，因留恋于此时的景色而不得，才久久不愿离开，甚至虚构出了你的幻象。”

说话间，对方径直朝我走了过来，那脚步是如此迅速，以至于激荡起了水波，把星星的光切割得更加细碎。然后，那个人张开了双臂，像是要拥抱我一般——穿过了我。

我呆呆地站在了原地，无法回头。

“好了，现在我帮你完成了任务。这是我对你的责任，也是……我对你的赎罪。”在说出这句话时，我已无法看到对方的脸，而那声音仿佛是不愿让我辨认出一般，声若蚊蚋。但我认得她。

啊……怎么会记错了？虽然总是被说和高中生一样孩子气，但我怎么会忘记了自己，忘记了洛菲呢。这所学校，这所我曾经生活、毕业、工作、死去的学校……我曾是这里的学生。然后，又在这里短暂地当过老师。

接着我确信了，我背后的这个人，这个带着悲戚却又坚强面容的人，这个曾经让我无比信赖的林清寒，她找回了自己的真相。

那个瞬间，我想转身，想张口呼喊。但我心底不属于我，而属于洛菲的那部分声音却拉住了我。不对，我应该继续装作还没有认出她，就这样沉默着离开，这才是“最好的选择”。

谢谢你，林学姐。

——而这句话，我也并没有说出口。

8

洛菲消失的时候，整个天台满是星尘。

林清寒收伞，然后突然感到虚脱。

她无比痛恨忘记了关于洛菲的所有事的自己，同时也痛恨着回忆起一切事情的自己。但现在一切都结束了，她已经以虚假的真相送走了虚假的“洛菲”，而林清寒自己也可以怀抱着“唯一的真相”，直到死去。这大概是最好的结局。只可惜校门口那家最近刚开业一周年的店家的招牌香草甜筒，洛菲是无福享用了。

突然，她又记起自从体育馆出现了“两起”跳楼事件，学校已经责令管理人员立即整改。从去年开始，晚上的大门就已锁得严严实实。

看来今晚是回不去了。林清寒如此告诉自己。

不过这种情况和一年前发现洛菲尸体的那次也没什么两样，不过是找个干净的地方凑合着坐一晚上罢了。身体的劳累和心里的相比完全不算事。

等到天明，这里的水也就蒸发了吧？如果水能变成袅袅的气向天上飞去，是否会真正地触及繁星呢？

林清寒昏沉的脑袋里突然想起一年前图书馆对话的后续。

——嗯，你还有什么事吗？

——学姐，我……我今晚想去天台看看星星，你来不来？

——不去，我还有其他事要做。下次吧。

“虽然迟到太久，但我终于还是实现了你的愿望，对吗？”林清寒对着空气，对着繁星如此说道。

【幕后】

到这里小说应该就结束了。而观剧者的表情让我有点琢磨不定。

“原来如此。”观剧者话里有种苦涩的感觉。他从兜里掏出一支笔，向我示意。我报之以微笑，然后点了点头。算是默许他为“谜题”撰写真正的结局。

9

对于林清寒说，这一切不过是一个谎言。

去年的5月，当和自己关系很好，刚入职母校的小学妹问自己六年前的那起跳楼事件的时候，林清寒并没有任何保留。当时的她还很幼稚，并没有注意到洛菲与六年前那个跳楼自杀的死者之间出现了隐秘的共鸣，也没有注意到她那不可避免的死亡的命运。

当现在再次看到了她之时，将那段记忆封存的她一时间竟然无法认出眼前的人。但是,《星空》的旋律唤起了她一年前在图书馆时与洛菲谈话的记忆。她猛然间意识到了所有的真相，但她鼓不起勇气面对。她一直都明白，创造出洛菲幻影的自己是想让自己正视过去，但是她实在无法做到这点……那么，就构造出新的事实吧。

那个时候的林清寒，决定继续欺骗“洛菲”，欺骗自己。

于是她借用了六年前那个自杀的可怜学生的报道。那起事件与洛菲的死亡有着诸多的相似点，从某种意义上来说，正是那个跳楼自杀的女孩促成了洛菲的死亡。不过，虽然林清寒不想承认，但那的确只是一件普通的自杀事件。一个喜欢星星的抑郁症女生在深夜突然爆发出无法控制的负面情绪，因此在一点左右偷偷溜到了体育馆的天台，并在星空下自杀。如果洛菲能接受这个解答，那当然是最好的了。而她没想到的是，自己构建出的“洛菲”虽然忘记了全貌，却偏偏提出了几个至关重要的细节。

补全它们，并构建出能让“洛菲”接受的、不伤害任何人的解释。这就是林清寒给自己定下的任务。

但要制造谎言却并不容易。六年前那起事件的资料已经展示出来了，所以解答的构建必须建立在这些客观事实的基础上；最后，解答的一部分也是真实的，这是为了不与“洛菲”的记忆产生更大的抵触。具体有哪些是真实的呢？

林清寒曾经到过天台，那是真实的。

林清寒将洛菲的尸体伪装成坠亡，那是真实的。

洛菲在当天晚上是为了在天台看星星，那也是真实的。

而最大的虚假就在于对“天台第二个人”的解释。林清寒比谁都清楚，那并非是简单的“倒影”，现场的确出现过“第二个人”。

再回顾一下真正的事实吧：那天洛菲临时起意，告诉了林清寒自己将要在体育馆的天台看星星。夜晚下了大雨，洛菲撑着伞，在天台等雨停。本来说好了雨停之后就会回家，然而午夜过后，林清寒却再也无法联系上前者，因此匆忙赶到学校。

最后映入林清寒眼帘的，便是无尽的水、在水中倒下的洛菲，以及不断晕染开来的暗红色的鲜血。

林清寒曾考虑死因是中毒还是窒息。但有唯一一种她不愿提及的，没有明显外伤的死亡可能性，就是大出血导致的休克。

这就是林清寒无法开口提及的真实。在开始作者便说过了，这个故事的登场人物有三个。如果归类为侦探、死者、凶手的话，林清寒为侦探；洛菲为死者；凶手又是谁呢？那个人究竟在何时、以何种方法到达了天台，又是如何杀死洛菲的呢？

林清寒就是无法原谅未及时看穿那一点的自己。

自己明明就吐槽过洛菲孱弱的身体，走样的体形，并且她明明听过了类似的流言，知道背负在洛菲身上的种种压力和矛盾，却依旧没将这些点连成线，也没有看到这条线延伸到达的终点。

唯有死者身边微弱地哭泣着的凶手诉说着真相。那是一个因过早来到世上而夺去了母亲生命的婴儿——也就是洛菲失去意识前看到的最后一个人的样子。

林清寒没有听说洛菲家里的事情，几个月未见的洛菲应该也从来没有对外人倾诉过这些，更没有提及这一切的起因。只是通过消失、遮盖、沉默粉饰出一个坚强的自己。事实上，林清寒已经在事后得知，在洛菲去世前的那段时间，她的精神已经出现了些许问题。然而，她登上了天台却不是因为任何消极的心情——在与过去自杀的女生产生共鸣后，她本想与自己的学姐谈心的。可事情的流向却轻易地拐向了另一条岔路。

林清寒赶往天台的时候，洛菲仍有最后一丝气息残留。

——对不起，对不起学姐，对不起……求你了，最起码我想保护好这孩子的未来。他不应该背上弑母的罪……我已经不行了，把我扔下天台吧。我是跳楼自杀的……

很简单的想法。在天台失血而死的流言将会孵育出无限的猜测，相对而言，跳楼自杀很好地转移了流向。濒死的母亲并不知道那个孩子也已经失去了生命，但林清寒无法拒绝那布满雨水和泪水的脸。

于是她最终决定将一切伪装成坠亡。

清扫血迹，处理现场花了好大的功夫。虽然这样应该也瞒不过警方和法医，但洛菲的死完全是“意外”，想必他们并不会追究；这样会少一些目击者的流言蜚语吧？当时已接近疯狂的林清寒只能想到这里了。

而在那之后，林清寒便生活在一种无形的巨大痛苦中，并最终封存了自己的记忆。这便是林清寒全部的谎言。

…………

对于洛菲来说，这也不过是一个谎言。

既然林清寒的心中一直保留着洛菲的部分，那幻影“洛菲”是否只是林清寒记忆单纯的投射呢？其中是否包含着洛菲的内心呢？

事实上在最后时刻“洛菲”也已经回忆起了大半过往，但真相对她来说已经无所谓了。

毕竟，虽然林学姐看起来特别坚强，总是喜欢用刻薄的话讽刺别人，但她的内心其实脆弱得不行。如果没能拯救所有人，就会不自主地陷入心情的谷底。之前固执地去寻找跳楼自杀者死亡的真相也是出于这种强加给自己的责任感——简直就和任性的小孩子一样。

毕竟，她出现的意义其实也不是希望找到真相，正如埋藏在林清寒心底的图书馆的邀约一般，洛菲无非只是想再和林学姐一起，再看一看星空而已。

于是，在最后那一刻，洛菲还是觉得，她不需要把那句感谢说出口，任由意识逐渐稀薄、透明、消失，散落成点点星光。

当然，这些都是林清寒永远不会知道的事。正如她也永不会知道，在变成星光消失的前一个瞬间，“洛菲”的选择使她不再是一个附庸于林清寒的幻影，而变成了一个更靠近洛菲本人的，一个和高中时一样，活泼又心思纤细的女孩。然后，这个洛菲回忆起过去每次去图书馆时，林清寒翻动书页的样子。明明是在照不到太阳的阴暗角落，洛菲却觉得那里一直闪烁着星星一般让人舒适的光。

不过林清寒真的不会知道吗？也许并不是，洛菲觉得她能感受到的。

即使她是遗世独立、无人知晓的尼莫点，林清寒也会作为空间站，默默地环绕着她。

她已经完全理解了这一点。

莱布尼茨如是说

春申女君

“一场众目睽睽之下的‘谋杀’。”

我们的宇宙，在某种意义上，是上帝创造的最好的一个。

——莱布尼茨

第一章 莱布尼茨的可能世界

“她有个无论如何都想要杀掉的人。

为此她制订了周密的计划。”

1

在闹市区一个不为人知的小巷中，开着一间ins风的咖啡店，纯白色性冷淡的基调和不规则的几何图形，以及棕榈叶的装点使之充满了现代感。这是一个工作日的上午，咖啡店里人并不多。如果这时从门前的小巷路过，可以看到沿街巨大落地窗的位置坐着一位穿着米色雪纺纱裙的长发姑娘，她栗子色的大波浪卷发自然地垂到腰间的位置。她看上去有一些不同，只是仅靠这匆匆一瞥并不能看出什么端倪。

“小姐您好，这是我们的菜单。”咖啡店的服务生将点餐用的 iPad 递了过来。那女孩儿微笑着点头示意，只是伸出双手向服务生所站的方向摸索了一会儿，始终没有接触到那个 iPad。

服务生低声说了一句“不好意思”，将 iPad 送到了女孩儿的手中，在确保对方握住了以后才松了手：

“这是有语音点餐系统的菜单，您触摸一下 home 键就可以随时点单了。”

女孩儿听了，原本有点微蹙的眉瞬间舒展开来，点头向服务生示意。女孩儿的肤色透着不正常的惨白，在窗外阳光的照射下宛若一个精致的瓷娃娃。

只是，这个瓷娃娃的双眼空洞无神，纤长的睫毛下琥珀色的双瞳笼罩在一片阴影之下。

黛儿，二十四岁，是个盲人。

运用相对书面且较为专业的说法，她是一个视障患者。事实上，在广义的对盲人的认知中，只有百分之五的视障人士完全失明，也就是全盲。黛儿就属于这百分之五。不同于严重低视能人群，她的生命从一开始，就没有一丝光亮。

没有认识安娜之前的她，仿佛生活在一个精致的鸟笼里，作为一只天生没有翅膀的金丝雀，她甚至不敢迈出笼子半步。那是一个一眼就望得到尽头的世界。黛儿知道家中北阳台的螺纹形铁栏杆一共有二十四根、厨房的瓷砖一共有十八又四分之三块；她知道楼上住的老夫妻喜欢用菜油烹饪，因为每到饭点时就飘出独特的气味，虽然有的时候会油腻得让人反胃，可绝大多数时间里黛儿会觉得它们亲切而又熟悉；黛儿还知道再往上几楼住着一家三口，小儿子叫“米多”，因为他的父亲总是在黄昏的时候扒着阳台，扯着嗓子喊他名字让他回家吃饭——虽然他喊的是上海话，而黛儿总是听成“面包”。

这些微不足道的事情黛儿都知道。可是她从来没有看见过。

在没有认识安娜之前的黛儿根本不敢出门。哪怕是去两个街区之外的失明人协进会都会耗费她所有的气力。声音和气味代替视觉带给她大量的信息，然而繁华而嘈杂的街道往往会带给她过量的信息，远远超过了黛儿可以承受的范围。她害怕永远无法预测的人流，马路信号灯交替变化的提示音，以及……当她在信号灯发生了转换却尚未能够到达安全岛时汽车催促的喇叭声。

但幸运的是，她在二十二岁生日那天认识了安娜。

那天她去参加当地盲联组织的就职宣讲会。她还记得那时的自己宛若一只鹌鹑般窝在大厅后排的一个角落里，就在她无比局促而焦虑的时候，安娜选择坐到了她身边并主动攀谈了起来，那么轻而易举。

黛儿觉得，那个瞬间仿佛可以嗅到冬天里的暖阳。

咖啡厅里的黛儿按下了home键，一边听着菜单选择的提示音一边等待着。直到她听到了伴随着盲杖“嗒嗒”声的轻快的步伐，她原本还有些紧绷的神经顿时完全松弛了下来。

“安娜。”她朝声音的方向喊道。

咖啡店的玻璃门合上，走进来了一个短发女子，纯黑色的公主群，腰间系着牛仔衣，身着白色的吊带，露出锁骨处“even if”的文身。安娜在说起这个文身时，黛儿询问过原因。

“even if，即便如此，这是我听过最温暖的话了。就好像……”安娜认真地想了想，“无论如何都不会被抛弃一样。”

黛儿对面的座椅发出了移动时与地面摩擦的声音：“抱歉抱歉，找这个巷子花了点时间，你已经到很久了吗？”

“没有没有，刚到没多久。来，给你菜单。”她将手中的 iPad 递了出去，不一会儿就感觉到东西已经被对方接住了，耳边响起安娜开始听菜单语音的声音。

“你决定要吃什么了吗？”安娜在菜单播报的间隙询问道。

回答她的声音有些迟疑，似乎尚且在苦恼中：“我很想吃这里的珍珠爆浆蛋糕，但是把牙套摘下来很麻烦，还是点红茶拿铁好了……”

安娜仿佛发现了新大陆：“你最近开始整牙了吗？”还不等黛儿回答，又说，“不会是那种钢丝牙套吧？笑起来晃人眼睛的那种？丑死了。”脸上也适时地做出了嫌弃的表情。

“不是啦！是那种透明的牙套！”安娜如果看得见，就会发现自己的好友此时已经涨红了脸，可爱得宛如一颗在滴水的红樱桃。

“啧啧啧，明明看不见，还臭美。”这真的是只有两个视障人士之间才会开的玩笑。

“总会有人看得见吧！更何况不光是牙套，我还染了头发，做了美甲……”

“那就吃吧！难得出来一次。这家店的小甜点本来就很有名。”安娜驴唇不对马嘴地说了一句，并轻易地说服了她。

其实看上去，黛儿也并没有真心想喝红茶拿铁，她只是在等一个人说服她。她下了单，摘下牙套放到收纳盒里，等待着服务生上菜。

“黛儿，你的手术安排得怎么样了？”

“等我们这次从日本回来就要住院了，医生让我这段时间开始做术前准备，每天点眼药水……啊，今天差点忘点了……”

说着，她摸索着从随身携带的帆布包中翻找了起来。几天前，黛儿接到了手术通知，说有人捐献了匹配她的眼角膜，将会在近期安排移植手术。这就意味着，或许很快，她就能看见这个世界了……

这次去日本的旅行是她和安娜一早就约好的，她们一年起码要进行三到五次的长途旅行。一个很现实的问题是，她们作为视障人士，如果没有亲人的陪伴，并没有哪个旅行社愿意接纳她们。更重要的是，忙碌的父母不会放心地任由她们只身前往异国他乡。

但是安娜的出现不仅将她带出了原本有限的空间，更将她带出了这座城市，这个国家。

“是盲联和一个慈善机构设立的特殊旅行社，因为是慈善项目，需要我们负担的费用也不高。每次出团会控制在二十人左右，重要的是会配备专业的导游全程看护……”安娜过去所在的城镇大力推行过这个公益项目，因而在认识黛儿之前，她已经去过了许多国家。

她们并没有办法看见沿途的风景，起初黛儿并不理解这种旅行存在什么意义。

“我们虽然看不见，但是每一个国家、每一个城市的声音和气味是很不一样的。”

两人约定，总有一天要一起去尼亚加拉大瀑布，去看看这满负盛名的瀑布听起来究竟是多么地壮阔。

服务员的脚步声伴随着蛋糕甜腻的香气传来，黛儿迫不及待地拾起手边的叉子品尝了起来。耳畔传来了安娜的轻笑声：“你吃东西的时候火急火燎的样子跟你慢吞吞的人设真不相符……”

黛儿涨红了脸想要反驳，奈何她也知道安娜的吐槽一点也没有错："你不也是吗？素食主义者和肉食者的人设更加不符好吗？"她们都觉得，如果安娜的眼睛没有问题，她一定是那种常年混迹于各大夜店的play girl。事实上，即便是生理的缺陷很大程度上也无法抑制她的天性。

"嗐，不管怎么样，这次去日本全当好好散心了。预祝你手术成功！"碰杯时清脆明亮的声音响彻了餐厅。

那时候谁也不知道，这将是两个女孩儿的最后一次旅行。那次旅行之后，安娜永远地失去了她的黛儿。

2

她看着不远处两个站在沙滩上交谈着什么的年轻姑娘，待了好一会儿。两人的笑声肆意地、张扬地传来，就好像一幅带着声音的画。

她的目光落在那一头栗子色长发，如同瓷娃娃般精致的少女身上。

眼神暗了暗。

往后，大约再也见不到这样的场景了吧。

终于，她收回了目光，扬声对远处的二人道："安娜，黛儿，我们准备走了，你们要不要先去冲冲脚上的沙子？"

3

小楠接到老法师电话的时候，刚刚从舒适而干燥的被子里爬起来，她一觉睡到了午后，正想着是不是要为自己煮一杯咖啡或者热一个昨天晚上从便利店带回来的饭团来开启迟来的一天。她所在的小组接到新的任务，只有凶杀案才会被转到他们组。因为正巧案发现场离她所在的公寓很近，所以自然而然地被科长叫了过去。

“今天我休假的……”小楠的话还没说完就被挂了电话。她盯着手机叹了口气，光着脚站在木制地板上，用左脚蹭了蹭右脚的脚背。她倒是不介意假期的时候接到临时任务啦，只是老法师能不能不要每次让她“滚过去”？

别人家队里的妹子就算不是团宠也多少会被优待，怎么到了她这儿就宛若一个没人要的大阿福一般被踢来踢去？

离现场还有不到五百米的时候她开始小跑，等到达的时候已经呈现出一副气喘吁吁的模样。她趁掏出自己的警员证挂在脖子上的当口环顾四周，在肉眼可见的范围之内并没有寻找到老法师的身影，因而长长地舒了口气。

但是现场的氛围不对，小楠敏锐地感觉到了——如果不是发生了大案，就是老法师刚刚发过一通火了。

在繁忙的警员之中，小楠一眼就找到了不远处正穿着制服，茫然地翻看着内部报告的废柴师兄。她抓了抓头发，一路小跑了过去。

“小楠，你来啦！”废柴师兄见到小楠之后，无辜的狗狗眼立即映射出了一派与职业极不相符的乐天气质，就像是一只被哈士奇附了身的金毛，小楠一直这么看待自己这位前辈。

“老法师不在吗？”小楠提到这个名字的时候明显感受到周围忙碌的气氛又凝固了几分。这令她更加坚信老法师刚刚发过火的假设。

“他老人家刚走。”废柴师兄是个全然不会察言观色的人，专心致志地朝小楠八卦刚才错过的场景，“这个案子刚开始接手的可能是个新人，不知怎的转给我们了。你也知道老法师最近正在为连环碎尸案忙得焦头烂额呢……跑过来一看顿时就炸了。”

“案情很棘手吗？”如果是的话，那就意味着他们的工作量会随之增加，她接下来三天的假期也很有可能随之泡汤。

可是废柴师兄却摇了摇头："正好相反。老法师认为案情不存在任何疑点。"他扯着脖子学着老法师发怒时的模样瞪圆了眼睛："如果这种案子都要我们来负责的话，大家就等着手拉手过劳死吧！"可惜师兄的娃娃脸大大降低了这句话的杀伤力。

"然后呢？他就走了？"小楠不可置信地问道。

"老法师跟我说既然都出警了，让我留下负责结案。"像是突然想起什么似的，他天真烂漫地补充道，"哦，对了，'让那个还在家里休假的废物点心滚过来'，他走之前这么气鼓鼓地说的。"

喏。所以这不，她这个废物小点心就过来了嘛。

小楠看了一眼师兄手中的内部资料，瞥了一眼周边还在忙碌着的现场人员，叹了一口气把师兄拉到一个僻静的角落："所以，这个案子到底是个什么情况？你或许还记得我正在休假吧？"

如果真的像老法师说的那样没有什么疑点的话，她跟着走个过场，回头让师兄出结案报告就行了。

正想着，废柴师兄将被害者的照片递到了她面前。小楠接过照片看了一眼，是个如同瓷娃娃般精致的姑娘。

"死者叫黛儿，今年二十四岁，跟父母一起生活。这次和她的好友安娜小姐一起来参加盲联组织的旅游活动……"

"等一下，"小楠打断了他，她举着照片问道，"这姑娘，是个盲人？"

"是的，不仅仅她，团里的其他成员也都是盲人。"

小楠深深地吸了一口气，顿时产生一种莫名的兴趣。一个全是盲人的旅行团，也就意味着如果是他杀的话，某种程度上少了许多关键的"目击者"。

"死因呢？"

“河豚毒素中毒导致的循环衰竭死亡。”师兄照着内部资料念了出来，应该是法医的初步鉴定结果了。

“河豚毒素？他们今天中午吃河豚了？”

“是的，这里野生河豚刺身是招牌，”师兄翻出另一份资料，看上去像是某人的笔录，“据导游江原小姐说，上午他们在‘白良海滨浴场’的观光结束以后就按照行程直接安排去吃午餐了。”

“还有导游？”

“怎么？不允许吗？”废柴师兄气鼓鼓地说，“事实上她是一位很有气场的女性呢！”

“不不不，我的意思是说，这个导游也看不见吗？”

“怎么可能？作为导游自然是需要视觉正常才能保证团员们的安全啊！”

“这个团，一共多少人？”

师兄哗哗哗飞快地翻动着资料，在找到小楠需要的信息时，甚至听见他轻不可闻地舒了一口气：“团员的话，一共 18 个人。”

“所以 18 个人参观完‘白良海滨浴场’全都被带去享用河豚宴了？”小楠问道。

“不是，”师兄似乎因为了解其中的细节颇感得意地竖起一根手指摆了摆，“被带去吃河豚宴的只有其中的 13 人。另外的 5 位团员由于饮食习惯或者信仰问题被带去别的地方享用素斋了。”

“原来如此。”小楠点了点头，“你继续。”

“事实上，他们吃完午饭，两队人马会合，坐上了大巴准备前往下午的景点。预订车程是 45 分钟，可是根据同车的团员称，死者在上车没多久就声称有些呼吸异常，还没来得及向导游报告就直接倒下了。那个时候距离离开中午吃饭的地点不过十来分钟。”废柴师兄的娃娃脸上流露出惋惜的神色，

“虽然叫了急救，但是等救护车来了的时候人已经死透了……”

“死透了”这样的描述真的很不像一个专业的警务人员该说的话。真不怪老法师一天天地骂他。

“法医给的意见是河豚毒素的潜伏期为 20 ～ 50 分钟。店家是以定食套餐的形式提供午餐的，据说是为了方便他们这些视障的团员食用。”

“真是人性化啊……”小楠感叹道。

“我计算了一下，从上菜到死者发作死亡，差不多 45 分钟。当然，她的中毒时间可能更短，毕竟我们无法精确到她究竟是什么时候食用河豚刺身的。”

废柴师兄翻了一页资料继续道：“根据这边的初步鉴定结果，黛儿的死因是河豚中毒没有错。虽然在旅行团离开后他们用的餐具已经被收拾过，因而没有办法进行进一步检验，但是在黛儿擦嘴用的手巾、牙套、收纳盒等物品上都检验到了毒素。以防万一，这些样品已经送回局里做进一步检测了。”

小楠听完扶着后颈打了个哈欠。她忽然理解老法师说的“如果这种案子都要我们来负责的话，大家就等着手拉手过劳死吧”是什么意思了。无论怎么看都应该打电话让食品药品监督管理局的人来啊。

对于这种没有处理好野生河豚导致食客中毒的事件，几乎每年都会有报道。只是面对这种情况，他们这些只会处理刑事凶杀案件的家伙实在是帮不上忙啊……

可是她却被抓来帮着她的废柴师兄结案。小楠用小指挠了挠眉毛，强打起精神道：“所以地方警员把案子转给我们的原因是什么？他觉得有什么疑点？”这或许是个不错的切入点。

然而小楠的希望很快就破灭了：“因为主厨那边一口咬定，他们野生河豚刺身料理用的一律是人工养殖河豚，在送过来之前就做过去毒处理了……”

小楠扶额，这是何等理直气壮啊……

可是即便如此，依然可能有野生河豚混入食材之中，依然无法证明这是一场蓄意的凶杀案件而非意外。

“所以师兄现在是在苦恼，是要将这个案子当成没有嫌疑人的意外事件处理，还是继续耗时间吗？”小楠无奈地问道。

“不是。我现在在苦恼，究竟谁才是真正的凶手。究竟是谁通过什么样的方式使那份有毒的野生河豚正巧摆在了被害者面前。这桩案子的核心应该就是这个了吧。”

说这话的时候废柴师兄难得地认真。

或许是被他的情绪感染了，小楠也慢慢地收起了赶紧处理完回家的念头：“你心里已经有锁定的嫌疑人了？”

“嫌疑人谈不上，只是老法师走后，我稍微梳理了一下涉案人员的人际关系，发现了一件很有意思的事——

“涉案的三个人，背地里都与这个旅行团有着不为人知的联系。”

4

他从档案夹中取出了三个人的照片依次放在身边花坛的大理石上。照片上的三个人清一色都是女性，她们风格迥异，师兄点了点最左边的照片道：

“秋叶小姐，也就是这个所谓的‘野生河豚料理店’的主厨，负责这次的团餐。就是她宣称店中的河豚均为养殖并做过去毒处理的。”

小楠的目光落在照片上。这是一个有些上了年纪的女性，乍一看年近四十的样子。有点发福的国字脸，鼻梁很宽，脸色惨白，会让人不由得联想到能乐表演中的小面，一样殷红色的嘴唇，若有若无地带着言不由衷的微笑。

“前不久网络上流传过一个年轻女子在公交车上辱骂视障中年男子的视频不知道你看过没有。”小楠对于师兄忽然扯到的题外话有些费解，但是他口中的那个事件她却记忆犹新。

视频一出，口诛笔伐。一个年轻貌美的女子却是蛇蝎心肠，欺凌弱势群体。这样的新闻放到哪里都会是人们喜闻乐见的话题。小楠记得那个姑娘很快就被“人肉”了，个人信息随处可见。人们对视障群体的保护欲就通过网络暴力得以宣泄。

事实上，如果这件事情到这里为止，并没有什么能让小楠特别记住的细节。

可是后来却曝出，这个姑娘是在公交车上受到了那名有视障问题的中年男人的猥亵，忍无可忍之下才出言斥责的。

只是，这个所谓的“真相”并没有吸引太多人的注意。在绝大多数人的意识中，一个年轻的姑娘欺凌视障人士，这就是故事的全貌。这个故事已经结束了……

“我查了一下秋叶小姐的家庭关系……”师兄道，“她就是年长那个姑娘十六岁的姐姐。”

“啊……”小楠愣了一下，感叹的声音还没来得及发出来，师兄继续道：“那个姑娘本来就有中度抑郁，长时间受到网络暴力让她实在活不下去。那件事情发生半年后，从家里十九楼高的阳台上跳了下去。”

这次，小楠连感叹的声音也发不出来了。如鲠在喉。

“秋叶小姐开始接待视障人士的团队是在妹妹自杀以后……”师兄平静

地陈述着某个事实，而其中的潜台词不言而喻。

追根溯源，那个公交车上猥亵少女的视障男人有着不可推卸的责任。而秋叶小姐开始接待视障团队的后续行为也非常不符合常规逻辑。

除非，她另有打算……

那么这也就意味着，秋叶小姐杀害同为视障人士的黛儿的动机，成立了。

这是某种对于特定群体的发泄性报复。

经营河豚料理是需要有执照的。当然，依照秋叶小姐店中打着野生河豚的旗号却出售养殖河豚的情况，她是否有正当执照，小楠无法确定。但是可以确定的是，如果店内有一人能够辨别野生河豚和养殖河豚的细微差别，那必然是秋叶小姐。

“接下来，”师兄点了点第二张照片，“关山小姐，包间服务生。”

这是一个一眼看上去就如秋风般温柔的女子。照片上的她嘴角微带笑意，柔顺的黑发束在一侧，用一个芽黄色的发带系着。她的模样很年轻，二十岁出头的样子，仅仅从相片上就给人一种教养极佳的感觉。

“除去吃素斋的五名团员，其余的十三人都在预订的包间中进餐。而包间的服务员，”师兄用手指叩了叩大理石面，“就是这位关山小姐。”

“看上去是个手无缚鸡之力的女子。”小楠很中肯地将对她的评价说了出来，但是随后又笑了笑，“不过，越是柔弱的女性和毒杀才越是般配嘛。”

废柴师兄笑着摇了摇头：“我们和《燃烧的法庭》中的年代已经相去甚远，请不要带有这样的刻板印象。”

小楠就此打住，对他说：“师兄，我错了，您继续，您继续。”

“在排查关山小姐的人际关系的时候，发现她之前的家境一直不错，在一所在世界上享有盛誉的大学读医，父亲也是本市一位小有名气的眼科大夫。”师兄翻看着材料叙述着这个漂亮的女子迄今为止的生活经历。

小楠心中暗自点头，和她猜测的差不多。良好的家庭背景，良好的修养，只是……一个医学院学生，是怎么会成为包间服务生的？为了零花钱，或者是体验生活？

师兄接下来的话很快就为小楠心中的疑惑做了解答。

“一年多以前，关山小姐的父亲接了一台手术，可是手术的结果不是非常理想。”

“不是非常理想是指？”

“患者从严重视力障碍发展为完全失明。”

“啊……”

“这样的手术风险本来就很大，但是患者的家属认为是主刀大夫的失职导致的，医闹了一阵，见院方也不出面解决……就拿硫酸泼了主刀医生，也就是关山小姐的父亲。”

“……”

“导致关山小姐的父亲三度烧伤，重伤二级。拿手术刀这辈子是不可能了，连命也是花了不少力气抢救回来的。”废柴师兄说着话的时候唏嘘得很，想来是代入了不少同理心。

其实这样就不难理解，为什么关山小姐会不得不到店里来做服务生了。家中的顶梁柱倒下了，还躺在病床上需要长期照顾，作为家中的独女，她应该是不得不站出来了。

小楠忽然想到了些什么：“你之前说发现的有意思的事情……”

师兄似乎很得意她能这么问，打了一个响指，咧开一个大大的笑容：“那位从严重视力障碍发展为完全失明的病人，就在这十八人的旅行团内。”

他抽出一张三十来岁的男子的照片放在了关山小姐照片的下方：“柳川。”

“他家里人为了这件事情也负了刑事责任。其实换个角度来说，他也是个受害者。完全失去视力了不说，重要的家人也因为一时之气进了监狱。其实他之前也过得不怎么好，据说把自己关在家里不肯出来。也是最近才一点点愿意重新接触社会，所以家里人帮他报了这个旅行团。”

小楠觉得她应该重新审视她的这位师兄。在那么短时间内可以挖出这么细枝末节的相关人员的信息，不得不说这也是某种特异功能。

小楠皱眉：“可是，死的是这个叫黛儿的姑娘……”

废柴师兄伸出一根手指，清了清嗓子：“接下来我要说的才是重点。”

“根据在‘野生河豚料理店’用餐的其他团员的证词，在上菜的时候倒是发生过一件有趣的事情。”说着他又从档案夹中抽出了一张照片递给小楠，并解释道，“这是今天料理店提供的河豚定食。除了河豚刺身、主食、小菜、酱汤以外，还有一道炸物。问题就出在这道炸物身上。”

“‘野生河豚料理店’原本提供的是香菇天妇罗，但是团里有三个人对香菇过敏，其中就包括这位受害人。因此对于无法食用香菇的团员，店里特别提供了红薯天妇罗。总的来说，这十三个人的定食内容没什么大差别，只是炸物上有一点细微的差别。这件事情除了团员个人，只有配菜的主厨、包间服务员和带团的导游知道详细的名单。”

小楠不由自主地点了点头。

“但是，关山小姐在上菜的时候却犯了一个错误。”师兄伸出一根手指强调道，“她将一份带有香菇的定食上给了黛儿。”

“当时的包厢内除了十三名团员以及服务他们的关山小姐，还有他们的导游江原小姐。当时是江原小姐发现上错了菜，出声提醒。正巧关山小姐手中拿了一份红薯天妇罗的定食，刚刚放到不对香菇过敏的柳川先生面前。”

“两个人的定食上错了？”小楠求证道。

"可以这么说。"他继续道，"柳川先生听了江原小姐的话，就说不如让黛儿与他的定食对调一下。于是，江原小姐让关山小姐继续上菜，她来进行对调。不过在对调的时候被害人说换托盘的动静太大了，将盛炸物的小碟对调一下就行。以上所发生的事情，在场的团员虽然不能说亲眼见证，但是其中的对话大家都听到了，没有错漏。"

听了这段可以被称作意外的插曲，小楠眼皮不由得跳了一下："也就是说……"

"也就是说，黛儿小姐所用的河豚，原本属于柳川先生。"

咔嚓。

小楠的脑海中仿佛有什么东西被扣住了。

关山小姐的动机一直指向的是柳川先生，这样就解释得通了。因为某些不可预见的插曲……

杀错了人。

师兄这样的怀疑并非没有道理。小楠深吸了一口气，拿起大理石上放着的最后一张照片，晃了晃："这位就是他们的带团导游，江原小姐？"

"正是。"

照片中的江原小姐剪了一头短发，穿着职业装，看上去是一位非常干练的女性。但是右眼角下的那颗淡淡的泪痣又让人觉得莫名温柔。

她是在受害者接触河豚前最后接触食物的人。

"事实上，并没有人能够证明当时江原小姐真的只换了炸物。"师兄道出这句话的时候又将整个事件推向了一个崭新的假设。

当时在场的所有人中，只有关山小姐和江原小姐拥有视力，而江原小姐在调换两人的食物的时候关山小姐正忙于上菜，并没有将注意力放在上面。现场所有人都听到黛儿说只用换炸物就可以，但是江原小姐究竟是否真的如此执行，没有人真正“看见了”。

事情确实是这样：“但是，即便江原小姐连带了定食一同更换了两人的午饭，也并不能说明什么问题，黛儿小姐只是她的团员，江原小姐甚至没有理由去毒杀她，事实上，即便她真的换了整份的定食，她也可以声称她并不知道里面有毒……”

师兄叹了一口气：“怪我先前没有跟你说清楚。你知道被害人是视力全部丧失的视障人士，但是我们发现，她结束这段‘旅行’以后就会接受视网膜移植手术。换言之，她或许很快能看见这个世界了。

“然而，我不知道是否应该感叹这种巧合。江原小姐的未婚夫，在不久之前车祸去世了。他身前签署了器官捐献协议，我在调查受捐者资料的时候，看到了受害者的名字。”他将一份器官捐献同意书和一份受捐献者资料递给小楠，黛儿小姐白皙而精致的证件照映入眼帘。

“真的是……真的是，这种巧合连小说都不敢写啊……”

“江原小姐和她的未婚夫感情很好，如果没有这场意外，他们年底就要结婚了。事实上，刚刚听到这个消息的时候，江原小姐很难接受。或许是受到了某些事件的引导，她坚持认为由于她的未婚夫签署了器官捐献同意书，故而医院并没有全力抢救。在她看来，她的未婚夫原本是可以不用死的。”

“在她的许多社交账号上都能看到类似的言论。”师兄向小楠展示了几张手机截屏，上面的语言字里行间都带着无尽的绝望和怨怼。似乎像一只拼命希望朝人发泄的困兽，她的心中积攒了太多的情绪。

小楠将手机还给师兄：“可是除了亲缘关系，器官捐献者和被捐献者知道对方身份的行为难道不是应该被禁止的吗？”这种国际惯例就是为了防止器官买卖以及保护双方的权益。

“理论上是这么说没错。但是你也知道，市里一年眼角膜捐献者就这么多，加上江原小姐从事的是视障相关的行业，个人认为她想要知道受捐者是谁并不困难。”

不得不承认师兄说的是事实。

“基于这些背景，虽然存在逻辑上的断层，但是，如果江原小姐当时调换的是整份定食而非炸物，她的举动就耐人寻味了。不要忘了，也是她出言提醒关山小姐上错菜了。”

“知道被害人要进行眼角膜移植手术的，除了被害人家属，官方医护人员以外，还有其他人吗？”小楠问道。

废柴师兄想了想：“被害人在盲联的朋友基本上都知道，比如这一次和她一起报名参加旅行的安娜小姐。这并不是什么秘密。”

“这位安娜小姐是……？”小楠追问道。

“是被害人两年前在盲联认识的密友。可以说，认识她以后，被害人的生活发生了翻天覆地的变化——正面意义上的。原本的被害人可以说是一个难得见天日的宅女。”他看了看小楠的表情，“我知道你在想什么，如果这是一起凶杀案的话，安娜小姐并不具备杀害被害人的条件。安娜小姐是素食主义者，在案发的时候，她正在隔壁和其他四位团员一起吃素斋。理论上，她并没有办法远程控制有毒的野生河豚正巧摆在被害人面前。

“从动机的角度出发，她对于被害人并不具备竞争或者嫉妒心理。被害人加入国际眼库的登记认证也是受到她的鼓励，在这之前被害人甚至不知道有这样的组织。就安娜小姐本身，即便有合适的眼角膜，对于她的视障问题也并不会有任何改善。她从很早就知道自己一辈子只能生活在黑暗中。即便这样，不得不说，她拥有视障人群中少有的积极向上的个性，并且……极具感染力。当地盲联中，有不少人都是她的朋友，也有不少人的生活从某种程度上被她救赎。”

小楠不作声了，其实从安娜小姐不在案发现场这点而言，她就明白为什么师兄从一开始就将她排除在嫌疑人之外了。

“好了，我所梳理出来的信息仅此而已。”小楠发现很多次了，在讲到与案件有关的内容时，她这位废柴师兄的声线会变得低沉，令人不由自主地认真起来。然而，现在又变成了她所熟悉的，往日里那种不靠谱的语气：“当然，从实际操作出发，不排除多人合作的可能性。”

废柴师兄将三人的照片捻开像一副牌般拿到小楠的面前：“怎么样？小楠你觉得是她们中的哪一个？”他的表情活像一只从远处叼回玩具球，向主人求赞赏摸头的金毛犬。

小楠欣赏了一会儿师兄的表情，心中觉得如果这人有尾巴，现在一定摇得快要断了。

“你是在开玩笑吗？”小楠冷静地问道。

废柴师兄的笑容僵了僵：“什……什么意思？”

“显而易见，如果这是一起蓄意谋杀案的话，她们三人谁都不会是凶手。”

废柴师兄愣了一下，终于他的“尾巴”耷拉下来了。

5

小楠从废柴师兄的手上抽出了秋叶小姐的照片：“从动机来看，如果这位主厨旨在用河豚对视障群体进行报复性杀人，现在我们要处理的，大概是13人集体中毒身亡事件了。”

“可是……”

小楠打断了师兄的反驳：“OK，我假设她出于某种原因，伪装自己也好，良心使然也罢，只想选择一人下手。根据你刚才所描述的内容，由于妹妹自杀的事件，她所仇恨的人应该符合以下条件：一、有视障人士的标签；二、他还应该是中年男性。甚至相比之下，我认为她对后者的仇恨可能比前者更强。

“最重要的是，主厨从头到尾没有离开过配菜间。除了炸物上的差别，她没有办法控制上菜顺序和她最终想成功毒杀的被害者。据我所知，这十三名团员中，对于秋叶小姐而言，有远比被害人更‘合适’的毒杀对象。

“当然，我们不排除存在主厨与在包间的二人合作的可能性。那我们正好就来讲讲在包间的这二位嫌疑人吧。”小楠将关山小姐和江原小姐的照片一左一右地拿在手上。

“先是关山小姐，由于在她这里发生了一个小插曲，我们不如分成两种可能性来看这件事。首先，假设江原小姐真的只换了炸物，从结果上来看，当时摆在被害人面前的就是有毒的香菇天妇罗套餐——非常完美的毒杀柳川先生的组合。”小楠摊手耸了耸肩，“可是，作为一个想要毒杀柳川先生的人，合理的猜测是，她上菜的时候全身心都应该关注着她即将要进行的大事。在这种情况下，她又怎么可能会上错菜？即便她上错了剩下十二人的餐，她也会保证柳川先生拿到的是有毒的野生河豚。

“其次，假设江原小姐在关山小姐不知情的情况下调换了两人的整个托盘，那么被害人初始所拿到的应该是无毒的香菇天妇罗套餐，而柳川先生手上的则是有毒的红薯天妇罗。也就是说……”

废柴师兄像是突然明白了什么：“也就是说，这种搭配原本就是提供给对香菇过敏的三位团员的。”

小楠脸上露出了笑意。“师兄原来你也不是傻瓜啊！”她说着将关山小姐的照片放了下来，“也就是说，这与她想要毒杀柳川先生的动机产生了矛盾。

“至于江原小姐。她很可能是最后一个接触到定食套餐的人，这点不可否认。如果她仅仅更换了炸物，也就是说凶手的毒杀目标应该是团中对香菇不过敏的十人。唯一与她动机相符的可能是，她在‘众目睽睽’之下对调了整个定食。”说到这里，小楠顿了一顿，“可是你别忘了，关山小姐上错菜是一个随机事件，江原小姐并没有办法真正缩小这剩下的三分之一的概率。

“如果关山小姐正确地上完了每个人的菜，江原小姐再提出要将其中两人的食物进行对调，团员会不会同意且不说，但人们心中自然会感到怪异吧。”

“那三人联手作案的可能性……”师兄还在不死心地挣扎。

“或许你还记得她们的动机从一开始就不统一吧。”小楠好心地提醒道。

“呼。”废柴师兄终于像一只泄了气的皮球喃喃道，“说到底，果然仅仅是一桩意外混入野生河豚的悲剧吗？害我还拿了被害人的手巾、牙套、收纳盒回局里去做河豚毒素含量化验……”

小楠的耳朵动了动，心跳忽然加速：“为什么会有收纳盒？”

“小楠没有戴过牙套或许不知道，牙齿矫正的人吃饭的时候是要将牙套放进收纳盒保存的，等吃完饭再戴上。”师兄耐心地解释道。

“我知道。手巾和牙套上沾染了一定量的毒素我可以理解，可是牙套收纳盒上为什么会有毒素？”小楠假装嘴中有牙套，用手比画着将它摘下来，“吃饭前摘下，放入收纳盒；吃饭的时候嘴中有河豚毒素，吃完饭戴上牙套，牙套会沾染上毒素。可是，从头到尾，收纳盒里为什么会沾染上毒素？”

“啊……”师兄的嘴微微张开，似乎也在脑海中演练被害人死前所经历的最后一次佩戴牙套的过程。

“除非，”小楠的眼睛注视着师兄，异常明亮，“根本就没有什么带毒的野生河豚，所谓的河豚毒素——是一早就下在收纳盒中的毒药。”

被害人吃完饭，在不知情的情况下戴上了因存放在收纳盒中而沾染上河豚毒素的牙套。其毒发时间让人自然而然地认为是午餐中的河豚导致。

“你可以回去看一看检验报告，我个人认为收纳盒中的河豚毒素含量应该是最高的。”小楠总结陈词般地说道，“知道被害人今天中午定了河豚定食、知道她在进行牙齿矫正以及能够轻松接触到她的私人物品并且在今天之内下毒的——除了在隔壁吃素斋的安娜小姐，我想不出第二人选。”

其实从小楠提到在收纳盒下毒的可能性时，那些有所谓不在场证明的人都需要重新排查了。师兄脸上却依然为难：“虽然听上去很有道理，但这只是你的推论。没有直接证据，我们很难办啊……”

小楠抬头，指了指头顶上的摄像头，一脸志在必得：“只要有点耐心，总能看到你想要的画面的。”她顿了顿，“当然，这种熬夜伤头发的工作，就辛苦头发茂密的师兄你了。”

第二章 莱布尼茨的现实世界

1

安娜站在“白良海滨浴场”沙滩上，面朝着大海，嗅着掺杂着些许咸腥味的海风。海浪缱绻地拍打着她赤裸的脚背，带着令人舒心的凉意。耳畔是在海滨浴场度假地当地人嬉笑对话的声音，嘈杂中带着令人宁静的力量。

“日本的沙滩味道真的好不一样啊！”耳畔传来了黛儿感叹的声音。她的声音软软的，像一只没脾气的小奶猫，“一闻就知道是白沙的味道。”

“我虽然不知道你是怎么做到的，但是一般人是闻不出颜色的。”安娜笑着揶揄道。

“这是通感！通感知不知道？”黛儿假装气鼓鼓地回答道。

“好好好，知道知道。”像只爹了毛的小奶猫。可是没过几秒，安娜嘴角的笑容就敛了起来，“黛儿，等你做完手术……就可以看见大海了吧？”

黛儿朝安娜的方向看去，她不是不能感觉到这两天的安娜似乎有些情绪低落，这让没有一点头绪的她很不知所措：“是的，医生说如果恢复得好，最晚半年就可以像普通人一样生活了。”

如果有朝一日她得见天日，最先要感谢的人一定是安娜。没有她，她直到今日还龟缩在她的住处，对外面的世界充满恐惧。

“大海。”悄无声息地，有泪水从安娜的眼眶落下。安娜觉得自己可能是生病了，越是临近黛儿手术的日子，那种负面的情绪越是宛若梦魇一样纠缠她。她已经很多天没有睡过一个好觉了。饶是她内心波涛汹涌，可是声音听起来依然平静，仿佛什么事情都没有发生：“你说大海究竟是什么颜色的？”

“说是蓝色的。”黛儿回答得有些懵懂，她不明白安娜为什么会这么问。

“不知道大海真正的颜色和我们想象中的蓝色，是不是一样的。”安娜轻飘飘地说了一句，仿佛是在跟黛儿对话，又仿佛说给自己听。

黛儿愣了一下，她们都是从遇见这个世界起就看不到一丝光亮的人。人们口中的颜色在她们的脑海中只能凭想象来勾勒。她的声音中带着轻微的笑意，带着几分向往：“我想，大概是不一样的吧。”

两个女孩的对话暂停了。

“安娜，黛儿。”江原小姐的声音从不远处响起，“我们准备走了，你们要不要先去冲冲脚上的沙子？中午安排了去吃河豚定食，安娜定的素斋就在隔壁。”

黛儿回头，朝江原小姐声音的方向露出了一个大大的笑容：“知道了，江原小姐。”

江原小姐回应了一声，去通知其他团员了。

她转身前又深深看了一眼黛儿的眼睛。真是一双美丽的眼睛啊！在光照下是淡淡的琥珀色，就像……她的阿昌一样。想到这里，许是被“海风”吹得眯了眼，江原小姐的眼眶微微地湿润了，可是嘴角却扯出了淡淡的微笑。

黛儿无法看见，安娜的一只手紧紧地攥着，仿佛在做着什么激烈的思想斗争，本来就不长的指甲已经嵌进肉里，但她丝毫不觉。另一只手插在口袋里，拼命地攥着什么东西。

她太喜欢黛儿了，盲联的人都觉得是她改变了黛儿，但是只有她才知道，是黛儿拯救了她。只有和黛儿在一起的时候，她才能感受到，她这个人是被需要着的。

安娜对于黛儿并不存在什么嫉妒的情绪，天知道她多么希望黛儿能过得更好，她由衷地、真心地这么希望着。不然，她也不会将黛儿介绍进匹配眼角膜的公益组织，从头到尾她都在努力促成着黛儿有朝一日能够重见光明。

她没有办法看见这个世界，但是如果黛儿可以，那将会是一件多么美好的事情啊……

可是，随着手术日期的临近，一个曾经一次一次伤害过她的问题重新摆在了她面前：见到光明的黛儿，还会需要她吗？她们还会一同出门，一同旅行吗？

在黛儿之前，安娜不是没有在盲联交到过朋友，他们也不是没有一同出行过。可是，待他们见到光明以后，他们就渐渐地、悄无声息地消失了。

到头来，安娜发现又只剩下她一个人了。

黛儿太依赖她了，让她产生了她这一次无论如何都不会被抛弃的错觉。

等手术结束，黛儿终究会慢慢地过上正常人的生活吧？她会慢慢地从自己的生活中消失吧？她们……再也不会一同旅行了吧？

她真心诚意地为了他们每个人着想，为什么到最后，他们一个个还是离开了？

不可以，起码这次不可以，只有黛儿不可以。

她一直是这么美好的姑娘，可是终有一天，她也会像所有人一样离开的……安娜无论如何都不想看到这样的局面发生。

她攥紧口袋中属于黛儿的牙套收纳盒。她在来时的大巴上已经在上面涂上了足量的河豚毒素。

她没有办法改变总有一天会改变的黛儿，那么至少，她可以改变这一天到来的时间。

“黛儿。”安娜的脑袋低垂，黑色的短发遮住了她的眼帘，攥着收纳盒的手在控制不住地发抖。只要将收纳盒给她，一切就结束了。

她的嗓子仿佛被扼住一般，发不出声来。她逼着自己说“你的收纳盒掉了”，可是，恍惚间，仿佛是另一个世界的自己代替她说出了口：“等你手术结束了，我们还会一起旅行吗？”

远处响起了海鸥的低鸣，海风就从耳畔呼啸而过。安娜只能听见自己心跳的声音。

“当然。”黛儿清澈干净的声音伴随着海浪拍打着沙滩的声音，一并送到了安娜的耳边，“我们不是约好了要一起去听尼亚加拉大瀑布吗？过去我们什么都看不见不也去了那么多地方，以后我们两个人还多了一双眼睛呢，一定可以去更多地方的！”

“嗒。”

安娜心中仿佛有什么东西松动了。一阵过电般的酥麻传遍她的全身，她为自己想要做的事情感到后怕。她从来没有如此庆幸，庆幸自己将那句话问出了口。她这些天就像中了降头一样，陷入自己的情绪中无法自拔。

差一点，就差一点点，她就要杀了她最爱的黛儿了。

“安娜？”听不到任何回应，黛儿有些不安地喊了一声她的名字。

她吸了吸鼻子，装作无所谓的语气：“走吧！中午不是你期待了很久的河豚宴吗？”

“嗯！”黛儿回应的声音无比雀跃。

“说起来我好像闻到乌云的味道了。”

“欸？乌云也有味道的吗？为什么我闻不到？

“因为我听到有人说要下雨了。”

“……”

两人的身影渐行渐远，一只蓝色的收纳盒被留在了沙滩上。

2

黛儿接受手术的时候，安娜如同她的家人一般陪伴着她。两个星期以后她拆线，医生告诉她不要急着看向光源，需要慢慢适应。

她带着忐忑的情绪，尝试着睁开眼睛，各种各样的颜色争先恐后地涌了进来，起初它们缠绕在一起，混沌一片。直到后来这些颜色分散开来，勾勒出了每个物体自己的轮廓。

这一天，黛儿与她生活了二十四年的世界第一次见面。

也是这一天，她终于见到了活得像向日葵一样张扬的安娜。干练而清爽的短头发，脸只有巴掌大，但整个人的身体仿佛有用不完的能量，锁骨上的文身更是格外瞩目。

真好，和她想象中的一样。

黛儿术后恢复得很好，半年以后医生就让她停止服用辅助药物了。距离与安娜约定去美国五大湖之旅的日子越来越近，但是黛儿生出了隐隐的不安。

她的不安来自父母，他们曾不止一次地委婉表达希望她不要参加这次旅行的意愿。母亲欲言又止："我们不是让你抛弃你的朋友，我们只是希望你可以不要再参加盲联举办的旅游项目……孩子，这对你对安娜都好。"

性格软弱，从小就对父母言听计从的黛儿这次却说什么都没有妥协。出团当日，拗不过她的父亲，在她的恳求声中无奈地叹了口气，将手中的烟头掐掉，帮她搬起行李，走向了自己的私家车："走吧，我送你。"

然而，坐在车上的黛儿还没来得及舒一口气，她很快就发现他们并没有在前往机场的路上，而是向反方向的城郊开去。

"爸爸……"她的话还没有说出口，父亲就仿佛知道她要说什么一般道："这是正确的路。如果你想见安娜，这是正确的地方。"此后，无论黛儿如何追问，他再也不愿意多说一句。

强烈的不祥的预感在黛儿的心中弥漫开来。

他们的车最后停在郊外一座巨大的建筑前，半圆球形的，就好像是一座影城。

爸爸将车停好，替黛儿拎起行李，看了一眼向他们敞开的玻璃大门道："我们走吧。"

黛儿脑袋里闪过千百个念头，但此时的她能做的只是紧跟着爸爸，直到她踏入了那栋建筑的大厅，里面响起了她再熟悉不过的候机大楼的声音："AA8939 次航班现在开始检票。"

然而，她面前没有柜台，没有所谓的地勤人员，只有不远的入口处，零零星星的几位工作人员。

黛儿觉得，自己身体仿佛从头顶浇下来一盆冷水一般，有些发凉。

她闭上眼睛，耳畔皆是机场里熙熙攘攘的人群声、广播的声音，甚至是行李摩擦地面的声音。就好像只要她再次睁开眼睛，就能看到机场应有的样子。

一群“游客”在她的不远处集结，他们手持着盲杖，脸上洋溢着不安和期待。他们是……曾经的她。

领队的导游用小型广播对他们道：“我们一会儿会通过盲人专用的绿色通道进行检票和安检，请大家跟紧。”

注视着这一行人在工作人员的带领下进入了被称作“绿色通道”的入口。黛儿以为她会气愤，会暴怒，但是现实中，她心中只留下了一种情绪——悲哀。

原来，她们也活在“楚门的世界”里。

她的目光发直，嘴唇在不自觉地发抖，像是对父亲的控诉，却更像喃喃低语：“这是欺骗，是对我们的欺骗啊！”

“对不起，孩子。”父亲抱住了她，抚摩着她栗子色的长发，“我和妈妈真的只是希望你能快乐……”

黛儿呜咽：“我是真的以为，我们是真的以为我们去了很多很多地方。”饶是如此，她还是把声音压得很低很低，仿佛害怕旁人听到一般。

“我知道，我知道，孩子。”父亲安抚道，“如果你觉得难过，我们这就回去……”

父亲甚至还没来得及把话说完，黛儿就注意到，玻璃自动门又打开了，安娜拉着行李拄着盲杖从外面走了进来。她脸上洋溢着不言而喻的喜悦，相比往日看上去更加有活力。

“安娜……”黛儿从父亲的怀中挣脱了出来，走到她的面前。

“黛儿，你竟然先到了吗？我还以为我到得够早了。”“候机大厅”回荡起安娜爽朗的笑声，“你敢想象吗？我们真的要去大瀑布了，这件事我们说了多久了！”

安娜握着她的手，语气都比平时轻快了许多，黛儿注视着她的面容，不知道是不是她的错觉，她甚至觉得安娜的眼睛中闪着光。

“其实，”等安娜的心情平复一些，她低声甚至有些不好意思地对黛儿道，“其实有那么一段时间，我认为等你手术之后，就再也不会和我一起出来了。我以为我们永远也去不了尼亚加拉了。”

说这话的时候，安娜的脸上是少见的羞涩，仿佛在羞愧自己曾经有某种荒唐的想法。

正是这样的神情令黛儿如鲠在喉，她努力控制自己的情绪，让自己的声音不再颤抖。她握着安娜的手：“安娜，无论你想去哪儿，我都会永远陪着你的。”

她顿了顿，转过头对父亲说：“那我们就先去集合了，一个星期以后，别忘了来接我们啊！”

3

他们一行旅客在飞机的模拟器中度过了漫长的十三个小时，其间他们经历了机舱安全教育、气流的颠簸、乘务员——或者应该说是工作人员的配餐。直到降落以后，安娜扯下盖在身上的毛毯，解开系了一路的安全带，对黛儿说：“美国真的太远了，你看，我脚肿得鞋子都穿不进了！”

安娜的脚肿得厉害，黛儿沉默了一下：“我帮你揉揉吧。”

“没事儿，没事儿。”安娜摆了摆手，“走两步就好了。”

他们先后上了“大巴”，入住了“酒店”，直到第二天在酒店的“大堂”用完早餐后，由导游小姐带领他们前往为人啧啧称叹的尼亚加拉大瀑布。

从“大巴”出来，大瀑布的“隆隆”声已经从远处传来。导游将他们带往离观景点不远却又安全的地方。

离观景点越近，那瀑布的水声就越发震耳欲聋。脚下的沙石路也越发潮湿不好走。周边其他国家旅客的讲解声、拍照声时不时地传来。

“这里就是大瀑布的观景点，出于对大家的安全考量，我不能再将你们继续往前带了！如果你们需要自由活动，请务必让我陪同！”导游扯着嗓子用他的小喇叭喊道，可是水声还是将他的声音盖去了许多。

“黛儿！”安娜兴奋地喊道，“我感觉到大瀑布的水珠都溅到了我的脸上！你看见大瀑布了吗？是不是很壮观？瀑布的落差是不是很大？”

“嗯，非常壮观。”抑制不住地，黛儿的声音在颤抖。

安娜察觉出了她的异样，沉静了一会儿，然后拍了拍她的肩膀：“我是没有真的用眼睛看到过大瀑布啦，但是我觉得如果我能看到，一定会比你还要感动的。所以……”她揉了揉黛儿的脑袋，“没有关系，哭吧，不丢人的。”

黛儿注视着四周漆黑的布景，整个场景并不大，他们所在的区域前就是围栏，而围栏的另一边一片空白。各个角落都布满了摄像头，许是为了保证他们的人身安全，他们的一举一动——哪怕是在“酒店”中睡觉都在镜头下一览无余。

此刻，一个小小的喷水装置时不时地洒出带有河流气息的水珠，环绕式的音箱模拟出水流的冲击声、人群的说话声……

即便对方看不到，黛儿的嘴角还是缓缓地扯出了一个微笑。

“安娜。”她的声音带着哭腔。

“嗯？”

“我突然发现，能够看见，真的是一件非常非常幸福的事情啊！”

目杀师

袁依楣

“我杀人，是为了救人。”

别人眼里的杀意

“其实我能看到别人眼里的杀意。”

我把目光从白色的棋子上拿开两秒，回答：“有时候我也能。”

精神病院里的病人粗略可以分两类。连生活都不能自理的，或者像他这样，和医生下国际象棋至今没有输过一盘的。

这类看似不麻烦，因为他不需要你喂饭或者盯着他上厕所，可一旦你坐下来和他深入交流，就会时常觉得，自己的世界观受到了严重的冲击。

“不不不，不是那种抽象的东西。”他把我的手从棋盘上空驱逐出去，以便让我好好听他的话，“我说的是有实感的杀意。

“没有交集的人、相爱的人，在看向对方的时候，眼睛是纯白色的。但认识之后，逐渐心怀不满，甚至到了想杀掉的程度，眼睛就会越来越黑。”

我想象了一下，说：“难道在你看到的世界里，所有人的眼睛只分黑白两种颜色吗？连枕边爱人含情脉脉凝望着你时，都翻着一对卫生球，何其惊悚。”

他耸肩：“在我眼里，这才是正常的世界。虽然5岁之前我一直纠结，为什么书本和照片上的眼睛都千篇一律。顺便一提，大多数人看别人的时候，眼睛是混浊的。有时候色浓，有时候色淡。有时候，对方不经意说了某句话，他就算脸上还在笑，眼珠却会突然变成很恐怖的深色哦。”

我评价道：“极富哲理。”

他观察我：“你不相信。”

我盯着棋盘，思考下一步：“迟慎，我是医生。”

“实习医生。你不应该太早把老前辈的思维坏习惯都学到。”

“如果是那样，我现在就该给你做一张写满愚蠢问题的测试卷，而不是陪你下棋。”

“其实不限于人与人之间，物体也可以作为监测杀意的媒介。”一个象横空飞来，撞开我的一枚棋子，迅速扳平我刚找到的一点优势，“你下得很好，但是你永远赢不了我。”

我试着用他给出的设定思考：“难道你能看出我对某一枚棋子的杀意？”

“很方便吧？当你的目光扫过一排棋子中你的目标时，再细微的目色变化我也不会错过。这通常会有用。”

我摁下棋子，反杀：“看，你就没料到我这一步。”

“不要脸。你刚才又没看棋盘。”

我无谓地笑了几声。

他忽然说：“有一个人看你的时候，眼睛是全黑色的。我上一次见到那种颜色，是在杀人凶手的眼睛里。”

奇怪的警告

“那孩子自己就是杀人凶手啊。”

姚护士很小声地说。虽然隔着观察室的玻璃，迟慎在里面根本听不到。

我看过他的资料，当然清楚。15 岁用铁管打爆小区收破烂大叔的头，17 岁捅死未来继父，时常对身边的人有攻击倾向，表现出间歇性狂躁症状和重度被害妄想症。被母亲抹泪送入院半年以来，口齿清晰，语句流畅，思维敏捷，且意图明确，让人很难为之开脱。

我想再说几句，郑医生这时推门而入，没说话，冷冷看了这边一眼，我们立刻噤声。姚护士吐吐舌头，举起记录簿，晃笔杆装作写东西，开溜。

郑医生问我：“工作感想如何？”

在这位作风严谨的前辈面前，我莫名肃然起敬：“和学校里教的都不太一样，正在学习中。”

郑医生看了看隔着玻璃不知为什么捧腹大笑的迟慎：“很好，多注意。医患关系和谐是好事，混成一团就没必要了，尤其是病情严重到无法控制的，迟早要转院。”

干巴巴几句对话后，郑医生签了个字就离开了。

我对迟慎摇了摇头，就没见过这种在主治医生面前极力用夸张扭曲的肢体动作证明自己有病的病人。而他却规规矩矩坐了下来，带着诡异的微笑，指了指门。

我认为，通常来说，“实习”二字意味着要做很多没有技术含量的工作。例如，把落了十几年灰的老资料手打进电脑备份。

完成四分之一时，已经凌晨一点多了，保存后关机，拔下 U 盘，在手里抛了抛，感觉好像它也因为装下我手打的几万字而有了点分量。

来到电梯旁，刚想按向下的按钮，忽然指示灯一亮，电梯从 1 楼升起。半夜三更，除了我居然还会有人来这栋办公楼，一时很诧异。不可能是保安，保安大部分精力都用来应付那些时常有人夜半跳窗的病栋了。

电梯在 8 楼停下。我后退几步，从 11 楼的窗户往下看。奇怪的是，8 楼仍然一片黢黑。一般情况下会有人打开走廊的灯，或者有手电筒的光一闪而过吧。除非……

除非不想被人发现。

我撤回头，还没有下一步举动，就看到电梯又上升了一层，数字“9”在黑暗中幽幽发亮。

9 楼仍然没有一丝光亮。我不知出于什么心态，又站了一分钟。果然，电梯升到了 10 楼。

简直就像是在一层一层地搜索着什么。

等到电梯上方的红色上箭头再次亮起时，我转了个身，从一旁的逃生楼道往下走。不管怎样，我都不太想和这么晚游荡在办公楼里的人撞个正着。

更重要的是，今天，我是因为 8 楼办公室的电脑坏了才临时转到 11 楼工作的。

第二天见到迟慎，他照例先是对我微笑：“你来了。”

棋盘已经摆好，我说：“你每天就不能有点别的事做？”

“做什么？”他奇怪地看着我，“又没有别人会来探望我。”

我觉得我开了个糟糕的头。他却并不在意，兴高采烈地把我大杀一通，大局已定，才说：“‘那位’看你时，眼睛变成纯黑色了。恐怕不仅想杀你，而且是想虐杀呢。”

我手臂在空中悬了一秒，半真半假不经意地问：“你既然能看到，就不能直接告诉我是谁吗？”

有那么一瞬间，我觉得他是想告诉我的。

“我拒绝。”

“为什么？”

他理所当然地说：“我是精神病人。”

“……”前辈们想把他扔去的那家医院，我多少有所耳闻，基本上是进去了就出不来那种，想想其实很适合他。

他举起一枚棋子，刻意让我看见，他刚用它踢翻了我的王。

我说：“称之为X的话，既然你能觉察X对我的杀意，那么至少会是我们三个人同时在场，而这样的情形不算多。”

他欣赏着自己的全盘胜利：“继续猜。”

“可我觉得我并没有得罪任何人。”

他说：“不妨告诉你，从人际关系或者动机入手是抓不住重点的。这个人，看谁都是黑眼。”

我为之一振：“无差别的杀意？”就说我人品应该还不至于差至如斯。

“有差别。看你的时候，特别黑。”

我假装没听到这句。

即是说，我被一个谁都想杀的杀人魔盯上了。那么线索就完全胶着了，所有凶手人选，概率完全一致。因为变态这种东西，你是不能用常理揣测的。他们的表面形态，可能千姿百态。他们也不需要动机。

迟慎耸肩：“我觉得，X大概有反社会人格倾向吧。世界上无缘无故就想干坏事的人，比你想象的多得多。心理扭曲也好，报复社会也好，这个是你们该研究的领域。”

老实说，这话居然是从一个穿病号服的人口里说出来的，我受的冲击相当之大。

迟慎笑着把两枚棋子捏在手中咯咯地挤压：“怎么，你没有问题要问我？我可是能看出别人的杀意啊。不光凶手，凶器和作案地点什么的，都能有点头绪。”

昨晚的小小插曲，说完全不在意，是假的。但想想，又似乎不是什么值得太在意的事。我谨慎地选择不开口。

他看起来有点失望：“哪怕当作配合治疗或者开玩笑，也没有想问的吗？”

“……作案地点。”我说，“作案地点，有没有可能是办公楼？”

“没有。”

他十分肯定地直视我：“办公楼不会有危险。”

危险的办公楼

8楼的电脑在我申报后，已经修好了，看这台老爷机开机后仍然一直喘得好像报废的马达。

运行了近四个小时，到十二点多后，我最担心的事终于发生了。它卡机了。

幸好我有随手保存的习惯，没有发生悲剧。可还剩厚厚一沓资料要录入，界面鼠标却岿然不动。我决定简单粗暴地解决这个问题。推开椅子，俯下身去拔电源线。

插座弄了我一手陈年老灰。扯掉插头后，电脑的轰鸣声戛然而止。深夜工作时我不习惯开灯，一拔就掐断了唯一的光源，顿时陷入漆黑之中。我蹲在地上，摸索着从桌上抽了一张纸巾细细擦拭，上身朝桌底探去。

正在这时，从办公室门口传来了脚步声。

我的动作凝滞了一瞬间，悄悄把手伸进一旁半开的抽屉，从里面摸出一支钢笔。

寂静良久，就在我即将怀疑刚才听到的脚步声是幻觉时，咔咔，门口的人往里走了两步。

办公室是半封闭的格间设计，只要此刻在那里的人不细致地搜索，只粗略一眼扫过去，绝不会发现另一个人的存在。桌下空隙足够一个成年人蜷进去。我单手撑地，另一只手握匕首般地握住钢笔，尽量不发出任何声音地把自己塞进桌底。

我绝不相信，这个时间点鬼鬼祟祟来这里的人会是保安。

脚步声非常缓慢，却没有中断，走路的人似乎屏住了呼吸。最后，终于停下了。

停在我的桌子旁边。

冷汗涔涔时，我却不合时宜地冒出一个念头。

迟慎竟然骗我。如果他的能力不是臆想的结果，既然警示了我旁人的杀意，又为什么要说办公楼没有危险？这存的什么心？

现在站在那里的，有没有可能就是……我迅速掐灭这个可怕想法的苗头。

老天！说到底，我是脑抽了？迟慎告诉我这里不会是案发现场，我就真的来了。我居然真的信了！我潜意识里认为迟慎一定不会害我，这就是相信他的下场！

我脑袋里炸得疼，眼睛却死死盯着前方本来是落脚处的地面。一双裹在黑色长裤和雨靴里的腿，挡在了正前方。

地面上倏地划过异样的寒光。那是对方手里的刀反射的寒光。从刚才起一直不断减速的呼吸，这时几乎彻底停止。默念，没关系的。一般不会变态到特地弯腰看桌子底下的。

然后，我听到了手掌摩挲某种东西表壳的声音。刹那，似乎听到了什么东西在脑内裂开。

电脑！长时间运行后的电脑还是热的！

一张苍白的面孔猛地侵入视线上方。我准备多时的钢笔瞄准眼睛捅了上去。

对方反应也很快，笔尖只穿透蒙脸的绷带插进了脸颊，半支钢笔都留在他的口腔里。趁对方发出不像人类的咆哮时，我在他小腿上踹了一脚，他踉跄后退着绊倒了桌前的凳子，连人带椅一起翻倒。

仓促间，我看见他脱手而出的刀在一旁地上打转，忙扑过去抢，没想到他在剧痛里还能保持清醒，先一步伸手去抓，我刚好抓住他冰冷的手背，顿时浑身一毛，不管不顾，转身就跑。

逃命的时候永远不要走电梯。无论是火灾、地震还是被人追杀。我直奔逃生楼道而去，平时那扇白色的门都是虚掩的，可今天却紧闭着。我身体在上面一撞，不祥的预感落了实，沉甸甸地进入腹中。迅速折返按下电梯向下的按钮。

快！快！再快！

那人东倒西歪扶着墙，喘着响彻楼层的粗气。估计是疼劲儿泛上来了，站稳都困难，这给我争取了时间。在他追上来之前，数字“8”终于亮起！

开门的一刹那，似乎绽放出无限光明，我正要抢进电梯，却在看清里面的情形后动弹不得了。

电梯不是空的。里面有人。

迟慎正站在里面，对我微笑。那灿烂的笑容在电梯白炽灯惨淡的灯光下，格外诡异。

我后退了两步。可说实在的，这个状态下，他的恐怖不亚于刚才的持刀人。现在真的是进不了，退不了，哪一边都无路可走了！

我下意识地闪避。几乎同时，他扑了出来——和追上来的持刀人扑成了一团。

不消两个来回，他就用膝盖压住对方小腹，娴熟地夺过了那柄刀，对准其喉咙猛地刺了下去！

刀光在地下人脸上划过，一瞬间，我终于看清了那张苍白的脸。

郑医生！

下一刻，那张脸就在迟慎毫无章法的疯狂戳刺中变得血肉模糊了。

我弯下腰。不至于恶心呕吐，但根本无法直视。二十刀或者四十刀，与其说是反击，不如说是在发泄某种积郁很久的怒气。

迟慎捅够了后，气喘吁吁地把刀子扔到一边，满脸血污地蹲在地上。

见他迟迟没有下一步动作，我就试探着迈了一小步。

确定他的确觉察了并且仍没有动作后，我迅速弯腰把刀抄起。凶器在手，接下来的动作有底气多了，手机通知值夜班的人、报警，顺利得几乎像换了剧本。

我仍保持着相当一段距离，指着他说：“我明明看着你睡前吃了镇静剂！”

迟慎说：“报完警了？”

那副完全意识不到事情严重性的样子让我火冒三丈，忍不住上前踹了他一脚。

“你以为精神病人干什么都不犯法？你知道病情严重到无法控制后，会被遣送去哪儿吗？没病也能折腾成有病的地方！”

他并不吃惊或激动：“郑医生一直都在尽力达成这个目的。”

我站在满地狼藉里，切齿道：“说好的‘办公楼不会有危险’呢？”

“骗你的。”

好直白。我抹了一把脸上的血，气笑了，还没开口，他先截断我话头：“何医生。你现在，相不相信我的眼睛，能看到别人的杀意？”

我说：“你问真的？我现在觉得你对我的杀意才比较大。”

他追问道：“你信不信？”

我咆哮道：“信！可你就不能——直接告诉我，离姓郑的远点吗？！”

他像终于满足了一样，脸上浮起奇异的笑容。

“何医生，你觉得我这双眼睛能用来干什么？”

我平复气息：“标准答案是造福社会。”

他嗤笑：“造福社会？怎么造福？谁信？一个看见四五岁小孩子就黑眼的人，我造福社会干掉他，连当事人都不感谢我把他女儿从可怕的遭遇里拯救出来，谁都指责我为什么要杀一个‘老实的’‘收破烂的’。我不稀罕感谢！但这真是太蠢了！

“没人相信他当时被我撞破后是真想杀人灭口。我为什么非要等对方先捅我几刀，再正当防卫？”

我不知道该说什么。就算是慰藉用的万金油“亲人站在你这边”，想想他只来过一次的妈，都不适用。

“那男的看我妈和我的时候，眼睛里从来没有一丝白色，不停地问存款首饰，她却从来不奇怪那男的为什么只肯买一些便宜的地摊货送给她，不怀疑为什么带我们度假要去荒郊野地，反而要质问我‘妈妈为你牺牲这么多，为什么要破坏妈妈的幸福’。”

迟慎看着我："我才想问为什么，明明我做的事并没有错，明明我是在救你们。你让我直接告诉你。我以前就是这么做的，坦白告诉你郑医生的目标，他们认为我发疯，那我就真的发疯，让他们滚。可别人最后怎么想我的？你从姚护士那里应该也听到了。"

我沉默了一下，说："只要是正常人，都会畏惧肉眼所见的暴力。大多数时候，你并不能说这是错误的。"

半晌，迟慎才说："是。这才是关键所在。你们都是正常人，我是不正常的。"

我头疼："你知道我不是这个意思。"

迟慎说："如果是这样，那我说真的——"

下一刻，他露出了几乎算得上凶狠的表情。

"我宁可让你冒着被捅几刀的风险，亲眼看到那张杀意暴露的脸！自私也好，变态也罢，骂我、讨厌我都随便，又不是没经历过！我只是不甘心——"

他像赌气又像泄气地吐出那句话："至少得有一个人知道，我救了他吧？"

远处病楼的灯一座接一座地亮起，空旷的夜里传来护理员们如临大敌的呼声。

迟慎像是被这些声音从情绪中惊醒，恢复了平静。

"不说个再见？今后大概也没多少机会再见了。"

我心情复杂地看着他。

刻意让我来送死，他是故意的。而徒手挡在凶手前面，他也是拼了命的。不知道这能不能功过相抵，但实在很难让人不生气。

迟慎一脸不做抵抗的无所畏惧，看来，已经做好要被我破口大骂、拳打脚踢的准备了。

我深吸一口气，蓄满力后，也蹲了下来。

“迟慎，”我直视着他，“你所看到的我的眼睛，是什么颜色？”

最终，我还是选择了这个问题，来传递我的相信。

毕竟，过去的十几年里，他已经把许多人一生都不用经历的责备和不信任，全经历过了。

我不能阻止日后旁人继续有意无意用异样的目光和疏冷的举动加速他内心的崩坏，但至少此刻的我可以宽容他。

天知道，今后还有没有第二个人会把相信和宽容这两种东西传达给他。

况且，我还相信，他几乎要把凶手名字脱口而出的那一瞬间的冲动，并不是我看错了。就像现在的他片刻的保证过后，脸上那种藏不住的、真切的、感激到想哭的表情。

三维视角

永晴

“为了掩人耳目，我把女孩的尸体藏在铆钉、豹纹超短裙里。”

1

“你这种人，我见一个弄死一个！”

油腻腻的指纹印在手机触摸屏上，程工把这句话发进评论区，不自觉用恶狠狠的语气将它念出声。

板房顶上雪白的日光灯被厚厚的灰尘覆盖，投下来的光芒不仅没让房间显得明亮，反而更加昏暗。

程工盯着手机屏幕上的新闻标题，将烟头扔进还剩小半碗汤的泡面盒里。火星发出微弱的“刺啦”声，随即熄灭。

《“不良”少女遇害，现场衣物遍地！》——这个标题在今天午后，像秋天的飞蝗一般，成群结队地攻占了人们的手机屏幕，以微博、微信公众号为首的社交软件同时弹出了这条新闻。新闻发布者均为一个名叫“想不到吧”的账号，是一个加 V 的自媒体。

“今晨，戈魏林市城南区的阳湖派出所接到报案，市民李大爷称他在阳湖公园发现一具女尸。警方迅速赶到并封锁现场，展开调查。死者是一名年轻女性，大多数衣物都被扯坏，散落在尸体周围。不仅如此，死者的手臂上文着引人注目的花纹，脸上的妆容在挣扎过程中被抹去不少，但仍然能看出是浓重的烟熏妆。这不禁让我们对死者的身份产生了联想。”

在这一段文字下方，一张张现场图陈列在读者面前，死者的肌肤裸露在外，薄薄的马赛克几乎没实质性作用，以至于文身样式都能看得清清楚楚。这些图片的拍摄角度别扭，很明显都是偷拍的。

“差点把我吓出心脏病来！”文末的视频采访中，李大爷不断地拍着胸口，“我每天早上都会绕着公园散步，今天走过这片树丛，发现路边躺着一只崭新的高跟鞋。我想走上去瞧个究竟，哪晓得一回头就发现旁边的树丛里露出了一只女人的脚！”

“您能给我们描述一下尸体的状态吗？”记者的声音显得很激动。

“能有什么状态，一丝不挂呗！”李大爷的表情极为夸张，两颗假牙露了出来，交互反射着金色和银色的光。

“那她的衣服……”

“上面全是铆钉和链子，正经人家的姑娘哪会穿这些！”李大爷终于说出了记者想听的答案，“还有，她落在草丛里的内衣居然是黑色的，那裙子——哎哟——短得很嘞！要是我孙女这样穿，我肯定要打断她的腿！”

接下来的采访有些无趣，程工暂停了视频，看看自己的评论，觉得刚才的话分量还不够，抬手想把它删掉，但又有点心疼右下角那五个点赞。终于，他按下了“删除”键，飞快地输入“现在的人太冷漠了！这个女孩这么可怜，被侵犯的时候一定大声呼救过，怎么就没人上去帮帮她？换作是我，一定一脚踢爆那个王八蛋的狗头！”这样一段话，转眼间，评论的点赞数超过了十次，他满意地点点头，刚想再抽支烟，发现烟盒空了，于是走出了板房。

夏日的阳光灼热，程工感觉自己就像锡纸里的烤鱼。这个四十来岁的汉子没什么学问，一直靠做苦力赚钱，业余时间的唯一乐子就是上网冲浪，关心国家大事和身边小事，时不时发表一些高见。

他朝小卖部走去，半路上却被一群人吸引了注意力。

“哎哟，你这个年轻娃儿，居然敢打我！”一个老人的嚷嚷声从人群中传来。

“你不要倚老卖老，血口喷人！”一个高亢的女音说。

程工想要上去凑个热闹，看清楚里面究竟发生了什么。突然，人群中蹿出一名男子，径直朝着程工冲来，程工只感觉对方惊恐愤怒的脸庞片刻间就出现在了他的面前。

“抓住他！”两名警察紧随其后，其中一个高呼，“他是杀人犯！”

闻言，程工傻了。他的脑海里蹦出了他今早在微博上评论的那句“你这种人，我见一个弄死一个”，心中却没有半分上前阻拦的勇气。他的双脚不住地往后退，脚后跟碰到了一块凸起，踉跄了一下，摔倒在地，额头在路边的铁制垃圾桶上擦了一下，登时鲜血直流。

但程工根本无暇顾及这些，任凭血液流淌下来，只是紧张地冲那个杀人犯连连摆手。

“你……你别过来！”

2

林记者看着柳记者气势汹汹地朝着自己走来，急忙躲到了桌子后面，和对方拉开距离。

周围的同事都停下了手中的工作，一边望向这边，一边窃窃私语。

“你看，小柳又发飙了。”

“这年轻人，真是初生牛犊不怕虎，上次还指责主编的报道失实呢！”

“老林是公司里出了名的‘标题党’，文章经常乱带节奏，这下有好戏看了！”

柳记者指着自己的手机界面说：“这篇报道是你写的？”

“是，是啊，怎么了？”林记者摸不清对方的来意，回答显得气势不足。

“这种杀人案你也敢乱写？”柳记者怒气冲冲地说，“不良少女遇害？哪来的不良少女？今天早上刚发现的尸体，你就调查清楚死者的身份了？你这么能怎么不去当警察？”

“难道不是吗？她又文身又化烟熏妆的，不是不良少女是什么？”

“也就是说，你的标题根本就没有经过调查，都是在胡说八道？”

“你可别乱说啊，我这个不良可是打了引号的！”

“那又怎么样？标题的暗示性非常明显，足以左右舆论！你看看底下的评论，根本就不堪入目，除了少部分人在谴责凶手以外，其他人都在说这个死者肯定不是什么好人，死了活该！你这样对得起死者和她的家属吗？”

“这可不关我的事！”林记者吼了回去，“你一个刚进公司的毕业生，有什么资格冲我大吼大叫？我可是咱们‘想不到吧’的王牌记者，写的每篇报道都有好几千的点赞和转发。在我面前，你算个什么东西？”

“咱们做记者的，要讲良心！”柳记者指着对方的鼻子，“不真实的新闻是没有传播价值的！”

“没有传播价值？”林记者突然笑出了声，“你自己好好看看你写过的所有报道，转发量加起来有没有到我一篇的零头？”

这回轮到柳记者说不出话了。确实，他写的报道几乎没什么人读，要是他的业绩再不提升，下个月他就要卷铺盖走人了。

“可……可是，”柳记者再次开口，底气没那么足了，“新闻报道不能失实！”

“我没有失实啊，我只是对现场状况做出了合理的假设。你想想，要是有一个化烟熏妆、文大花臂的女生出现在你面前，你会不会认为她是太妹？”

“会是会，但……”

“那不就行了！我根本没有乱编，只是把最大的可能性付诸文字，报道了出来。”

“照你这么说，我把你的女儿在报道里写成‘穿着奇装异服上街’，你也没有异议呗？”柳记者想起了林记者的女儿，那是一个初二小女生，酷爱COSPLAY，经常打扮成动漫人物的样子外出游玩。

“我女儿和她怎么能一样？”林记者很不耐烦，“你好好想想，要是等到我们认认真真地核实清楚死者的情况，其他的自媒体早就把报道发出来了，谁还会看我们的文章？这是个流量为王的时代，大家都很忙的，读者没时间琢磨你的东西是真是假，只要他们觉得我们的报道是真的、有趣的，这就行了。我们需要做的，就是迎合读者的口味，仅此而已！与其在这里纠结这些细枝末节，不如好好想想怎么利用网民的喜好，写出让他们感兴趣的文章来！”林记者用手指戳戳柳记者的脸，带着居高临下的口吻说，“大家只会记住最有趣的文章和最有名的作者，对最真实的作者可没太大兴趣！”

柳记者站在原地，脸上一阵青一阵白。林记者不屑地笑笑，开始旁若无人地整理起自己的办公桌。

“林老师！”忽然，一个人上气不接下气地冲了进来，“林老师，阳湖公园附近又出事儿了！一个老太太碰了一个小女孩的瓷，现在正闹得不可开交呢！”

闻言，林记者露出发现猎物的欣喜表情。他急匆匆地带齐设备，正拿起茶杯喝水润喉，就听见柳记者的声音传来：“你别再写假新闻了。”

林记者看着他，一言不发地将茶杯重重地放在桌子上。伴随一声脆响，杯底裂开了一道口子。

3

伴随一声脆响，杯底裂开了一道口子。肖母把茶几上的茶杯翻来覆去地敲着，语带哭腔：“我们家燕燕是个好孩子，你们不能这么写她！”

几位记者站在客厅里，无动于衷。

“那么您能否解释一下，死者为什么会有文身呢？”

听到“死者”两个字，肖母瘫倒在沙发上，眼泪无声地往下流淌。一直在旁抽烟不语的肖父将烟头狠狠地在烟灰缸里按灭，扶住她的肩膀，双手紧了紧，却没有说什么。

“燕燕是个好孩子。”他转向记者们，“我不知道她为什么文身，但是我敢保证，我们对她的管教非常严格，别说文身了，连化妆、染发都不允许。”

“管教严格？”一位记者重复道，“能请您具体说说吗？”

“我们俩非常注重孩子的教育，从小到大都是如此。现在的孩子，即使足不出户，通过网络就能够了解到很多东西，学坏的成本低了。”肖父认真地说，“你们看一些电视剧和电影，里面的女性个个都化着妆，还有些老外甚至烫头染头的，这对孩子的影响多不好！要是她看多了这些，学着梳妆打扮了，不仅没时间学习，还会和社会上的人厮混，这对她可就影响大了！”

“所以您就不给她上网？”

“上网还是给的，我们不是那么不通人情的父母，不过仅限于查找资料，每次她上网我们都会在她身后盯着，一旦发现她看娱乐节目就拔网线。”

几位记者面面相觑，其中一位接着问：“那她平时经常和谁一起出去玩？”

肖父斩钉截铁地说：“我们从来不让她出去玩！”

“直到上大学后也这样？”

“当然啦！大学里面乱七八糟的人太多，万一那些人把她带去KTV或者网吧怎么办？所以我们规定她每天下午六点必须到家。”

“你们说，我们这么重视对她的教育，她怎么可能学坏？怎么可能打扮成那个样子？”肖母补充道，“这一定是凶手干的，他在故意破坏燕燕的名誉！”

“可她已经大学毕业了，学一些化妆技巧是十分必要的，几乎所有公司都要求女性上班化妆。”一名穿着OL制服、化着淡妆的女记者忍不住开口。

肖母斜眼看着她，一副看失足少女的表情。

“您不认为正是因为家长过于严苛的管束，才导致她心生叛逆，故意打扮成那样的吗？”

“燕燕一直很听话，绝不会做出这样的事！”肖母声泪俱下，“等你们有了孩子，你们就清楚我们的苦心了！”

女记者撇了撇嘴，合上了笔记本。

忽然，肖父的手机响了。接通电话后，对面的人说了些什么，肖父脸色顿时一沉。他转向肖母：“咱妈在外面和人吵起来了，似乎还动了手，对方似乎是个小姑娘。”

“咱去看看怎么回事！”

人群自动分开，给两人让出一条通路。

4

堂警官看到现场的惨状时，不禁扼腕叹息。听到耳旁隐约传来的咯咯声，他扭头望去，声音源自同行的岳警官紧咬的牙关。

“这个凶手，真是个王八蛋！”岳警官努力压抑着怒气，“这么年轻的女孩，他居然也下得去手？”

堂警官打量着他，默然无语。

两人正站在位于阳湖公园的案发现场，法医正将死者的尸体装进尸袋，用担架抬回法医中心，进行进一步尸检。

“那边是怎么回事？”堂警官不着痕迹地转移他的注意力。那是一对正在说话的男子，其中一个四十岁的样子，手上拿着一支录音笔，另一个比他大上二十余岁，看表情似乎在回忆着什么。

岳警官回过神来，赶紧收敛情绪：“那个年轻男人姓林，是‘想不到吧’的记者，老一点的那个是第一发现人李大爷。”

“那个以写假新闻著称的网红自媒体？”堂警官哼了一声，“叫人让他们停下，每次发生这种事都像嗅到腥味的苍蝇一样赶过来，过后乱写一通，尽给我们添乱！”

对于调查中的案件，警方会故意通过媒体释放一些可以给大众知晓的案件内情，再隐藏一部分。在对相关人员的询问中，如果有人说出了没有被报道的内情，那人的嫌疑就会大大增加，这是警方惯用的手法之一。如今这个林记者掺和进来，还和第一发现人近距离交流，很可能会将一些不能被透露的消息全部放出去，警方查案的难度就会因此提高。

堂警官问：“死者的身份调查清楚了吗？”

“我们从死者随身物品中找到了她的身份证和员工证。其名肖燕燕，二十五岁，是某私企的员工。其父母已经在法医中心等着认尸了。”

“你说她是私企员工？”堂警官指着地上散乱的镶满铆钉的皮衣和短裙，回想起死者面容上已经花了的浓重烟熏妆，“国外怎么样我不清楚，但是国内私企员工几乎不会打扮成这副模样吧？”

“是啊，而且看她工作的公司和岗位，她毕业的大学应该不会太差，我们也搞不懂她怎么会穿戴成这样。”

“先不说这个，关于命案本身，有什么调查进展？”

“根据初步验尸结果，死者于昨晚——也就是21日晚八点至八点半之间遇害，死因是机械性窒息，凶器是一根直径不超过三毫米的绳状物，推断凶手在侵犯死者的过程中将其勒毙，随后逃离现场。”

堂警官环顾四周，目光停留在不远处的一张长椅上。他走了过去，只见长椅旁边立着一个垃圾桶，地上除了一块新鲜的污渍外没有任何东西。

“你还记得我跟你说过的‘三维视角’办案理论吗？”

岳警官像个背书的学生般复述道：“在物理学上，处于三维世界的生物可以将二维世界的所有物体一览无余，例如漫画中的受害人无法发现躲在暗处偷袭他的犯人，可漫画外的读者却可以。此理论模拟到办案中，即我们警方面对纷繁复杂的现场照片、相关人笔录、法医报告等，不能以画中人的二维视角去分析，而应跳到所有线索之外，从三维视角俯瞰整个案件。”

“很好，那么该如何跳到所有线索外呢？”

“运用逻辑推理和犯罪心理学画像，将线索进行合理的串联，拼凑出案件的原貌。”

“来吧，分析一下这起案子的嫌疑人特征。”

岳警官在脑海里整理了一遍思路，缓缓开口：“凶手为男性，年龄在二十五至三十五之间，身高超过一米七五。”

“推论过程呢？”

“死者的身高超过一米六五，这在女性当中是一个比较少见的高度，现场遗留的高跟鞋更是女性防狼的有力武器之一。即使面对这样的女性，凶手仍然敢下手并且将其制伏，说明凶手应该是一个青壮年男性。”

“说得很对，继续。”

“凶手有过恋爱史，不过最近刚失恋。”岳警官指着垃圾桶，“这里面有一些空啤酒瓶，结合地上的新鲜污渍，我们很容易得知，凶手当晚正坐在这张长椅上喝酒，在死者经过时将其侵犯并杀害，啤酒被打翻，在地上留下污渍。如果凶手有正常途径发泄生理需求，他也不需要侵犯死者。一个半夜喝酒的单身汉，我能联想到的只有情场失意的醉鬼而已。”

“很好，还有吗？”

岳警官愣了愣，说：“没有了。”

“以你的能力，不应该只推理出这些的。”堂警官直直地看着他，“听好了，我现在告诉你‘三维视角’理论更深层次的含义。我们每个人的出生、成长环境都迥然不同，因此对于同一件事情的看法也会产生差异——比如本案中，死者家属一定会说死者是个多好多好的人，她所做的一切都是对的，而凶手则会觉得自己有非杀不可的‘正当理由’；网络舆论也一样，一堆人同情死者，另一堆人认为她活该，前者认为后者三观不正，后者骂前者傻逼。我们作为警察，如果过多地受到这些情绪的影响，对案件的分析能力就会下降。你刚才因为同情死者、痛恨凶手，所以意识并没有保持最高度的集中，对吧？”

岳警官低下头，无言以对。

“我并不禁止你有这种情感，但是只有在冷静中，我们才能清晰地分析案情。所有人都是主观的，可真相是客观的。我们必须像跳出线索一样跳出情感，从三维的高度面对所有人证、物证，这样才能够更顺利地破案，这也是‘三维视角’。”

岳警官若有所思地点头。

“记下来吧，你漏了的内容。”堂警官的语速渐快，“凶手的学历不高，着装打扮流里流气，而且……”他伸出了一根食指，“很可能是一个歌手。你仔细回忆一下，我们日常讲御姐控、制服控等，却不说流氓控、太妹控，这说明太妹打扮本身就给人不舒服的感觉，很难让人生出喜欢的念头。你看长椅前的污渍，上面布满凌乱的脚印，附近的灌木丛里也有挣扎的痕迹，很明显凶手是临时起意的。那么问题来了：凶手为什么会对这个外表根本不招人喜欢的对象下手呢？”

“你是说，凶手本身就是这个类型的人？”

“所谓‘近朱者赤，近墨者黑’，无数犯罪心理学案例分析都表明，一个人身处的环境决定了他的行为，例如《沉默的羔羊》中汉尼拔博士的原型泰德•邦迪，他之所以会锤杀身材高挑的长发白人女性，正是归因于他童年时对他妈妈的畸形爱慕。本案的凶手既然选择对这位死者下手，说明他的日常生活在一定程度上受这类女性的干扰，而拥有高学历和高教养的女性几乎不会这样打扮自己，因此得知凶手是同类人的可能性很高。

“至于凶手职业的推论，则是源于凶器。一般人不会随身携带那样的细绳，但是凶手有，说明随身携带它对于凶手来说是常态——那凶器会不会是吉他或者贝斯的弦呢？”

岳警官恍然大悟，连忙招呼手下在周围寻找符合条件的嫌疑人。命令一层层地传递到各个派出所，无数警察在城市的各个角落奔走，调查着所有可疑的人员。

翌日下午，其中一个小组在解决一起老人碰瓷案时遇到了一个奇怪的男人，他三十岁出头，头发染得花花绿绿，大热天的下身还穿着皮裤，好几条链子从裤腰处连到口袋旁。

其中一个警察问：“你还记得咱们刚才去的那个酒吧吗？老板说驻唱歌手章丰请假了，给咱们看了照片，你看这人像不像他？”

另一个警察端详了一会儿，微微颔首，道：“走，刚好顺便问问。”

没承想看到两名警察走过来的章丰居然拔腿就跑，两人察觉有异，也追上了上去。所幸，章丰和一个围观群众撞了个满怀，被直接擒获。

经过审讯，章丰对自己的犯罪行为供认不讳。在警方询问他作案动机时，他的目光凝视着墙上的一点，意识似乎穿越了时空，钻进了某段记忆中。

他低下头，重重地叹了口气。

5

他低下头，重重地叹了口气。

“叹什么气呀？”同桌问章丰。

“作业不会写啊！”他把笔一扔。

“那我带你去看些刺激的，提提神。”同桌猥琐一笑，拉着章丰就跑出了教室。

操场上，一群男生正包围着一个女生打闹。忽然，其中一个男生趁女生背对他的时候，飞速上前一步，伸手将女孩的裙子给掀了起来。裙摆在空中翻飞，女孩黑色的底裤暴露在众目睽睽之下。

“变态！”女生赶忙用手按住了裙子，泪水在眼眶里打转。一旁的男孩子们笑作一团，有的甚至连连拍手。

女生冲到动手的男生的身前，用力捶打他的胸口，可是软绵绵的拳头砸在上面，看起来仿佛撒娇一般。

男生抓住了女生的双手，一脸坏笑地说：“你居然穿黑色的，真是骚！”

女孩的泪滴大颗大颗地砸在地上，她奋力挣脱男生的双手，捂着脸跑了。

男生们继续哈哈大笑。同桌用手肘顶了顶章丰，说：“怎么样，不虚此行吧？”

“这样对她，不太好吧？”章丰对这方面有些懵懂，迟疑地说。

“这都怪她自己！一个巴掌拍不响，咱们学校这么多女生，为什么那群人偏偏欺负她？不就是因为她穿裙子来上学嘛！”

“穿裙子很不正常吗？”

“只有那些想要勾引男人的女人才穿裙子。”同桌一本正经地说。

章丰懵懵懂懂地点点头。

一晃十多年过去了，章丰没有考上大学，而是自职高毕业后就一个人出来闯荡。他喜欢音乐，自学了弹吉他，在一个酒吧里卖唱。在此期间，他交了一个太妹女友，两人感情非常好。就在章丰以为两人会一直走下去，直到结婚之时，女孩却突然提出了分手。

“我喜欢上别人了。”这是女孩留下的唯一一句话。

章丰接连请了三天假，每天都在公园里喝闷酒。酒醉之时，他会回忆起两人之间的点点滴滴，回忆起前女友的相貌、身材，以及那条她最喜欢的裙子。

一时之间，前女友的身影和他初一时看见的那位被当众掀裙子的女孩重合起来。

“果然，女人穿裙子都是为了勾引男人！”章丰大口地喝完一瓶酒。

突然，一个身影走过自己面前。章丰抬头望去，只模糊地看到一个女人的背影。那穿衣风格、那手臂上的文身，不正是自己的前女友吗？

一时间，一股怒火在心头升起，体内的酒精成了助燃剂。

“我让你骚！”他低吼一声，一把拉过女人的手臂，将她扯倒在地。女人不断地挣扎，混乱中将长椅上的一瓶酒给踢翻了，但章丰根本不理会，只是粗暴地撕扯对方的衣服。在这个过程中，他的双手无意间碰到了衣袋里的那根今天刚换下来的吉他弦。

“你给我安静点！”章丰扯出吉他弦，缠在了对方的颈子上。良久，对方终于安静了……

回忆结束，章丰抬起低垂的脑袋，在与两名警察对视的瞬间，另一段记忆又钻进脑海。

那是他被抓获的经过。当时，他正在出租屋楼下买饭，忽然听到了一口带着浓重口音的不标准普通话。

“你这个小女娃子，怎么这么不守妇道？”

他循声望去，只见一个老太太正用手里的拐杖，对着面前的初中女孩指指点点。女孩穿着某动漫中女主角的服饰，还戴着一顶蓝色的假发。

面对老太太的指控，女孩显得很莫名其妙：“老人家，我可没怎么您吧？您怎么突然就指着我骂了起来？”

“你看看你，小小年纪不学好，穿得花里胡哨的，我要代替你的父母教育你！”

女孩被气笑了：“我穿什么关你什么事？”

周围渐渐有好事群众聚在一起，看两人的热闹。章丰也走了过去，想看看后续发展。

“我走过的桥比你走过的路多，今天见到你这种不正之风，就要替社会管管！”

“现在都 9102 年了，大清都亡了这么久了，怎么还有你这种人？”

老太太更来劲了：“你看看你，数学都学不好，现在是 2019 年，不是 9102 年！你们这种没读过书的人就是素质低！”

“算了算了，跟你这种老古董简直没法交流！”女孩转身要走，没承想老人依旧不依不饶，伸手想揪住女孩的衣袖。COS 服本来就比较薄，老太太这么用力一扯，居然直接扯坏了，她整个人收力不及，摔倒在地。

“哎哟喂！”她毫无预兆地大声哭号起来，“快来人啊！小姑娘打人了！”

女孩急了：“你这人怎么这样？明明是你自己摔倒的，还扯坏了我的衣服呢！”

“就是啊！你这老人家怎么不讲道理呢？”围观群众也纷纷起哄。

可不论他们怎么说，老人一直撒泼耍赖。女孩气不过，用手机拨打了一个电话，不一会儿，一个男子风风火火地赶到了现场。

“你放开我女儿！”他指着老人，“我跟你说，我可是‘想不到吧’媒体公司的记者，你再这样无理取闹，信不信我把你曝光到网上？”

就在这时，老人的家人也赶到了，一对中年夫妇将老人扶了起来：“看你女儿穿得这不务正业的劲儿，你这个做父亲的肯定也不是什么好东西！”

“你再说一句试试看？明天的微博热搜就是你！”

“年纪轻轻就不知检点，你这个女娃子长大了就等着吃亏吧！”

双方对骂起来，污言秽语层出不穷。

“啊！”忽然，小女孩的惊叫传出，厮打声也紧随而至。

正在章丰看得起劲之际，警笛声突然由远及近地响起。三名警察从警车上走了下来。没料到警方会到场的章丰登时慌了。他紧紧地盯着他们的脸，腿脚忍不住哆嗦起来。

警察们察觉到他的目光，回望过来，其中一个蹙了蹙眉，对人群努努嘴，另一名警察便去处理老妇碰瓷案了。剩下的两人低声交谈了什么，目光定格在章丰身上，再也离不开了。

察觉到不对的章丰拔腿就跑，慌不择路地冲向一个路人。对方连连后退，谁料一个趔趄摔倒在地，伸出的脚把章丰绊了个狗啃屎，章丰顿觉脑袋都晕了。

迷迷糊糊中，他的耳朵里回响起嘈杂的说话声。

6

迷迷糊糊中，他的耳朵里回响起嘈杂的说话声。

李大爷靠在沙发上，努力睁了睁眼，但困意还是如潮水般将他吞没。他打起盹来，任凭电视中的主持人说话声不断。

“三天前的 22 日下午，阳湖派出所的警方抓获了两天前杀害肖某的凶手章某，抓捕过程中市民程某头部受伤，已被送至医院治疗，目前无大碍。经审讯，章某对其犯罪行为供认不讳。

“令人意外的是，在抓捕过程中，三名刑警碰巧解决了另外一起案子。初中女生林某与六十岁的老太唐某在大街上发生争执，随后林某的父亲和唐某的儿子肖某、儿媳朱某先后赶到。双方先是发生了口角，唐某一怒之下用随身携带的拐杖捅歪了林某的鼻梁，林父随即还手，五人打得不可开交，直至警方介入。

“考虑到唐某年事已高，警方对其进行了批评教育，并让其赔付林某医药费。回家后，林父觉得咽不下这口气，遂利用其记者身份发布对于本案的报道，故意歪曲事实、引导舆论，且组织、煽动网友‘人肉’唐某及其家属。

部分激进网友多次用电话骚扰唐某等人，甚至有人找到唐某的住所，在其家门口书写恐吓性言语，导致唐某心脏病发并住院。

“目前，林父和部分激进网友已经遭到警方拘留，案件正在进一步调查中……”

手中的遥控器“啪”地掉在地上，李大爷清醒了过来。

“刚才电视里好像放了什么重要的新闻……”他打了个哈欠，随手按掉电视的开关，“算了，睡觉要紧，谁怎么样了和我可没关系！”

荧屏上的光芒一闪而逝，画面中的人像仿佛被吞噬了一般，霎时间消失得无影无踪。

7

肖燕燕看着黑色屏幕中倒映的自己，脸上的泪痕还没干透。她又忍不住想起今天下午在公交车上发生的事。当时她坐在前排座位上，一位老大爷就站在她旁边。她先前崴到了脚，行动不便，所以就没有让座，还冲对方歉意地一笑，谁料老大爷一屁股就坐在了她的腿上。

“没教养的家伙，都不懂得礼让老人家！”老大爷的唾沫星子横飞，门牙上一金一银两颗假牙交互生辉。

感觉到自尊受辱的肖燕燕又羞又恼，赶紧下了车，换乘了另一班公交。到家后的她再也忍不住，低声抽泣起来。

她是一个乖得不能再乖的乖乖女，打小开始，父母对她的管束就非常严格，这在一定程度上保护她不会受到哪怕一丁点儿的伤害，但正因如此，她缺乏应对伤害的能力。

幸好，她在计算机上看到了这个网友的建议。

“只要你把自己打扮得足够社会，就没人敢惹你！有一次我贴着新买的文身贴纸坐公交，不知道是不是无意中盯着一位老大爷的方向发呆久了，他居然还主动给我让座！”

肖燕燕攥了攥拳，重重地点头。

从那以后，肖燕燕就偷偷地学怎么化烟熏妆，还从网上买了许多太妹的服饰和文身贴。果真，无论是上下班还是出游，再也没人敢找她的碴儿。

那天晚上，肖燕燕像往常一样，在公司“精心打扮”之后，踏上了回家的路。为了避免被家人发现，她每天出门后都躲进小区公厕里变装，到公司后再变回原来的样子，下班回家亦是如此。

然而，那天在路过阳湖公园时，她居然被一个醉鬼拉住了。醉鬼根本不害怕她的外表，反而显得更加兴奋。伪装全被卸下，她惊恐地大叫着，可公园里行人寥寥，根本无人伸出援手。

印象中，肖燕燕听到的最后一句话是醉鬼的低吼。

“你这种人，我见一个弄死一个！”

迷失德里

六皿

“我从未去过德里，却在德里杀了一个人。”

“时诸猕猴，即如主语，展转相捉。树弱枝折，一切猕猴堕井水中。”

——《井中捞月》

1

水从四面八方涌进我的口鼻，我拼命呼救，却没有人来救我。

…………

我猛地坐起。

输液瓶被牵动得来回摇晃，我大口喘气，惊魂未定地环顾四周。

这是一间病房，隔壁有两张空床，上面整齐叠放着洁白的被子，空气中弥漫着淡淡的消毒药水味。我略微调整了下坐姿，感觉头部钝痛，昏昏沉沉。一抹绿色映入眼帘，我顺着望去，是床头摆放的小小一盆薄荷盆栽。

这是怎么回事?

我抚了下额头，才发现自己一头冷汗。怪只怪睡梦中的场景实在太过真实了，可——我的脑海里突然浮现出一个恐怖的念头——如果那场景不是真的，我又怎么会出现在医院？

“亲爱的，你醒了！”

柏伽站在门口，手里拿着刚刚洗好的水果，惊喜地看着我。

我看着她，心里忽然狠狠刺痛，羞愧得无地自容。

新历 2025 年 2 月 5 日，我和未婚妻柏伽来到印度新德里。

这次的旅行我们期待了很久，每人攒了五天串休，连着四天年假，终于成行。可谁知道，柏伽一落地就吃坏了肚子，在酒店半死不活。我本来想留下陪她，但她不想花冤枉钱，逼着我继续参加旅行团的露营活动。

我们一行人在公路上行驶，天就快黑了，半截身子落入地里的太阳在正前方明晃晃地照耀着。我坐在第一排，不禁盯着落日出神。突然间，我的身子猛地往前一扑——车刹住了。

“靠——！怎么开的车！”

我旁边传出一个很不友好的声音。转头，是位穿着一身黑衣服的少女。她把头藏在卫衣宽大的兜帽里，下巴被口罩包着，嘴里叼了个勺子，手里的酸奶因为急刹车溅到身上几滴，白得扎眼。导游连忙道歉，问司机怎么回事。司机指着车前窗，用咖喱味十足的口音说：“Monkey！”

我顺着他的指示看过去，发现马路中间坐着一只猴子。

早就听说印度猴子泛滥，果然所言非虚。

“嘿，路上骑个猴！”

那少女也看见了。她好奇心大起，随手抹了两下溅到身上的酸奶，跑到司机旁边探着头看。

导游让她回去坐好，她倒不在乎地笑着说：“怕什么，碾过去不就得了？”

车上同行的人听了，都发出质疑的声音。我也惊愕地看向那个少女，却发现她竟也似笑非笑地看着我。

我被她盯得尴尬，只好僵硬地转移视线。她却大模大样地坐到我身边——那本该是柏伽的位置。

“哪儿人啊？”她问我。

我回头瞥了眼她漂染的浅绿长发，还有金色的美瞳，心想：不知道哪来的富二代，太妹一个。

她见我不理她，又往我旁边凑凑：“酸奶你怎么赔给我？”

我莫名其妙：“你说什么呢？”

她咧嘴一笑，抬手一指车前的猴子——司机正下车轰赶它，说：“那不是你招来的？”

“我看像你招来的！”我没好气地回击她，她却一愣，然后哈哈大笑，笑声夸张到引来旁人的侧目。

我戴上耳机，偏过头不再理她。她笑完，又拿肘尖碰碰我：“你听过《猴子捞月》吧？书里说故事发生在伽师国的波罗奈城——就在印度！你说，猴子捞的——”说到这儿，她神秘兮兮地压低了声音，“会不会根本就不是月亮？”

莫名其妙的话题，莫名其妙的猜测。

我当她在说胡话，没有理会她。谁知她一直坐在我旁边喋喋不休，丝毫没有停下来的意思。

道上的猴子被轰走后，我们又继续行驶了四五千米，到达露营地的时候，太阳已经完全落下去了。

免搭帐篷往地上一扔就会自己成形，十分方便。我们放好行李，围在一起点篝火的时候，那个少女又凑到我身边，盯着我的订婚戒指问："你结婚了？"

我忙着拍照片发给柏伽，只冷冷瞥了她一眼。

"闷葫芦。真心疼你老婆，摊上个这么无聊的老公，以后日子够受的！"她一阵唏嘘，"唉，真可怜，这么无聊，老婆还不得和别人跑了？"

我撂下手机，恼火地问她："你什么意思？"

"哎哟，生气啦？"她嘻嘻笑着，"没什么意思——跟你聊了这么久，还不知道你的名字呢！我叫卜嘉，你叫什么？"

我皱眉，卜嘉和柏伽的名字还真像。

只是这世上有这么巧的事吗？

我一边回复柏伽的微信，一边说："没必要。"

卜嘉"切"了一声，终于甩手走了。

我松了口气，在微信里飞速打出一行字：碰见个讨人厌的话痨！

没一会儿，柏伽就回复：还不是你长得帅，人家才喜欢和你聊天。

我选了个无奈的表情包，然后下意识抬起头去找卜嘉。远远地，她正盘腿坐在离篝火不远的地方，红色的火光映照在她的身上，好像再近一寸，纠缠的火舌就可以舔到她的头发。

她摘下了兜帽，抱着双膝，机械地嚼着泡泡糖，不知是在思考还是在发呆。

晚上酒足饭饱之后，导游叮嘱我们夜间一定不要离开露营区，拉好帐篷——这附近有很多野生猴子，胆子大又狡猾，经常穿过隔离网进来捣乱。

和柏伽通完电话，确认了她好好地待在酒店之后，我搬了凳子坐在帐篷外头看星星。现在大概九点钟，我们的位置还算森林外围，因此树木不会茂密得遮住天空。零星的星星连成诡秘的线条，应该是某个不知名的星座。

啪！

我的肩膀被人拍了一下。回头，一个杯子撞到我脸上。

我躲开杯子，看见笑嘻嘻的卜嘉。

“一个劲和谁打电话，打得这么勤？你媳妇儿呀？”

我没说话，卜嘉喝着手里的饮料，又递给我一杯。

“我刚才调的莫吉托，要不要尝尝？”

我不想理她，她却径自坐到我身边——没有椅子，就这么坐在地上。我闻到一股清新的薄荷味混杂着某种奇异香味从她身上传来。

“你知道吗，莫吉托是英国海盗弗朗西斯•德雷克爵士发明的，天生就有海盗的血统。但是用料特别简单，薄荷、柠檬、苏打水，再加点朗姆酒和糖浆，就风靡了整个美国。”

“你出来旅行还带这么多东西？”我不禁问她。

她揉了揉绿色的头发，笑道：“没酒我睡不着觉。”

这点竟然和柏伽一样。

我暗自想着，她转过头来看着我，金色的眼睛微微眯着：“你长得这么帅，怎么就想不开，结婚了呢？”

我要笑不笑地讽刺她：“不结婚，等你吗？”

“我可没这么说！”她一脸冤枉，想了想，突然拽开衣服，把整个左肩露了出来。

我吓了一跳，又见她指了指肩后，说：“看见没？不、婚、族。”

我这才看清她肩后的文身，上面写着“A-M”，Anti-marriage。

她把领子拉回来，看着我，神情特骄傲地说：“想怎么玩，就怎么玩！”

我摇头：“你还小。”

“不小了。”她再次把莫吉托塞给我，“你怎么想来新德里呢？”

“我未婚妻想来，我倒是没什么感觉。”我喝了一口莫吉托，感觉酒味有些冲，“路上坎坎坷坷，不会让她来第二次了。”

“她不会，但你会的。”她的语气十分笃定，“你会回来找我。”

她身上那股香味似乎浓烈了许多，我没来由地心里一慌。

2

柏伽抱住了我，声音激动：“你终于醒了！终于醒了！”

“……我没事，我这是怎么了？”

“你不记得了吗？”柏伽心疼地看着我，坐在床边抚摸我的脸颊，“你去森林露营，掉进河里了，是导游巡夜的时候发现的。”

“啊……是这样……”我扯了扯嘴角，想必是一副皮笑肉不笑的尴尬面孔。

“你怎么想的，没事去河边干什么？”柏伽气得捶了我一拳。我的脸像发烧一样热，忙道：“我……可能被河水呛坏了，不太记得了……”

“算了！”柏伽瞪了我一眼，转而又变成担忧和自责，“早知道我就不乱吃东西、不生病，那样就可以陪你一起去了，省得害你现在躺在医院里，还昏迷了那么多天。”

“这怎么能怪你呢？”我笑笑，“我昏迷了多久？”

“四天。”

“四天？”

“嗯，医生说可能在水底撞到了头，差点就救不回来了！”

我茫然地摸了摸脑袋，这才发现缠了厚厚的纱布：“导游先发现我的？

河边没有别人吗？”

“你还想有谁？”柏伽问我，“还有人和你在一块儿？”

我愣住了。

顷刻间，愤怒和疑惑的火焰般从胸中腾起。

那夜卜嘉来找我，身上带着莫名的香味。我喝下那杯莫吉托之后，被香味勾得心慌意乱，莫名被卜嘉带去了河边。

我记得，河水闪耀波光，星星的倒影在河面上盈盈闪烁。卜嘉走到河边，对我说，她有一种方法，可以让她看上的人都逃不出她的手心。

我只觉得那股香味令人无法控制自己，等回过神来的时候，我已经和她赤身裸体地滚在了一起。

一定是哪里出了问题——是那杯酒，还是那股香味？

我又是怎么掉进河里的？

我气得发抖，恨不能把那女人撕烂。

想必是我的脸色不好，柏伽担心地拉住我的手问：“亲爱的，你怎么了？”

我摇摇头，看着柏伽，心中被山呼海啸的愧疚淹没。

九天的假期就这样莫名其妙地过去了七天，剩下两天又赶上大雨，我和柏伽哪也没能去成，便意兴阑珊地回到了国内。

在那之后我联系过导游，导游却说队里并没有叫卜嘉的人。我又和导游描述了一下卜嘉的外形，导游却丝毫没有印象，好像被石头磕了脑袋的人不是我，而是她。

如此过了半年，国庆节的时候公司接到了一笔新德里的订单，需要人对接，于是我再次踏上了去新德里的旅程。

洽谈的酒会定于新德里卡拉兹酒店，我在台上致辞时，意外发现了坐在暗处的卜嘉。

“预祝这次酒会能够圆满落幕，也希望大家有一个愉快的夜晚。”

我在掌声中下台，然后径直走到了卜嘉面前。

她的打扮与之前大相径庭：头发不再是出挑的浅绿长发，而是暗红色的短发，利落而优雅。身上穿着一件墨蓝的丝绸长裙，在灯光的映照下，丝绸柔滑的光泽衬得她肌肤如雪，白皙无瑕。

我的目光在她肩头一扫，要不是“A-M”的文身还在，我还真的不敢认她。

我穿越人群，她凝望着我微笑起来，眼中闪烁着希冀的光。

我开门见山：“那天怎么回事？”

她侧身倒酒：“什么怎么回事？”

“装什么装！”

“半年不见，说话还这么夹枪带棒的，老情人？”她做出委屈的模样。

“你这女人，到底有没有羞耻心？”

卜嘉狡黠一笑道：“好问题。不过就那天晚上的表现来看，那种东西，咱们两个谁也没有。”

我一阵恶心，感觉到自己的手臂在因为愤怒而发抖。

卜嘉“啧啧”两声，抿了一口香槟：“怎么了，被老婆发现了？要和你离婚？”

我打开她朝我伸来的手，咬着牙让她跟我出来。

我们来到卡拉兹酒店外的喷泉旁边，夜风混着丝丝水汽吹来，我看见她握着包的手紧了紧，可能是感觉有些冷。

我冷漠地问：“我那天为什么会在河里？”

卜嘉坐到喷泉旁边，从包里拿出一块泡泡糖扔在嘴里。远处跳出几个影子，我抬头，看见不远处的小树丛前蹲着一排猴子，像是在看着我们。

我再次看向卜嘉："回答我。"

卜嘉抬头，笑道："怎么在河里？可能是某人太没羞耻心，觉得在草地上不刺激，非要下河？——啊！"

扑通。

我伸手一推，她整个人栽进了喷泉里。

"哗"的一声，卜嘉从喷泉里站起来，气得脸色惨白，整个人都在发抖："你疯了吗？！"

我冷笑着打量浑身湿透的她，说："现在刺激吗？"

"你！——阿嚏！"卜嘉伸手指着我，刚要说话，猛地打了个喷嚏。

"你可能不知道，我有多爱我未婚妻。"我静静望着她，"就算死，我也绝不会让她背叛我，更不会让自己背叛她。所以我再问你最后一遍，那天到底怎么回事？"

"那么爱她，那你告诉她咱俩的事了吗？"

我上前一步，掐住她的下颚。

她再也不敢乱动，眼圈红了，却还在倔强地笑着："你相信……这世上有报应吗？"

报应？

她凝视着我，突然间，巨大的惊慌与恐惧在我心头蔓延开来。

不远处的猴子们突然怪叫，集体陷入了烦躁的状态。

像是为了逃避这没来由的不安，我把手移动到她的颈上，慢慢施力，看着她的脸逐渐涨红。她挣扎着，眼神充满了惊恐和痛苦。她的两只手握住我的手臂奋力往外拉，指甲扣进去，我却一点疼痛都感觉不到——

杀了她！

身体里有一个声音告诉我：杀了她！

3

猴子的叫声在黑暗中此起彼伏。

我在水中挣扎，水灌进我的鼻腔，我想呼救，可无法发出声音。

我就要死在这里了！

“啊——！”

我睁开眼睛，在床上大喊。

“亲爱的，怎么了？”

一个人影闻声赶到我身边，是柏伽。

我茫然地看向四周——挂钟显示今天是新历2025年2月5日。

对了，我在家里，今天是我和柏伽一起去新德里旅行的日子。

至于卜嘉，她是我去年在公司酒会上认识的客户，因为工作关系经常与我联系，一来二去对我产生了好感。自此之后，我便拉黑了她的联系方式，唯恐避之不及。

我曾经发誓不会背叛柏伽，就绝对不会。至于为什么会在梦里梦见……恐怕是她对我荼毒太深，令我内心恐惧。

“做噩梦了？”柏伽调笑着看我，“笨蛋——快把桌上的牛奶喝了，一会儿在车上吃饭，不然赶不上飞机了。”

她说着，继续回到衣柜前试衣服，长发似瀑布般柔顺地垂到腰间。我拿起床头柜上的牛奶，对柏伽说：“要不我们别去了。”

柏伽回头，不可置信地看着我。

我干笑两声："印度多乱啊，尤其是新德里，人口还那么多。他们那都没有女厕所，强奸犯也——"

"还有呢？"柏伽有点生气，"说点我不知道的。"

我想了想："你看新闻了吗，最近印度的猴子都成灾了，尤其是新德里！万一在路上走着走着蹿出来一个跳到你身上，你不害怕吗？"

柏伽叹了口气，把裙子搭在胳膊上走来，坐到床边："这次旅行我们不是早就说好了吗？机票都订好了，下午就起飞，你现在不想去了？"

我知道自己看起来十分无理取闹，但梦中的窒息感实在太过真实，以至于我已经醒来这么久，仍觉得喘不上气。

见我不出声，柏伽轻轻挽住我的手臂："放心吧，我们和旅行团在一起，人那么多，怎么会出事呢？再说——不是有你在我身边吗？"

柏伽是个很温柔的人，笑起来很美，眼睛眯成一钩弯月。

我甩了甩头，什么都不管了，对柏伽笑道："对，我在你身边，一步都不离开！"

我起身给了柏伽一个吻。

在飞机上，我特意把每一位乘客都看了一遍，确认卜嘉不会突然冒出来之后，我才放心地坐到座位上。

一杯啤酒让我入睡，熬过了七个小时的航班，我们终于下了飞机。结果刚到市区，就遇到了"铺天盖地"的猴群。

柏伽吓得大叫一声，我把她护在身后。

电线杆、电线上挂了二十多只猴子，不远处的地上也成群结队地蹲着几只。有大些的坐在花坛边上吃香蕉，偶有行人匆匆路过，有几只突然蹿上去打人。突然间，一股莫名的厌烦感油然而生，我看见那些猴子，身体随着加速的心跳微微颤抖，头也痛了起来。

导游一边向我们解释猴子成灾的原因，一边引导我们尽快上车。

到了酒店房间，柏伽在旁边收拾行李。我站在窗边，还是能看到零星闯进来的猴子，正被保安拿着棍子驱逐。我立刻转过身，“唰”地拉上了窗帘。

“House keeping,may I come in？”

“Yes,please！”

我走进客厅，看见客房服务员捧着一个小盒子进来，交给柏伽后就离开了。

我问：“什么东西？”

“调鸡尾酒的材料。”柏伽害羞地笑着，“我新学的，很简单，想调给你喝。”

我站起身走到她身边，从后面环抱住她：“新学的什么酒？”

“莫吉托。”她说。

我感觉头更疼了。

她见我忽然沉默，回身抱住我：“怎么了？”

我无力地笑了笑，刚要说话，手机响了。

来电是陌生号码，有谁会给我打跨洋电话？

“喂，请问……”

“我在楼下。”

“……”

“要么你下来见我，要么我就上去找你——我知道你住几号房间。”

“……你等着。”

我挂了电话，脑海几乎空白。

柏伽松开怀抱，疑惑地看着我：“怎么了？”

我愧疚地笑了笑：“公司突然有事，我出去打个电话。”

柏伽愣愣地点了点头，我攥着手机，在她额头落下轻轻一吻。

花园里灯火通明，立着几个罗马风格的雕塑的水池，别有一番风情。我四处转了一圈，没有发现人影。就在我转身要走的时候，眼睛忽然被人从后面蒙住了。

“来啦？”卜嘉笑着问我。

我把她的手甩开，后退一步：“你跟过来干什么！”

卜嘉背着手冲我微笑，毫不在乎我的厌恶。她穿着一身红色的睡袍，黑而长的头发被一根丝带轻轻绾着，脸上未施粉黛。她说：“跟？我比你早来了好几天，究竟是谁跟着谁呀？”

我眉头紧锁：“你……会不会有些过分？”

“我要是真的过分，就直接敲门，哪还会给你打电话？”她笑着，眉眼弯弯，一步步靠近我，“这么痛快就下来了，还说不是想我？”

她伸手想揽我的脖子，我强忍着怒火躲开：“请你自重。”

“自重？”她似乎很惊讶，“那天晚上，你可没叫我自重——”

“你胡说什么！”

“噗，害怕啦？”

“没什么事，我就回去了。”

“真忘了？”卜嘉看着我，满脸质疑。

我狐疑地与她对视，良久，只觉得后背一阵发凉。

4

我想起来了。

即便我一直在逃避，但之前的梦，有一半是真的。

蛊惑人心的香水、浓烈的酒精、纠缠的身体……

卜嘉朝我走来，笑得幸灾乐祸："哎呀，不会吧？打击这么大？"

我曾经向柏伽发过誓，死也不会背叛她。

我没能做到。

"不……"我转身要走，突然，我停下了。

回过头，我看见卜嘉疑惑的眼神。

我朝她走去，嘴角不禁上扬："不，错的不仅仅是我——如果没有你，我会和柏伽白头偕老，可是你一出现，就要插入我的生活！是你，把一切都弄错了！我会受到惩罚，我们都要受到惩罚！"

卜嘉眼中的疑惑变成害怕："你别开玩笑，不就是睡了一觉吗，干什么非要死要活的？"

我的内心在此刻变得无比平静，我敬畏爱情，敬畏誓言，所以当任何一方背叛的时候，都必须受到惩罚。

我认为自己十分理性，理性地决定要和她同归于尽。

我朝卜嘉伸出手，卜嘉吓得尖叫，一个黑影突然扑面而来，猛地蒙在了我的头上。

我被惯性扑倒在地，一个毛茸茸的东西抱着我的头"吱——吱！"地叫。我胡乱把它扯下来，它却纵身一跃，跳到不远处对我怪笑。

该死的猴子！

我从地上滚起来，抄起石头砸它。它叫唤一声就逃了，我转过头，发现卜嘉不见了。

头痛感愈发强烈地袭来，我感到耳朵在嗡嗡地轰鸣，整个世界突然扭曲，又变回原状。

"你在哪儿？"我揉着脑袋，冷笑道，"无论你藏在哪里，我都找得到你。”

这个花园不大，我找遍树丛、假山、石柱、回廊的两侧，一直不断问着她在哪儿。我突然拥有了极大的耐心，就算是一整晚，一整天，我都可以留在这里慢慢地找她。

“你知道吗，我是一个绝对不会背叛承诺的人。”我对着黑暗说，“而你伤害了我的自尊——不，这根本就不是我的错，我没有错，错误的源头是你。卜嘉，我们需要谈一谈，你出来，我们都是成年人，我能把你怎么样？”

“你到底在哪儿？太黑了，快出来。就算你现在躲得了，也总要回国吧。回国之后，我还是能找到你，对吧？”

树丛里有窸窣的响动，我快步跑过去拨开树丛，一只猴子惊恐地回头看了我一眼，立刻跑开了。

我呆呆站在原地。

“给我滚出来！”我大吼，“卜嘉，滚出来！你把一切都毁了！你把我的生活全都毁了！柏伽这辈子都不会原谅我，你也别想好过！我要毁了你！毁了你！”

扑通——

我朝声音传来的地方跑过去，是我们刚刚见面的地方。那里不知何时蹿出来一群猴子，围绕在水池边往里头看。我本能地走过去，猴子们被我惊动，转过身冲我龇牙。我大声轰走它们，它们却不为所动，弓着腰爹着毛，警惕地看着我。

我凑过去，往水池里看。

水面上倒映着柏伽的脸。

我猛地回身，可四周都没有柏伽的影子。

我开始发抖，僵硬地再次回头，看向水池里的柏伽。她朝我温柔地笑着，眼睛弯成月牙。

“亲爱的，”她说，“我都知道了。”

我的泪水从眼睛里飙出来，浑身难以抑制地颤抖。

柏伽说：“我们在一起六年了，亲爱的。我原本以为我们可以永远在一起，可是你背叛了我，我们分手吧。”

“不……”我近乎祈求地看着她，“这不是我的错，这都是那个贱女人的错！是她勾引我的，是她勾引我！”

柏伽摇头：“也许，我累了。”

我泪流满面：“柏伽，我求求你，求求你原谅我。就当作是我的错，我们在一起六年了，你不要离开我好不好！我们下个月就要结婚了，你不是说你愿意和我永远在一起吗？柏伽，你不要和我分手，我求你了！”

“你总是这样！”柏伽的声音突然严肃起来，“你就不能成熟一点，冷静地听我说话吗？！”

“你还想让我怎么样呢？”我几乎跪下，“我已经很自责了，我会让那个贱人付出代价的，再说这本来就不是我的错啊！亲爱的，我那么爱你，你知道的，我不能没有……”

“别再说了！”柏伽冷冷看着我，“我走了，别再来找我。”

水面上的柏伽转过身去，我惊慌失措，把手伸进水池里捞她。

突然间，我听见四面八方响起猴子诡异的叫声。

兴奋、诡异、喜悦。我被什么东西朝前一推，不过半米深浅的水池竟在突然之间产生一股强大的吸力，我整个人陷了进去。

咕咚……

“救……！”

我浮出身子呼救，一口水呛进我的鼻子里，好像有什么东西在水下缠住了我的脚，把我生生拖了下去。

坐在水池边的猴子们静静看着我，一张张猴脸慢慢放大，贴近水面。

我拼命伸长了手去抓它们，却始终有那么一段距离。

力气从我的四肢流走，我绝望地睁大了双眼——

扑通——

又一个人掉进了水池，她却不挣扎，只在水中转了个身看向我。

卜嘉！

她张开嘴，一串气泡飘出来："你错了。"

错什么？

她竟然还有脸说我错了！

卜嘉看着我："这是你最后的机会，你还不知悔改吗？"

有光束投下来，漆黑的水底有了一丝光亮。

我看见卜嘉的红发与礼服随着水流在漂荡，恍惚间，又变成了柏伽的脸，冷冷地对我说："我走了，别再来找我。"

不……

我心痛如绞，一把拉住柏伽的手。碰到她的瞬间，那人又变成了卜嘉，嘴角轻轻勾着，却丝毫没有笑意："你相信这世上有报应吗？"

"贱人！"我含糊不清地喊出这两个字，伸出手朝她的脖子掐去——

5

我被一阵刺骨的冷激醒，睁开眼睛，发现自己被绑在椅子上。

一个魁梧的男人站在我对面，手里的水盆仍在滴水。他穿着一件衬衫，利落地掖进裤子里，腰间别着一把枪。

我环顾四周，忽然被他捏住了下巴。

“精神病就是牛啊，深度催眠了还想不起来？”

我茫然地看着他。

“带回去。”那人转身，我才看见，在他身后还坐着一个人，警服整洁，点头答是。

我回到除了白色什么都没有的房间里。

我呆呆地坐着。

我不记得自己已经被关进来多久了，大概半年，也可能是半个月。每当我试图反抗的时候，他们就会给我注射药物令我昏睡，这使我无法准确地计算时间，所以后来我干脆放弃抵抗。最近，他们说我的状态平稳，开始给我安排心理医生，每隔一段时间就会和我聊天，让我做梦，但当我醒来之后就什么都不记得了。我曾经依稀听见他说什么“大脑的自我防卫、记忆篡改、影像投射”之类的话。

精神病？

我不明白警察为什么要这样说。我是良好市民，在更多人眼里是一个杰出的商业精英，在繁华的市区靠自己的努力买下了房子和跑车，还有一个温柔美丽的未婚妻。单说这几个方面，我不相信一个精神有问题的人能够办到。

对了……我的未婚妻呢？

一阵剧烈的头疼袭来，我疼得整个人蜷缩起来。墙上铺满了白色的缓冲垫，我的力气无从发泄，令我更加恼火。我疼得大叫，脑海里闪过一幕幕模糊的画面，我看不清楚，也害怕看清，那些画面外依稀有一个声音问我：“你相信这世上有报应吗？”

突然间，整个大楼响起刺耳的警报声。我虚弱地抬起头，面前，那扇一直将我与外面世界隔绝开的自动门，开了。

囚犯暴动，大楼的中心控制室沦陷，所有的门都打开了。警察与犯人们在四处缠打，精神病患者们在尖叫，我一边跑一边想，我的未婚妻，我的柏伽，她一定想我想得快疯了。

我扒下一个昏迷警员的衣裤套在身上，然后给他换上我的病号服，最后一边冲着捡来的传呼机喊“请求支援”，一边往大门跑。

我一路狂奔，等上了出租车已经浑身大汗。司机惊讶地回头打量了我一眼：“小伙子，当警察的，越到年关越累吧？”

我无力地笑了笑，报了地址。车里的收音机正在播放新闻：“今天是新历 2025 年 2 月 5 日，距离新年的到来还有三天……”

…………

我和柏伽约好了，一起去新德里玩。我们一起买好了机票，刚好，起飞的日子就是今天。

可我莫名其妙地被抓进了牢里，回家的时候，门上已经被贴了封条。我溜进去，柏伽果然不在。

我不会找不到她，她永远都会在我的可控范围之内，我想。

我冷静地冲了个澡，然后换上了干净的西装。即使不愿承认，但我现在确实是一名逃犯，我的身份证已经不能用了。我去拜访了一个“朋友”，表示愿意用我的所有隐藏财产换一张偷渡到新德里的船票。我有预感，柏伽在那里等我。

“你确定她会在那里等你？”

船上的一个少女和我搭话，她穿着卫衣短裤，头藏在宽大的兜帽里，脸上总戴着口罩。

“当然，我们那么相爱。”我对她说，“我觉得你很熟悉，我们之前认识吗？”

少女不答，只说：“听说印度猴子特多。”

猴子……

少女问：“你怎么了？”

我眉头紧蹙：“我一听这两个字就会头疼。”

“什么字？”少女疑惑，“猴子？”

“住口！”我烦躁地瞪了她一眼，转身走进船舱。

四天的漂泊之后，我到达了印度。我查了查行程表，按照之前我和柏伽的计划，今天应该是去森林露营的日子。

这一路无论是大街小巷还是餐厅商铺，到处都能看见猴子。它们叽叽哇哇地绕在我周围，如果不是念着柏伽，我想，我降到冰点的耐心早就已经崩溃了。

到达国家森林公园的时候已是傍晚，到达旅行团宣传手册上印的露营点，我果然找到了一支小队。他们已经搭好了帐篷，正围着篝火跳舞玩闹。

终于，我捕捉到了那个熟悉的身影。

她背对着我，一个人坐在篝火边上，抱着双膝，看起来十分落寞。

“柏伽！”

我兴奋地环抱住她。

她被吓得身子一缩，回过头来，我呆住了。

不是柏伽。

“你怎么知道我的名字？”船上曾偶遇的少女笑道，“大哥，你不是很高冷吗？见面就一个拥抱？够热情啊！”

“你也叫柏伽？”我看着她，总感觉这姑娘说话半真半假。

“我姓卜，占卜的卜，卜嘉。”她伸出手，“幸会！”

我懒得理她，转身便走。

“哎，你等会儿我！”卜嘉喊道。

我径直朝前走，心里想着，如果柏伽不在这儿，一定是在我们事先选中的酒店里。

我在森林里疾走，感到两面的树林越走越密。两边的枯木开始变低，层层叠叠地压下来，挡住了本就稀薄的月光，透着说不出的诡异。

应该是天暗了的缘故吧。我没有多想，卜嘉还在身后追我，我只想快点甩掉她。

我侧身从两棵树中间走出来，突然之间，视野宽阔了。一条小河平缓地在前方流动，两岸荒草萋萋，寂静而冷清。月光与星辉洒在河面上，波光粼粼，美丽得好像是幻境。

窸窣一声响动，一只猴子蹲在我身后的树杈上，静静望着那条河。

“吱呀——”

“吱呀——”

又是几只猴子落在旁侧。

那个一直追赶我的脚步声终于近了，我转过身，却听见河中水响，便又转了回去。

“亲爱的，你怎么在这儿？”

柏伽不知什么时候出现的，站在水边。她穿着一身红色的睡袍，黑而长的头发被一根丝带轻轻绾着，脸上未施粉黛。

“柏伽！”我冲过去抱住她，“我就知道，你一定在这里等我！”

她浅浅笑着，没有说话。

我关切地问她："你的手机为什么停机了？我离开的这几天你去哪儿了，和谁在一起？"

我抬起手，温柔地抚摸着她的脸颊："我好想你，你想我吗？为什么不来监狱看看我？难道我被抓走了，你就不打算等我出来了吗？"

她嘴角的弧度也很不自然："你想得未免太多了。"

"我从前每个小时都会给你打电话的，你去哪儿也总是告诉我，可是这么多天没有联系，你都不打算告诉我你做了什么吗？"我越来越紧张，"你是不是在外面有人了？"

柏伽摇头，我一把扣住她的手腕："你是不是有人了？……是不是我有什么做错的地方，我可以改的！那个男人是谁？你告诉我！"

"你还要胡思乱想到什么地步？"柏伽看着我，眼神充满悲悯，"我们分手吧。"

"贱人，你果然有问题！"

所有的怒火都在这一瞬间点燃，我感到耳朵正在轰鸣——不祥的预感果然是对的！

"你敢，柏伽你敢——！"

我歇斯底里地怒吼起来，死死按住她的肩膀。她的身影一晃，转眼出现在了河水中央，脸上的表情突然扭曲狰狞，露出一种阴森而悲哀的笑："报应，亲爱的，这就是报应啊——"

我一面按着剧痛的头，一面往河中追，那些不停闪现在我脑海里的画面突然清晰了起来：刺耳的尖叫声、求饶声、不断飞溅的水花、浮在浴缸中的尸体、被血染成红色的睡袍……

树上的猴子忽然全部集结在一起，蹲在树枝上，一个顺着另一个的尾巴垂下来，伸手要将柏伽带走。

绝不可能!

我大叫一声，飞身扑了过去。

6

“各位观众晚上好。今日凌晨，警方在印度新德里国家森林公园的河中发现了一名华裔男子的尸体。经确认，该男子确为新历 2025 年 2 月 5 日第六监狱大楼暴动事件中的在逃囚犯。监控录像显示，该男子独身一人前往公园，在河边做出一系列非正常行为后，忽然扑向河中的月亮，由此坠河身亡。

“据悉，该男子生前曾对未婚妻表现出强烈的控制欲，并因假想未婚妻出轨而将其杀害在家里的浴缸中。最终，其未婚妻的尸体在一只猴子玩偶里被发现。

“或因情绪失控，该男子在事后出现较大的精神问题。科学报告曾经指出，强烈的心理暗示与社会影响可以使大脑中的杏仁核影响海马体，从而导致记忆混乱，甚至出现记忆篡改行为。神经专家在针对该男子的催眠治疗中发现，该男子曾为逃避现实，潜意识将自己转变为出轨方，并将未婚妻的形象投射成另一个虚拟人物。结合监控中的表现，警方认为，该男子应该是产生了在深度催眠中出现过的幻觉，将水中的月亮认作了死去的未婚妻。”

杀意

徐老虎

“抢劫黑道大佬后，懦弱男子看到血条+1。”

1

“27、28、29……”母亲抬起头，停下点钱的手指，“你上回说，梁子给你找了新工作，怎么样？”

我一直死盯着母亲手里的钱，听她说话才猛地抬头，有点不知所措。

“哦……车间里打杂儿，总归是有案底，虽然看他的面子用我，但试用期比别人长……”

“好啊，好！”母亲听了指尖一颤，险些把手里的钱掉到地上，我的心也随之一抖。

“能留下就是好的！你可得用心仔细，别再跟着徐老虎瞎混了……”

母亲开始絮叨，我有些不耐烦。

“知道了知道了，最近我都没怎么跟虎哥联系……”我边说边把手往前伸。

母亲拿钱的右手往回一撤，用左手打开我的手：“你给我踏实点儿！有份工作就能养你老婆孩子了，再加上妈帮衬着你……”

我拿着 3000 块钱推门而出，院里一个贼眉鼠眼的孩子拿块儿砖头在夯地玩儿，我瞪他一眼，说：“瞎砸什么，弄得坑坑洼洼的，要是摔着我们老太太我要你的命。”

这孩子不过五六岁，被我一训哇地哭出来，他家大人不在，别屋里的老头老太太都知我恶名远扬，没人敢管。

只一个小姑娘跑出来，什么话也不说，一把搂住小男孩，凶巴巴地瞪我。

我更来气了，把钱往兜里一揣，指着她鼻子，恶狠狠道：“你看老子干吗？”

小丫头挺有脾气，用尖尖的稚音道：“你浑蛋！欺负孩子算什么本事？”她一时也想不到什么更难听的话，隔了半晌才又用鼻子不屑地吐出三个字：“没出息！”

我一步跨了过去，左手高抬，说：“有种你再说一遍！”

这小姑娘看我扬手，干脆站了起来。“没出息！”她全然不怕。

这下我可下不来台了。

母亲终于闻声赶到，照着我后心凿了一拳，我扭头一看，老太太眼圈都红了。

“你怎么还要打孩子！你……你！你也是快当爹的人了！”

我赶紧嬉皮笑脸，说：“没有没有，我这不跟他俩闹着玩呢嘛。”

老太太又推了我一把，上前把两个孩子搂在怀里，说：“滚，快给我滚。”

“得得得，我滚，您可别哭，您可别哭……”

出了院门，抬眼看见虎哥站在胡同那头冲我招手，赶忙往过走，又回身看了眼院子，扬起手给了自己一个嘴巴。

虎哥笑道："哪儿出啊兄弟？"

我也笑："现在连小丫头片子都不怕我了！"

2

我和徐老虎坐在车里吞云吐雾。

"上回，有一开宝马的小子把我车划了，下车扔给我 500 块钱，说他认倒霉。"虎哥又掏出支烟，我赶忙给点上，道："然后呢？"

"我能饶了他？我说：'你倒霉？孙子，现在给你爹打电话问问，1995 年的桑塔纳 2000 值多少钱。'"

我扑哧乐出声来："再然后呢？"

"丫一下就慌了，赶紧打电话问，挂了电话满脸委屈又凑我跟前来。你猜怎么着？"

"怎么着？"

"又拿回去 200！"

我俩一阵笑。

"说正事儿，"虎哥拍拍我，"钱呢？"

我赶紧掏出来给他，他数都没数就揣起来，从后座拖过一个双肩背包，拉开递给我看：两把黑亮亮的手枪。我赶紧把包往怀里一搂，左右一阵张望，连呼吸都粗了起来，压低声音道："厉害啊，枪你也赊得出来？"

虎哥白了我一眼，说："废什么话，卖枪这小子跟我有交情，再说我这不就给他送钱去了吗？ 3000 块钱两把还送子弹，多公道。"

"是是是……"我附和着，小心谨慎地又拉开包瞧。

"瞅你尿的，这儿没人！"虎哥把包抢过来，从里头抽出一把，递给我，

“揣好了。”

我赶紧接过来，插在后腰上，在副驾驶座上扭来扭去检查衣服是否完全遮盖住。

“别慌兄弟，这枪就是个壮胆吓人的家伙，咱不能真开。干完这一票，少说也有十几万。到时候你租个门面儿，做点儿买卖，这日子只会一天比一天好。”

“哥，今儿总能告诉我是抢谁了吧。”

虎哥点点头：“这节骨眼儿上，也不怕你说漏嘴了。往南出了四环，有个小区叫神仙客栈，知道吗？”

“知道，一九九几年的时候给老外盖的公寓房。”

“对，要不怎么起这么个破名字？那块儿倒是挺清净，可南城破破烂烂的，哪有老外从那儿买房子？近几年地铁、商场也都绕着它走，现在就是一帮穷打工的租，没什么人。锦绣食品厂的老板高大树，有钱！还有俩小相好……”

“这就是目标和地点了……”我喃喃自语，“什么小相好？”

“好色，说来倒也奇怪，这高老板要说可挺有钱的了，什么样儿的妞儿玩不起？可这孙子偏偏不爱洋的，什么会所、洗浴全不去，偏偏就爱扒楼缝儿。巧了，这小区正好有一处暗娼……”

我顿时来了精神：“然后呢？”

“然后这位姐儿还挺有本事，一来二去这高老板干脆就给她包了，把她家当成了小聚点儿，每礼拜都得去个三四回。”

“这事儿你是怎么知道的？”

“别急呀兄弟，他去那么勤，能是光摔跤吗？老高也五十多岁的人了，身子骨根本就顶不住！”

“怎么着，他顶不住请您帮忙去了？”一说这事儿，我全然忘了后腰上的枪。

“扯淡，我刚才不是说了吗，他还有一个嗜好，好赌。简单说吧，丫干脆在这位姐儿家开了个局。隔三岔五就叫上几个朋友过去打牌，你说说，能跟高老板坐在一张牌桌上的，这身家能低吗？这钱，还少得了吗？咱哥儿俩今儿晚上就去切他们一手！又是赌博又是龙凤窝，这高老板有家有业的，谅他也不敢声张！”

听罢，我彻底有了底气，冲着虎哥一挑拇指：“高！”

3

下车我又怕起来。

十几万，虎哥说今天最少能挣十几万。

十几万真不是一个很大的数字，可也足以让我为之拼命了，这世界对我这样的人来说实在不宽容。

像虎哥说的：租个小门面，起早贪黑。这十几万，能让我像个人似的活着。

倘若没成，持枪抢劫……兴许我这条命得搭进去……那倒好了！老子早就不想活了，至少我是为了老婆孩子，为了我妈！

成，大家都好。不成，没有我他们更好。

对……没错！

“老子可真是个英雄！”

突然，一只手拽住我的胳膊，反手一拧，我整个人背对他躬了身：“疼！”

“喊什么喊，挺大的老爷们儿……”那人一推，我踉跄出几步，好不容易站稳，回头怒目。

那是个利落的年轻人，他有些诧异我居然面带狰狞，敢直视他的眼睛。

我也意识到了，赶忙低下头，故作惊慌："梁……梁警官，您吓死我了……"我双手叉着腰，呼哧带喘，脑门上冷汗喷涌，右手用最缓慢、自然的动作，向后伸。

他看见了吗？他看见了吗？！心脏像一颗正在放气的气球，在胸腔内乱撞。刚才那一下他拧过我的身子……要是看见了……

要是他看见，我就在这儿打死他。

老天爷不给我活命的机会，那谁也别想好过。

梁子冷笑了一声，我听闻却如炸雷，惊得汗毛耸立，怕的却是我如此疯狂的念头。

我缓缓抬头，见他和平常倒也没什么区别，满脸傲气，看谁都像是小偷。

我稍微踏实了点儿，悄悄后退几步用背顶住墙，一只手抚着胸口，仿佛惊魂未定。

"我说，你至于不至于？你不号称杀人放火吗？"

他什么也没看见！就像平常一样寒碜我。

他深吸一口烟，用拿烟的手叉腰，另一只手挠挠头："我托人给你介绍的活儿，干吗又不干了？"

"嗨，您……您敢情是为这事儿来的，这点儿小事还劳烦梁警官亲自跑一趟吗？"我彻底松了口气。

"废什么话你，"他走近几步，用手指着我鼻子尖，"你知不知道，就你这德行，给你找一工作我搭了多少人情？"

我再次低下头，可不能跟他顶嘴，每次都是这样，骂完也就完了。

"真不知道她怎么就看上你了！"结束了，每次和梁子的谈话他都是以这句为结尾。

我赶紧嬉皮笑脸几句，想赶快把这位祖宗送走。

“得了，等我忙过这阵儿再给你找吧，你别一天到晚瞎晃悠。”

“是是是，我今儿这不是看我妈去了嘛。您最近忙什么呢都？”

他一抬眼皮，我浑身一激灵。“警察的事儿你瞎打听什么？滚吧！”

“哎哎！”我喜笑颜开，拔腿就走，几乎是用跑的。

“站住！”

我赶忙立正，坏了，别是转身的时候让他看出来了吧？

我不敢回头，就那么站着，梁警官绕到我面前，上上下下又打量我一番，小声嘀咕道：“你今儿怎么奇奇怪怪的？”也没我等说话，他从屁兜里掏出一个皱巴巴的红包塞到我怀里，可真不薄！

“这……这是怎么……我……我……”

“闭嘴吧，给我外甥的这是。”

4

当夜。

虎哥早就从物业偷了备用钥匙，我俩蹑足潜踪来到门外，连声控灯都没惊动。

我俩有如天助，门的动静不大，门廊的灯是暗的，人全在最里面靠近阳台的房间里吆五喝六，完全没察觉出我们的潜入。

“都别动。”

虎哥嗓音低沉，拿枪指着屋里的人们，那位徐娘张嘴就要喊叫，我手疾眼快一拳擂在她脸上，这娘们儿直挺挺地晕了过去。

坐在牌桌前一肥头大耳的人顿时瑟瑟发抖，嘴里含糊着求饶的话语，又因为太受惊吓，一口痰顶在嗓子里，只能发出“呜呜”的声音。

还有一人可吓着了我和徐老虎，他坐着也能看出是个大身材，一张马脸上好长一道疤。

看见这人我顿时有点儿杵窝子，屋子里弥漫着重重的喘息声，我和两位老总是惊慌失措，而虎哥则是兴奋。

“别冲动。”刀疤缓缓举起双手，微一沉吟，露出一抹镇定的笑，“两位兄弟兴许听说过我刀疤的名字……”

刀疤谁没听过？相较于我和徐老虎这样的小混混、土流氓，刀疤就是这座城里黑道的王者。

徐老虎做梦都想成为和刀疤一样的大人物。

“哈！”虎哥几步上前拿枪顶住刀疤的头，“我他妈没听说过！”

“别冲动。”刀疤的头往后撤，脸上的假笑倍显狰狞。

我毛骨悚然于接下来会发生的种种可能。

一方面，我理解徐老虎的心情，男人是这样的，一个小混混拿枪顶着大佬的头听他求饶，哪怕代价是死无全尸也敌不过心理病态的掌控欲。更何况我一直以为，徐老虎这个人的底色就是疯狂，他会开枪的。

另一方面，即便我们功成身退，接下来也必然会面临无尽的追杀，谁都知道刀疤这种人是不能丢脸的，与其这样，直接打死刀疤也许是最优选。

该死，这天杀的浑蛋为什么会出现在这里，他今天死定了，我也死定了。驰思至此，我手中的枪不自觉顶在了高大树的头上，心里惧意渐消，涌出一股说不清道不明的癫狂来。

这是我今天第二次动了杀人的念头……

片刻沉默，刀疤再次开口：“二位兄弟……也无非就是求财……”

徐老虎咧嘴一笑，拿枪口用力一点刀疤的脑门：“没错，老子就……”

“哐当！”阳台的门被踢开，我吓得险些坐在地上。有一人单手持枪，风吹得另一只手上的烟头愈发刺眼。徐老虎反应迅速，用枪指向阳台。那人从黢黑处踱至灯下，灯光照亮了他一半的脸。

“你……你！”徐老虎开始结巴，身体也迅速抖动起来，活像见了鬼。

那人又吸一口烟，重重呼出：“徐老虎，你也敢在老子面前玩枪？”

这声音我再熟悉不过。

那人突然冲出来，拿枪的手一掀牌桌，整张桌子砸在了我的身上，他顺势一脚踹在徐老虎的胸口，把徐老虎直踹出几步远，徐老虎的枪也撒手了。

利落，不过这也是理所应当。

他一脚踩在徐老虎的胸口：“保险都没开，你是不是傻？”

徐老虎咳嗽两声，干脆把头套一摘，啐出一口血沫来，他终于镇定了，躺在地上又咧嘴笑说：“你好哇，梁警官。”

5

尽管我是个毫无主见又死要面子的窝囊废，但也是人高马大。别说一张轻飘飘的牌桌，就是碗口粗的大棍子，没个三五下也抡不倒我。

可现在我真是爬都爬不起来，事情怎么会变成这样?

老婆即将临盆，我却听了徐老虎的蛊惑，骂了老板丢了饭碗。

虽说从小混街面儿，可我连管制刀具都没敢用过，却又五迷三道地被他说动来持枪抢劫，枪还是骗我妈的钱买的，也不知道妈手里还有几个三千。

刀疤、梁子这两个人怎么会混在一起……这究竟是怎么一回事?

我此时的状态，仿佛是人死之前的弥留。一桩桩一幕幕飞速在我眼前闪过，却怎么也连不成完整的人生。

妈妈、老婆、英雄、枪……

我只不过是为了图点小财，可是……可是这里一分钱都没有!

“幸亏你在。”刀疤拍拍梁子的肩膀，“不然我还真着了这俩小子的道。”

梁子迅速瞥了我一眼，嘲讽的眼神留在徐老虎身上：“2019年了，还憋着抢现金？徐老虎你可真是拉低了劫匪这行的智商，你有微信吗？”

刀疤谦恭地将胖子扶起来，好言安抚着：“高老板，今儿咱正事儿也谈不成了，让小梁先送你回去。”

高大树惊魂未定，连连点头称是，又想起那位姐儿，趴下大腹便便的身子去摩挲她。

刀疤捡起两把枪，低声对梁子说：“这人认识你……先回去吧今天，这儿我叫人处理。”

梁子的眉间闪过一丝阴郁，可眼珠一转便化成三分狡诈。

他推开刀疤，又叼根烟在嘴里，走到高大树面前，把手里的枪塞到他手上。

“高老哥，上好膛了，帮我支应会儿。我跟刀疤哥说几句话，他俩敢动就直接打死。”

“这这这，梁老弟你这是强人所难……我……我哪儿敢用这东西。”

“唉，做个样子而已……怎么，这点儿胆量都没有，你也想入伙？”

高大树听了他的话，整个人都好像挺拔了些，也没见瞪眼咬牙就拿过了枪。

刀疤一脸疑惑，被梁子强揽着去了阳台。

6

“啪”，这个耳光让我猛然惊醒，看着酒桌前的徐老虎。

狭窄的空间里，几位醺醺然的独饮老饕也吓了一跳。

徐老虎艰难地顿回身子，重新坐在板凳上：“老子跟你说话呢……”

“说……说什么？”

“没出息！”徐老虎翻了翻眼皮，“我说，今儿这事儿邪门了，我刚才还以为死定了，谁承想居然给咱俩放了。”

是了，梁子和刀疤回来后，只对我和徐老虎说了一个“滚”字，徐老虎还强逞着想问个明白，却被我死拽出来，临走我俩又被叫住，只是让我俩把枪带走。

再回过神，我已经坐在这里了。

“总之，大难不死必有后福，咱哥儿俩先走一个。”说着，徐老虎举起酒杯。

我跟他碰过，却只看着他饮尽，瞪着双眼强忍着不让眼泪流下来。

“哥……我……”

“啧！”他老大不满意地咂一下嘴，“挺大的老爷儿们你哭什么？这都不叫事儿知道吗，容我缓两天，把今儿这事儿鼓捣明白了，我再想辙。赚钱的道儿还少吗？”

我也把酒饮尽，压下胸中羞愤，使劲揉了揉眼睛，克制着自己的音量：“我……我不干了。”

“什么？”徐老虎诧异地瞅了我一眼，“你说什么？”

我仿佛下定决心，道：“我说我不干了。不，我是说，你丫以后少联系我了，我不干了！”

徐老虎把筷子一掷，用手指着我张嘴就想骂街，可不知想到了什么又没说出口。他双手一推桌沿，身子带着椅子往后一滑，磨出一声刺耳的“吱”。

啪啪啪三下，他才打着火机，瞅着呼呼喘粗气的我，笑了，细语呢喃，仿佛自言："你丫不干了？我这是为了谁？兄弟，你认识你虎哥这么久，我缺这仨瓜俩枣儿是吗？"他突然瞪我，暴起，"丫的还不是为了你，为了你能当好这个爹！"

"不！"我猛地站起，"我妈我媳妇说得对，所有人说得都对，全他妈赖你！我走到今天这步全都是因为你！我差点就回不来了！"

"嘛呢嘛呢嘿！"收银台后面的女人终于睡醒了，"去去去，要打出去打，别跟这儿撒酒疯！"

在这条昏暗的巷子里，我终于决心反抗徐老虎对我的支配。

我们先是扭打在一起，后来变成他骑在我身上揍我。

每一拳挥下，都伴随着一句"因为我"。

最后一拳高高举起，他抓着我的衣领："你倒是说说，我怎么对不起你了？"

我早已哭得不成样子，血与泪在脸上混成的液体几乎封住了嘴。

"哥……我……我不想死。"

他松开了抓我的手，松开了拳头，双手用力地搓脸，一直往上将额前的发捋向后面。

"我明白了。"

他站起身，看我埋首痛哭并撒泼似的号叫："我不能死啊，我妈怎么办，我媳妇儿怎么办，我儿子！我不能死啊！"

"成，从今儿以后咱俩谁也不认识谁。"他转过身，"放心吧兄弟，你哥就是死，也不会把你给卖出去。"

他终于走了，可这一句"不会把你给卖出去"仿佛点燃了我。

我猛一下翻过身，坐在地上浑身摸索。

徐老虎在路灯下停住点烟。

那烟飘过来，浓得像是要勒死人的白绫。

我摸到了裤兜里的头罩，今晚自始至终没人见过我的脸……我甚至没说过一句话，所以——就是梁子，也不一定认出我来。

那烟飘过来，尼古丁的香味中还有一句轻飘飘的：“窝囊废！”

我摸到了腰上的枪。

是了，如果我现在打死徐老虎，就没人知道我今晚做了什么。

7

从那天起，很长一段时间徐老虎和梁子都没再露过面。

那天的事儿像是从没发生过。

我坐在屋里，借着冲破重重阻挡的微弱日照，一遍遍擦拭着徐老虎递给我的那把枪。

我曾无数次喝醉后站在足有这间屋子三分之二大小的床上跳脚，迫切地指向窗外好似月亮的东西——别人家的灯火，对妻子发誓。

“总有一天！总有一天老子也会让你住上那么高的楼、那么大的房子！让你天天在屋子里就能晒太阳！”

让怀孕的妻子不用为了晒太阳而苦苦徘徊于狭窄的楼梯上。

真是一个了不起的誓言，那是我想要反抗世界对于贫穷苛责的决心。

妻子从来没有瞧不起我，从来都只是笑着任我发疯，自己捧着肚子“好呢，好呢”地呢喃。

她总对我说：“你要试着跟世界和解。”

也许这就是上帝曾给我的救赎之音吧。

她就是我的天使，如此想来，妈妈也是。

可我从来没听过天使的话。

我现在每时每刻都带着这把枪，我想念徐老虎，每时每刻。

我每时每刻都想见到他，然后把他杀死。

8

秋分刚过，天气渐冷。

本就摇摇欲坠的路灯，被风一吹更是忽闪忽闪的。

我蓬头垢面揣着手，朝母亲家走，今儿吃饺子。

我知道，隔三岔五得露一面，不然老太太真能急得报案。

我特别讨厌她最近见到我时的表情。先是皱眉，然后叹出一口气又摇摇头，最后硬挤出一丝笑容来——任谁看了都觉得惨。

今天也如是。

“还是应该剪剪头发，刮刮胡子洗洗脸，有点儿倒霉也不显！”

“流行这样，您不懂。”

屋檐下有张别人扔了不要的书桌，母亲擦洗干净后就用它摆放各式调料，这也是她的灶台。顺着窗户从屋里捋出电磁炉的线，锅里正滚着白胖胖的饺子。

“又贫！去洗手，马上就出锅了。”

我掀了门帘进去，贼眉鼠眼的孩子和凶巴巴的丫头正围在桌前吃饺子，目不转睛地看着电视里那只什么猪。我进来，他俩连擦嘴都顾不上，反握着筷子戒备起来。

我被他俩的表情逗乐了。“小兔……”我怕母亲听见，“你们俩还挺记仇，吃老子的还瞪老子！香不香？”我走过去想摸小丫头的脑袋，被她一把打掉，点点头还是板着脸，吐出一个坚毅的“香”！

还没容得往里走，就看见相框旁放着一摞红彤彤的钞票。

我赶忙吼道：“妈！妈！”

母亲探头进来：“怎么了？咋咋呼呼的，他俩爸妈下班晚，管孩子顿饭可又当得了什么……”

“不是，您发财啦？”我朝钱一努嘴。

母亲一拍脑门：“嘿，瞧我！刚还想着，你一来就忘了。刚才徐老虎来了一趟，说这钱是之前管你借的，非要扔这儿。我还……”

“他什么时候来的！”

母亲被我这一吼吓愣住了：“他……他跟你前后脚，刚走……”

我撞开母亲，夺门而去。

老太太揉着肩头，只觉得两眼发黑，儿子的背影很快消失，一股不祥的预感笼罩全身。她强打精神，追了出去。

9

小时候听了许多人定胜天的鬼话，可年岁越长，就越由不得你不信命。

那双看不见的手，终究会把你推向早已注定的结局。

可当时的局中人也许并不觉得，还以为是亡者保佑，还以为是自己孱弱信念的牵引。

种因得果，至死方休。这世间万物皆如此。

我的胸腔燃着火，不知跨过了几条巷。如同寻着血腥的狼，我坚信徐老虎就在我要去的地方。

“我说徐老弟，干吗挑这么个地方？”

高大树搓搓手，像他这种永远活在恒温器下的人，绝对不会把自己穿得臃肿。

“这儿我熟，附近的平房都是老头老太太，天一黑根本没人出来。”徐老虎轻踹倒在地上的健身器材，“您瞅瞅，别说监控，连盏像样的路灯都没有，您从哪儿来，到哪儿去，绝不会被拍下。”

高大树一伸拇指：“是个仔细人，那么徐老弟，废话咱也别说了，速战速决。”

徐老虎点点头：“得嘞，您要的货，半斤。”边说边把手伸向后腰，慢慢朝高大树踱去。

高大树再次警惕地环视一番：“不愧是刀疤哥，货这么快就……”

只见徐老虎左手掏出一个板砖大小的牛皮纸包，在手上一颠，往前送去。高大树喜笑颜开，伸手要接，却落个空。

高大树诧异地低头，徐老虎的右手已从腰间拽出一把三棱匕首来。

说时迟那时快，不过眼神一对的工夫，根本容不得高大树做出任何反应，匕首直奔他的咽喉刺去。

若不是我及时赶到，高大树就已经成了徐老虎的刀下鬼。

“徐老虎！”

我大喝一声，浓稠的怨恨似是把空间都定住了。

徐老虎一愣，可高大树的反应真不慢！只见他滚圆的身躯往前一顶，撞了徐老虎一个趔趄，然后使出了他这辈子最快的速度，三步并作两步地逃上了他那辆红色的奔驰车，一阵旋风似的开走了。

徐老虎回过神想追，可还没等从地上爬起来，我的枪就已经顶在他的额头上了。

“站起来。”我的声音有些发抖，那是一种极其扭曲的兴奋。

徐老虎并没有起身，坐在地上一言不发。

他伸手要摸烟，被我一脚踹在脸上。

“我让你站起来！不……不！你给老子跪着，跪着！”我拿枪的手胡乱挥舞，俨然是个疯子。

徐老虎再次撑起身子，啐出一颗连着血肉的牙。

“你都知道了？”

“哈？”这次砸在他脸上的是枪膛，印出一条血印。

我不想再听他说话了，又用力踹了几脚，然后骑坐在他身上不停地殴打。

直到手都没了知觉，直到他的脸变成了一摊烂肉，我才停下，开始用袖子蹭自己脸上早已泛滥的鼻涕和眼泪。

“对……对不起。”徐老虎的声音细若游丝。

“对不起，你还有脸跟我说对不起？”我拽住他的衣领一把薅起，“这么多年，我他妈拿你当兄弟，你呢？你居然搞我老婆。”

难产导致了大出血，大的小的都没保住。

我当时后悔极了，压抑许久的情绪爆发成了稠腻的怨恨。

是我害死了她。

我们从没有过要孩子的打算，无论从哪个方面，尤其是物质，我们都不配成为父母。

可当孩子来临时，我还是把他当成了上天的馈赠。并且，坚决扼杀掉了妻子堕胎的念头。

可笑的是，孩子也许不是我的。

那是妻子临去前告诉我的，她说她很对不起我，她说有一次，我们三个人都喝了太多酒。

10

“真是个俗得不能再俗的桥段了，不是吗？”我站了起来，叨叨念念，“男主人邀请朋友来家饮酒，酒醉后朋友同女主人乱性……”

“不！不是的！”徐老虎不知道从哪儿来的力气，突然大喊道，“是我，是我强奸了她……我也不想这样！我不是故意的！”

“你丫还是人吗？”我用枪指着他，可能下一秒就会扣下扳机。

“她很爱你，她要我永远不许告诉你，要我滚出你们的生活……”

“闭嘴！你给我闭嘴！老子现在就打死你！”

徐老虎好像还要说点儿什么，可血肉模糊的脸上泛起犹豫，最后只说：“你杀了我吧。”

我像个任性的疯孩子，只顾着宣泄情绪：“为什么？你为什么不听她的，为什么偏要把我的生活搅得一团糟！”

那是我第一次见徐老虎哭，号啕大哭。血肉模糊的脸上画出泪痕，扭曲成一副恶心的模样。

“你杀了我吧！”

我终于还是没能下手。

我突然想起，我曾无数次向他说妻子坏话，诸如，孕期暴躁、性生活缺失、发胖。那时他总是严厉斥责我，并反复说我有多么幸运。我好像突然明白了徐老虎对我的纠缠，明白了他说的那句“老子不缺钱，老子只是想让你当个好爹”是什么意思。也许他是在用自己的方式补偿我。

我回想起妻子，回想起我义正词严地否定了她堕胎的提议后，她对我说的话：“也好，有了孩子也好吧，你也能收收心……”

这孩子对我的意义非凡，所以尽管她知道孩子有可能不是我的，尽管不是她的错，尽管有一天若是东窗事发，我一定会变成一头疯狂可怕的野兽。可如若有一丝一毫的机会能让我学好，她都愿意的，不是吗？

我是个怯懦的窝囊废，我又害怕了。

总之，我就是个笑话。

迎风流泪向母亲家走去，脑子一片空白。

眼前越来越亮，人头攒动。

我不明白为什么胡同里的老家伙们都出来，我家门口又能有什么热闹？

“来了，来了！他回来了。”

“怪可怜的也……”

“可不是吗？……得看住他，别让他想不开！”

“您来？”

“我可不行……”

我根本听不到他们说什么，推搡着人群喊：“借光。”

大家让出一条道，我顺着往里看，看见倒在血泊中的母亲。

她双目圆睁，死得别提有多难看。

我只觉得天旋地转，胸口好像被撕扯开来。脑子里有个尖锐的童音喊道：“活不了啦！我也活不了啦！”

我想扑过去，却摔倒在地上。浑身使不上一点力气，只好像条老迈的狗，苟延残喘地匍匐。

终于爬到了母亲的脚边。我一句话都说不出来，一滴眼泪都流不出来。只是张大了嘴巴，不停用手砸地，像是濒死的野狗，宣泄着胸腹间的悲怆。

救护车和警车终于缓缓驶来，红蓝光晃得我睁不开眼。

隐约听见有人低声议论：“好像是一辆红色的奔驰……”

是了，我种下了因，我结得了果。

事到如今，我只觉得谁也不怨了。怨只怨我，怨我拼了命地想活成一个人样子，却从不知道……不知道她们究竟欠了我什么，不知道我生来就是一只讨债索命的鬼。

我曾想杀死很多人，可现在我只想杀了自己，一了百了。

恍惚间，有人扑在我身上，死命把我抱住，是那个凶巴巴的小丫头。

11

外面一阵吵闹，搅得我心烦意乱。

有个颤巍巍的人推门而入，冷风灌进来，脑脊液都在激荡。

“我说，臭小子。你这屋里什么味儿啊，真还屋里吃屋里拉呀？挺大的个子成什么体统你！”说话漏风，是前院的张老头，他的门牙就是让我一拳打下来的。

我一把拽过被子蒙住头，懒得听这糟烂的老家伙废话。

“嘿，爷们儿！看我给你带什么了。”他嬉皮笑脸往前凑，“饺子！香油和的鸡蛋韭菜虾米皮。吃一口给你小子舌头咬掉了！你大妈让我给你送来，别愣着了，趁热儿吧您。”

我一动不动，仿佛死人。

他把碗放在我床头，一屁股坐在我床上，又顺手抄起我的烟，美滋滋地抽起来，全然没把自己当外人。

我之所以打掉他一颗牙，也是讨厌他整天自来熟、充大辈儿的模样。

“俗话说得好，‘好吃不如饺子，舒服不如倒着’。你个臭小子倒着就把饺子吃了，真真好福气。你妈她……”

我在被窝里一抽，还是不为所动。

“你妈的后事儿都料理好了，我们几个老家伙凑的钱，我闺女帮着办的，她不是在殡仪馆上班吗，差的手续回头你自己去补齐了也就完了。”张老头顿了顿，抽几口烟，“嘿，我跟你说。告别那天，别的屋里都哭天抹泪，唯独你妈这屋里，我们这帮老家伙有说有笑的！你妈一辈子爽利，最讨厌别人腻味……总之，也是热热闹闹。”

“其实啊，你在家缓两天也好，我们最怕的就是你满世界抽风，警察同志不是说了吗，一定会将凶手绳之以法！我们要相信警察同志……”

他终于抽完这支烟，用拐棍轻捣两下，又假模假样地咳一声，这才起身朝外走去。

“张大爷，我谢谢您。”我的声音蒙在被子里是闷闷的，要是让这臭老头听出我哭来，指不定怎么传我闲话。

可张老头的声音却难得爽朗：“从小看着长大的孩子，我能不管吗？！你趁热吃，还剩点馅儿晚上我给你做糊饼！”

12

门又被推开，我连眼睛都没睁。

“哎。”

我一个鲤鱼打挺坐起来，猛地抬头，胡子甩了一脸。

梁子并没有被我枯槁如鬼的模样吓到，眼中反而闪过一丝悲伤。

他是在怜悯我吗？

“吃了吗？”

“还没呢。”

我冲饺子一努嘴，又浮夸地靠在枕头上，装作心不在焉："趁热？"

梁子没说什么，抄了一张小凳，坐下便吃，不再抬头看我，看我鬼鬼祟祟伸向枕头下的手。

"我才吃了三个。"枪顶在他头上。

"你至少有三句话要跟我说。"我稍稍抬了腕子，容他转过头，枪正对着他的脸。

梁子视若无物，抹嘴点烟一气呵成，半晌才缓缓道："人都死了，我来不来的没有意义。"

"不是这句。"

"伯母的事儿，我很抱歉。那天……"

"也不是这句！"

他翻了翻眼皮，目光挪向别处："那没了。"

我直接把枪塞进了他的嘴里，手腕一横，枪膛搅得牙齿脆响。

"为什么？"

他皱皱眉头，仿佛在问：什么为什么？

"为什么跟刀疤那种人混在一起，你想没想过，你姐要是知道会有多伤心？"

他的眉头舒缓，挑了挑眼眉，仿佛在说：这样我没法说。

我缓缓把枪拉出来，持在腰间，对着他的胸口。

"喀！"他清清嗓子，"我是卧底。"

"放屁。"

他居然笑了："那你倒是说说，那天我为什么不让刀疤杀你和徐老虎？留着隐患给自己解闷儿玩？"

"你认准了我是个窝囊废，绝不敢揭你的底。其实你还挺欣赏徐老虎的，你想他为你所用……”

梁子若有所思地点点头，嘴角的笑还没收起：“小瞧你了。”

“这不难，也不好笑。”我打开手枪的保险，“所以，为什么？”

他终于收起了所有的表情，只剩一抹艰难：“重要吗？”

我点点头，再次闭上眼睛，眼泪顺着脸颊洇湿了胡子：“对我特别重要。”

我深吸一口气，竟也挤出一丝苦笑来：“我一直在等你来，等你解释，等你告诉我其实你是一个好人。”

“然后呢？”

“然后我就终于可以去死了。”

“你现在和死了有什么区别？”

我把枪往地上一扔，重新蜷缩好，背对着梁子，不再言语。

“撞死伯母的，就是高大树。他染上了毒瘾，干脆就想做上游。这才找到刀疤，这也是那天被你们撞见的情形。可高大树鼠目寸光，往毒里掺面粉，败坏了刀疤的招牌。那会儿徐老虎经我引见已经跟了他，接到的第一个活儿就是把高大树做掉。可是办事不力，放走了，这才……不过他俩人都已经被抓住了，今儿晚上刀疤亲自行刑。

“我今天来，其实是想跟你说，如果你想报仇，我可以让你亲手打死高大树和徐老虎，姐夫。”

13

“你去哪儿？”

凶巴巴的丫头从屋里冲出来，一把拽住我的裤边儿，眼睛却看着梁子。

梁子也看她一眼，这是个比我更讨厌孩子的人。小姑娘被他吓得松手，不自觉地后退几步，我讪笑一声，扭头继续朝院外走。谁知她又扑了上来，这次双手攥住我的衣袖。

“你去哪儿？”

梁子有些不耐烦了，我赶忙拍拍他，说：“你先去开车吧。”他有些疑惑，终究没说什么。

我蹲下来，左手拽她的脸蛋，一扬头道：“你管得着吗？”

丫头没反抗，被我拽着，嘴里说话都有些含糊不清：“你要去……做坏事，对不对？”她的目光好像变得柔和了一些，她也在心疼我吗？

“啊……”我松开手，用手掌揉揉自己的眼睛，然后挤出一丝笑来，“没使劲儿啊我，怎么脸都红了？这你爸下班回来不找我拼命？”

说罢，我又想伸手去拽她另一边。她急了，一把打掉我的手：“我自己撞的！”

我站起身，把手按在她的头上，将整齐的锅盖弄乱，然后咧开嘴笑道：“老子是去干好事儿！”

我终于转身，边大口吸气边缓慢地往外走去，这个院子的味道、妈妈的味道，下辈子也不可以忘。

“喂。”

这次我没回头，装出凶恶的声音：“小丫头片子，你干什么？”

“奶奶……奶奶总跟我念叨，说你想变好，应该跟世界和解。”

我往外走去：“是，她也总跟我说。”

梁子倚着车抽烟，看我出来就上车打火。我赶忙跑几步，却听到后面有人追出来。

还是那个讨人厌的丫头，她气喘吁吁喊道：“可是！可是……我觉得她说得不对……”

14

“烟一支一支一支地点 / 酒一杯一杯一杯地干 / 请你要体谅我 / 我酒量不好别给我挖坑。”

车里放着我最喜欢的《浪子回头》。

可怎么能回头，我从没有机会回头，现在听来，每字每句都同我的人生一样可笑。

“真没想到你会来，这是我第一次觉得原来可能看错你了。”

“你没看错，我就是个窝囊废，卑微的小人物。”

“你眼睛里有杀意。”

“他们都比我更该死。”

“以后怎么办？”

“杀完再说。”

到达时天已经黑了，目的地是郊外废弃的工厂。

再有一会儿，我就终于能了却遗憾了吧。

“喂，是我。真的吗？你确定？好，我知道了。”

梁子撂下电话，转头对我说：“速战速决啊，我今晚忙得很。”

我点点头，已经能看到前方聚拢的人群：“你先过去吧，我抽支烟。”

梁子深深看我一眼，没说什么。

刀疤一身得体的西服，正对着手下们侃侃而谈：“规矩就是规矩！不是我刀疤心狠，可高老板毁我声誉，徐兄弟从中放水。不杀，不足以平民愤！不杀，不足以正帮规！还望诸位以此为戒！”

看见梁子走来，他这才示意大伙儿散开警戒，自己过去一把揽住梁子的肩膀。

“怎么样，我就说你看人不行。姓徐的这家伙连这点小事都办不好，还是杀了省心。”

梁子点点头：“您这没什么文化还瞎拽词儿，这跟民愤有什么关系？”

“哈哈，见笑见笑。怎么样，你姐夫呢？”

“那边抽烟呢。”

刀疤一皱眉：“这种时候你让他一个人待着？”

“放心，这次我绝不会看错。一个强奸过他老婆，一个撞死他妈。最想这俩人死的就是他，绝不会有问题。”

“之后呢？这人留不得。”

“唉，我实在不愿看他这么窝囊地死，这才求刀疤哥给我个面子，一会儿完事，我亲自做掉他。”

刀疤拍拍他的肩膀：“你还是心太软。”

两个人看我走来，同时噤声。

我怯怯地喊了声“刀疤哥”。

刀疤豪迈一笑：“好兄弟！之前的事咱都不说了，今儿你大仇得报，还要开心些！杀了这俩人，也算是一张投名状，往后咱们一起发财！”

徐老虎和高大树被五花大绑，分左右背对着跪在我身前。

我后面，则是刀疤、梁子、他们的社团成员，还有被刀疤请来观礼的合作伙伴。

我绕到他俩面前，二人都堵着嘴，高大树早已一副被敲骨吸髓的萎靡模样，此时正歪着肩膀不停抽搭。

徐老虎倒是跪得笔直，看见我反而更精神了几分，满眼竟是欣慰与解脱。

我上前摘掉他嘴上的胶条，燃一支烟给他。

刀疤身旁一人有些不耐烦，想要上前催我却被刀疤拦住。

“你着什么急，我还没看够呢，小人物的复仇，多么有戏剧性！”

那人低头，小声道：“可……”

“住嘴！”刀疤一瞪眼，“就给他们五分钟。”

我看着徐老虎，轻声道：“你，还有什么想跟我说的吗？”

徐老虎笑笑：“我这辈子，满嘴情义无双，到头来连唯一的兄弟都没对得起，我该死。本来想着，下半辈子拼了命地还，谁知道会发展成这样，不过死在你手里，我死得其所。要是有下辈子，我给你们两口子当牛做马，动手吧。”

我点点头：“把烟抽完吧。”

“吉时已到！”刀疤高喊道，“哈哈，兄弟，动手吧！”

我缓缓站起身来，脱掉外套扔在一旁，从腰后掏出了那把枪，那把徐老虎递给我的枪。

此时我脑海里一片空明，全是家人的音容笑貌。

我的心头曾无数次涌上杀意，今天我终于要开枪了。

我缓缓抬起手，将黑洞洞的枪口，对准了刀疤。

15

“烂泥扶不上墙！要么说你是小人物，真他妈烂泥扶不上墙！”

刀疤因没能看成好戏气得跳脚，早有几个保镖把他围住，长枪短炮指着我。

“梁子！你说说，怎么办！”

梁子走到刀疤跟前揽住他的肩膀：“您消消气，回头我请您喝酒！”

他一转头，朝我喊道：“怎地，想当英雄了？你倒是开一枪让我瞅瞅？”

我深吸一口气，抬头望天，每一颗星都是妈妈和妻子。我不想当什么英雄，只想做一件对的事儿，就一件！让她们看看，让她们知道。

“我已经报警了，你们谁跑，我就打谁。”

梁子被我愚蠢的言语气笑了。

刀疤一皱眉：“打死他们。”

枪声没有响起，响起的是警笛。

原本幽暗的出口方向红蓝光暴闪。

刀疤临危之下并不慌乱，只是一张脸阴沉得可怕：“居然被这小子摆了一道。”他当机立断，“谁也别管了！有枪的跟我从后面走！”

“你还走得了吗？”

这时，刀疤才意识到梁子的手还揽在自己的肩膀上，另一手则持枪顶在自己小腹。

“怎么就没人信我是个卧底呢？”

16

警方很快包围现场，刀疤被梁子控制起来那一刻，就没人愿意再抵抗了。

梁子把傻笑的我带出警戒圈，一边抽烟一边道：“你笑什么，真以为是你的功劳？”

“不是？”

“当然不是了，哪有那么快就到，你没看都是武警？我怎么可能眼看着刀疤杀人，早布置好了。刚才接的电话是我同事，找到了刀疤在码头的仓库藏的毒品，我这段时间的卧底总算没白费。”

“那……那你叫我来是为什么？”

“嗯……我就是想看看，你到底能不能想清楚，我姐……到底选没选对人。”

“那我要是开了枪？”

“那你下半辈子就在监狱里待着吧。”

我点点头，又猛地摇头：“不对啊，我要是开枪了，那俩人不就死了？”

梁子嗤笑一声：“3000 块钱两把，还他妈送子弹，这枪要是能打死人就怪了！我早就检查过了，傻帽儿……”

我这才长舒一口气。

“看得出来，你今天本来打算死，我只纵容你这一次，往后你得好好活着，为了我姐。”

我点点头：“梁警官，我能不能跟徐老虎再说几句话？”

他一皱眉，还是同意了。

我同徐老虎面对面坐在一辆押解车上。

“她，一直跟我说，要同这世界和解。”

徐老虎点点头。

“所以，咱俩的事儿算了。”

“你……原谅我了？”

我终于下定了决心，眼中充满坚毅，然后摇摇头，说：“我绝对不可能原谅你，我……我还是很想一枪打死你。”

“那……”

“我只是决定以后不要活在怨恨里，这不是她和我妈想看见的。这世界一点儿都不操蛋，操蛋的是我们。我要努力生活、努力工作，来赎我的罪。你也是。”

徐老虎掩面痛哭，嘴里呜咽着：“好……好……”

他不停用手搓揉，直到双眼通红，才止住了眼泪，点头笑道：“你怎么跟变了一个人似的？”

我也笑。

“遇见一高人，她跟我说：我要先跟自己和解，然后才能被自己原谅。”

我推门下车，徐老虎贼心不死，问：“谁这么牛啊？”

“名字我也不知道，但是长得凶巴巴的。”

清醒梦

猫打滚儿

“未婚妻嫁给了死人怎么办？在线等！急！”

我醒着，可身边的一切都是梦境!

1

我又来到村口那座小桥上。

我穿着碎花小裙子，扎着冲天鬏，快步跑上小桥，想回家。

可桥上突然出现好多人，个个面目模糊，张牙舞爪挡住我的去路。

我大声呵斥：“闪开！”

另一个声音说道：“这小丫头想跑，打她！”

所有人都朝我拥来，拳脚相加，很快把我打倒在地。

我的嘴角被撕破，鼻腔里弥漫着血腥味；冲天鬏被扯开，细软的发丝被一把把拽掉。

“快看，这还是个小黄毛。”有人举着我的头发兴奋地大叫。

更多的人来薅我的头发，发出魔鬼一样的狂笑。

我知道我在做梦，却怎么都醒不了。

我能睁开眼睛，能看见天花板上的灯；我能张嘴，可拼命呼喊却发不出任何声音；我的四肢像被施了魔法，怎么挣扎都动不了；我呼吸困难，眼看就要窒息，可我什么都做不了。

“知恩，知恩……”一个遥远的声音将我从梦魇拉回现实。

我睁开眼睛，天花板上那盏方形吸顶灯印证了我在梦中的清醒。

“知恩，你醒了吗？”耳边响起一个温柔的声音。

我又惊又喜，一翻身坐起来：“胜天哥，你怎么回来了？”

“你要嫁人了，我当然要回来喝喜酒啊，顺便看看有没有人欺负你。”高胜天笑得像四月里的春风。

“我多大了，谁会欺负我？你那么忙，我还以为你不会回来呢。”

“还有什么事比你结婚更重要？”高胜天伸手帮我拂去额前一缕汗湿的头发，忧心忡忡地看着我，“你又做那个噩梦了？”

我从有记忆开始，就经常做这个梦，梦见我们村口的小桥和桥上那些看不清面孔的人。我在梦里清楚地知道我在做梦，桥上的面孔都是假的，可我就是无法醒来。

我妈曾经带我去看过神婆，神婆说这是“鬼压床”，到桥头烧点纸念叨念叨就好了，可事实证明这办法并不灵验。

我的未婚夫蒋先生带我看过心理医生，医生说这叫“清醒梦”，我在梦里会思考，有记忆，就像清醒地活在另一个世界一样。

这种说法听来玄幻，但医生说它其实就是一种自然的人体生理现象，没什么大事，但就是折磨人。

“没事儿，我都习惯了。你还没吃饭吧？走，我们也去坐席。”我把一头长发扎成马尾，也把刚才的梦境抛在脑后。

2

我就要嫁人了，未婚夫蒋先生是一位企业家，对我很好。今天是我的送嫁宴，千里迢迢赶回来为我送嫁的高胜天，是暖心的邻家大哥哥。

从我有记忆开始，他就是我的守护神。

我想我一定是被幸运之神吻过的孩子，从小有高胜天和我妈护着，没受过一丁点委屈；长大以后遇见蒋先生，给我羽翼为我护航，让我感到无比踏实。

除了那个驱之不散的清醒梦，我的世界都是美好。

天黑了，人们挑灯夜宴，酒兴正酣，我爸坐在轮椅上，打着手语招呼客人。

我妈非要在家里放席，就是为了让我爸看着我风风光光出嫁。

我爸命苦，生来就是聋哑人，后来又掉下断崖摔成高位截瘫，卧病在床十几年，吃尽了苦头。

“方叔盼了这些年，终于盼到这一天了，你看他比谁都高兴。”高胜天看出我的心思，伸手拍拍我的肩膀。

是啊，我原来还担心我嫁给一个大我十多岁的男人，爸妈会拼死反对，没想到他们真是很开明，说他是个好人，比我大点也没关系，有钱也没关系。

想到这儿，我心情就好了些，刚跟高胜天小酌两杯，一帮朋友就从城里赶了回来。

高胜天赶紧叫人添酒加菜，大伙儿一落座就开始拼酒，没一会儿就喝得面红耳赤。

我站起身去看我爸，手机突然响起一声短信提示。

我瞟了一眼，被屏幕上一行字吓得魂飞魄散："一百万，明天晚上十点，准时放在村口的小桥下，否则我就把你当冥妻的事说出去，让你结不成婚。"

我第一反应就是敲诈，刚要拿给高胜天看，仔细一瞧又熄灭了屏幕。

什么乱七八糟的，这人不是喝多了就是个神经病！

"知恩，正好你在这儿，这是老哥的一点心意，祝你和蒋总百年好合，早生贵子。"我正在愣神，高胜天的发小江宇站起来递给我一个红包。

我赶紧接过红包，给他斟满酒杯，说："谢谢江宇哥，也祝你飞黄腾达，财源滚滚。"

"嗐，什么飞黄腾达，就是青黄不接，你这才是飞上枝头变凤凰，往后老哥还要靠你多多提携呢，哈哈哈！"江宇性格豪爽，端起酒杯一饮而尽。

我笑笑："我都听胜天哥说了，你的工程公司越做越大，真好！"

"可我也越来越身不由己了，这不一会儿还要谈个项目，车就在大门口等着呢。"

高胜天又给他满上酒杯，说："你江宇哥是干大事的人，从坐下眼睛就没离开过手机，分分钟上百万的大生意。来吧兄弟，干了这杯就让你滚。"

大伙儿笑骂着干了杯中酒，起身把江宇送到大门外，扒着车窗又聊了几句，才放他走。

蒋先生打来电话，问了问这边的情况，叮嘱我好好休息，准备迎接洞房花烛夜。

我被他弄得脸红心跳，慌忙挂了电话准备回屋，这时又收到一条短信："笑得这么开心，是蒋先生吧？你猜他要是发现自己娶的小白兔早就嫁给了一个死人，会不会觉得晦气？”

我的后背一阵发凉。

发短信的人知道我的一举一动，一定在我身边。

我点开那个号码，迅速按下呼叫键，但打通了，院子里没有手机响起。

大家正酒酣耳热高谈阔论，甚至没人碰手机。

我仓皇地四处张望，不知道在哪个黑暗的角落藏着一双眼睛，正看着我冷笑。

我很怕，想告诉高胜天，让他揪出这个家伙暴揍一顿，可想想瘫痪在床的爸爸和操劳一天的妈妈，又实在不忍让他们受到惊吓。

我想告诉蒋先生，又不愿破坏他的好心情。

这人真是个变态，明知道我们即将结婚，却发来这么恶毒的短信，简直就是对我们的诅咒。

我好像明白了，这一定是谁嫉妒我嫁给蒋先生，故意添堵的。

想到这儿，我迅速点开对话框，发出严厉警告：“你是谁？别跟我开这种玩笑，我的容忍是有限的。”

“可我是没有底线的，赶紧去准备现金。”

对方的语气比我还强硬，显然是铁了心要做成这桩价值百万的大生意。

“我不知道你是谁，为什么要听你的？”

我一边回短信，一边打量人群。

“因为你要脸，我不要，我要钱，而你有。”

“我要脸，也有钱，但不会给一个智障。你敲诈也要编个靠谱点的理由，这都什么年代了，哪来的冥妻？”

我有意激怒对方，同时仔细观察每个人的表情变化，想揪出这个疯子。

“方知恩，有些事你忘了，但我和清河村的父老乡亲都替你记着呢，你就是一个冥妻，不信的话，你现在就可以问问院子里的人。”

我突然感到不寒而栗。

冥妻这种事不是随口就能编出来的，这人说得言之凿凿，不像假的。难道在我缺失的十三年记忆中，真的藏着什么耸人听闻的秘密？

3

是的，我的记忆并不完整，它始于我的十四岁，之前都是空白，完全靠我妈和高胜天给我填涂。

因为那年我去断崖摘欧李，不但害得我爸摔坏了脊椎，我自己也摔坏了脑子，摔丢了全部记忆。

后来随着身体和智力慢慢恢复，记忆却没跟着恢复，我的时光，最终彻底消失，一点痕迹都没留。

但我妈和高胜天都说我小时候傻乎乎的，很单纯，很乖。

而且我是爸妈唯一的孩子，他们怎么舍得把我嫁给一个死人？

“怎么？你怕了？那就快去准备钱。”

我终是不够沉稳，走到台阶上大声问了一句：“各位叔叔大爷，你们听过冥妻的事情吗？”

方才还沸沸扬扬的院子，瞬间鸦雀无声，所有人都把目光投向我，眼中有错愕，有惊恐，就像在看一个精神病院跑出来的疯子。

“知恩，喝多了你？大喜的日子说什么疯话呢？”我妈“啪”地撂下酒杯，上来就戳我的脑门儿。

“我刚才看手机上说农村有这种陋习，我想知道我们清河村有没有。”我故作醉态地笑着，向着院子外的黑暗之处挥挥手机。

年轻的村主任站起来，说："我们清河村可是坚决抵制封建陋习，绝不……"

"各位老少爷们儿，"我妈不等村主任说完就拍着桌子吆喝起来，"今天是我方家的好日子，大伙儿敞开吃敞开喝，但就有一点，我这女儿女婿都是有头有脸儿的，大伙儿闹着玩儿也得有个分寸。都知道我是个泼辣货，咱别闹得以后没法见面。"

"方婶说得对！"高胜天也厉声说道，"这几天知恩结婚，谁要是看她眼红，成心添堵，说些着三不着两的，别怪我这当哥哥的跟他过不去。"

我赢了！

这个世界谁都有可能骗我，但我妈和高胜天绝对不会。

"不会不会，知恩嫁给蒋总，大伙儿替她高兴还来不及呢，怎么会给她添堵？方婶你就尽管把心放肚子里，谁敢欺负知恩，我让他滚出清河村！"村主任赔着笑脸给我妈倒满酒杯。

乡亲们纷纷跟着举杯，连说我们清河村没出过那样的事。

我的手机又响了："你被骗了！全村的人都在撒谎，特别是你妈和高胜天，还有村主任，他们都是在控制你，利用你。"

"既然如此，你现在就拿出证据跟他们对质，你赢了，一百万我一分都不少你，如果没有证据，再敢发短信我就让全村人'人肉'你。"

"真是不见棺材不落泪，你等着！"

对方发完这条就尿了，再也没骚扰我。

我暗下决心，等结完婚度完蜜月，掘地三尺也要把这个家伙挖出来，好好教训一顿！

夜里又是梦魇缠身，直到早上我妈和高胜天的说话声传进房间，那些可怕的面孔才像潮水般退散，而我已经是大汗淋漓，浑身虚脱。

听见他们声音的感觉可真好，我又是那个被宠上天的小公主了。我赖在床上刷朋友圈，屏幕上又弹出一条短信提醒。

又是昨晚那个陌生号码。

我刚从梦境抽离的情绪又瞬间绷紧，这次是一条彩信。

我突然心慌得要命，颤抖着指尖点开那张图片。

那是一张老照片，照片上是个七八岁的小姑娘，穿着一身仿古的大红嫁衣，瞪着一双惊恐的大眼睛，面无人色。

小姑娘被一只手按着，跪在一具灵榻旁边，灵榻上躺着一个跟她年纪相仿的男孩，男孩双眼紧闭，黄袍加身，一看就是寿衣。

我放大图片，第一眼看到她左眼下的痣。我也有颗一模一样的，算命的说这叫泪痣，不好，我妈几次想给我点掉，我都没同意。

再仔细看她的五官，可不就是小一号的我？窒息的感觉再次袭来，我张着嘴巴，却不敢发出任何声音。

对方又追来一条短信："今晚我拿不到钱，明天你婚礼上播放的就是这张照片。"

"我可以给你钱，但你得给我说清楚这到底是怎么回事。"战栗许久之后，我鼓起勇气发出这条。

4

窗外我妈和高胜天聊得热火朝天，全是关于我儿时的趣事。

而短信里平铺直白的冰冷文字却勾勒出一个毒蝎子般的少女。

某年冬天，她在冰封的清河河面上凿了一个窟窿，引诱同村一个叫江子豪的男孩掉下去，在全村孩子拼命施救的时候，她却冷眼旁观，一直看着他沉下去。

“你胡说，我不会做出那么狠毒的事情。”我颤抖着指尖回复。

“就是你。你故意杀人，见死不救，江家人悲愤欲绝，才拉着你跟他配阴婚。”

“我为什么要杀他？”

“因为你是蛇蝎心肠，谁惹你，你就要整死谁。”

“他怎么惹我了？”

对方不耐烦了：“小孩之间不就是打打闹闹？你要知道的我都告诉你了，现在你该去弄钱了，别忘了你结婚的事最重要。”

不，从此刻开始，对我来说结婚已经不是最重要的事。

重要的是此刻我到底是醒着还是睡着，这些事到底是真是假。

如果是真的，我为什么要那样做？

那个江子豪到底是谁，我跟他什么仇什么怨？

我到底是失忆了，还是在做一场漫长的清醒梦？

我挣扎着坐起来，拉开窗帘。

我妈和高胜天都被我吓了一跳。

“闺女，你这脸怎么煞白的？又魇住了？”我妈隔着窗户看我，一脸心疼。

我迎上两人关切的目光，说：“我梦见一个叫江子豪的人来向我索命，说我害死了他。我们村有叫这个名字的人吗？”

我不能把短信的事说出来，因此我只能借着梦魇旁敲侧击。

我妈和高胜天面面相觑，高胜天沉默了一会儿才说：“有这个人。知恩，你还梦到了什么？”

“没有别的了。胜天哥，那这个江子豪是谁家的孩子，他现在在哪里？”

我急切地问道。

我妈眼中闪过仇恨的光芒，说：“他死了，他家人早搬走了。”

“怎么死的？”我的心一下子提到嗓子眼儿。

“掉进冰窟窿淹死的。”

“谁挖的冰窟窿？”我连连追问。

高胜天神色一凛，说：“知恩，你到底想起什么了？”

“是了，一定是我，不然他怎么会来找我索命？”我喃喃自语。

“胡说！他天生就是个短命鬼，跟你有什么关系？”我妈似乎很忌讳这件事，大声呵斥我一句。

高胜天也说：“是啊知恩，这事跟你没关系，不管你是想起了什么，还是听说了什么，都不要胡思乱想，明天你就要结婚了，想点开心的事情。”

我的心都凉透了，还怎么开心？

我妈和高胜天的遮遮掩掩含糊其词，更印证了那些短信，江子豪这个人真实存在过，那张照片不是假的，我妈和高胜天有事瞒着我。

我理解他们的苦心，但此刻我更想要的是真相，而不是以保护为目的的隐瞒。

我明天就要结婚了，现在我需要一个清晰的答案，来决定到底要不要嫁给蒋先生。

他那么疼我，我不能假装什么都不知道，害他在婚礼上颜面扫地，身败名裂。

但我也不愿被这几条短信吓住，错过我一生的幸福。

“我看你就是这两天被村里人闹的，你呀，今天干脆回新房歇一天吧，晚上再回来。”我妈见我愣神，叹息着劝我。

高胜天连连点头，说：“方婶说得对，我送你回去，晚上再去接你。”

“对了胜天，你再去医院给她开点安神药，让她回去吃两片，好好睡一觉，明天就要嫁人了，这个脸色哪行！”

我摇摇头，说：“算了，今天家里还要来客人，我妈一个人迎来送往的太累了，你在家帮她张罗张罗，我自己回去就行。”

“那怎么行，你这样子能开车吗？”高胜天不答应。

我笑笑，说：“我只是做了个噩梦，又不是梦游，我现在很清醒，怎么不能开？别管我了，我结个婚，都快把你们折腾垮了。”

“你真的能行吗？”高胜天还是有些不放心。

我点点头，拿了包就走出去。

我妈在身后殷切叮嘱：“别忘了吃安神药，免得又鬼压床了。”

我把车开到村口小桥，刻意停了一会儿，下去看了看，但除了那个梦魇，我什么都没想起来。

回到车上，我再次拨打那个号码，对方还是不肯接听。

我又发了一条短信：“我不管你是谁，当面把事情给我说清楚，我一分钱都不会少给你，而且保证不报警，但如果你想敲诈，我也保证你一分钱都拿不到。”

5

我的婚礼取消了。

那天我为了睡个好觉，吃了三倍剂量的安神药。

晚上我妈和高胜天没等到我回去，打我手机也没接，急得联系了蒋先生来找我，才发现我已经昏迷。

送到医院洗了胃，医生说没什么大事，但明天这婚肯定是结不成了。

蒋先生发出紧急声明，说因为我突发身体不适，婚礼暂缓，具体时间另行通知。

我妈气得戳着我的脑门大骂："你是不是傻？这么大人不知道药吃多了会死人？我和胜天千防万防，就怕你结婚的事出什么岔子，结果可倒好，别人没出幺蛾子，你自己给自己下这么大个绊子！"

"好了，婚礼的事不重要，知恩没事就好，不要吵，这是医院。"蒋先生制止我妈。

我妈背过身去悄悄抹泪，说："我还不是被她吓的。我跟她爸一辈子就生这么一个宝贝疙瘩，还傻乎乎的。你说她要是有个三长两短，我和她爸后半辈子还指望谁？"

"妈，我是在哪个医院出生的？"我不愿提起爸爸，只能岔开话题。

我妈愣了一下，嗔怪地说："怎么又问这个？就在当年的镇卫生院啊，现在早就合并到社区了。"

"那原来的医生都去哪儿了？我想见见她们。"我红着眼睛说。

我妈表情瞬间绷紧，说："你要干什么？"

"我问问她们是不是在我身上做了手脚，把我弄得这么傻。小时候傻乎乎的害我爸摔成瘫痪，现在又傻乎乎的害自己错过婚礼。"

"你……这孩子，你自己天生大大咧咧天不怕地不怕，还怪人家医生？"我妈被我气笑了，狠狠抹了一把眼泪。

蒋先生和高胜天都笑了。

医生说我这种情况可以回家休养，我妈和高胜天想带我回清河村，说是能好好照顾我。我不想回去，不想面对清河村人过分殷切的关心。

蒋先生也说："还是在家好好休息吧，只是回去两天就弄成这样，我也挺担心的，到底出了什么事？"

“没事没事，就是村里人多，闹得知恩这两天没睡好。”高胜天抢着说。

我看着蒋先生，说：“带我回家吧，我不想在这儿待着了。”

“那你好好休息，明天我和方婶去看你。”高胜天善解人意地说。

我点点头，说：“胜天哥，我还是想知道那个江子豪到底是怎么死的。”

“什么江子豪？”蒋先生的脸色一下子沉下来，眉头紧锁，阴郁得可怕。

我妈赶紧解释：“没事儿，就是村里一个小孩，小时候跟知恩一起玩儿的，后来淹死了，这几天知恩梦见他了。”

“以前的事知恩不是都忘了吗？是不是村里人在她面前说什么了？”蒋先生黑着脸问我妈。

我妈和高胜天都看着我，满脸惶惑。

蒋先生深吸一口气，说：“回去告诉你们村主任，如果村里有人对知恩心存恶意，我马上终止合作！”

“是是是，我回去就找村主任，这事儿闹得你说。知恩啊，到底是谁跟你胡说八道了？你说出来，我们一家子也好给你出气啊。”我妈无奈地看我。

我茫然摇头，一脸委屈地说：“没有啊，我就是做了一个奇怪的梦，可你们什么都不告诉我。”

“行了，过去的事都别提了，我带知恩回家，你们也回去吧。”蒋先生朝他们摆摆手。

6

回到家蒋先生才问我到底出了什么事。

他年近四十，沉稳睿智，在商界摸爬滚打十余载，阅人无数，当然一下子就看出我情绪不对。

我的眼泪一下子就掉下来。“我现在到底是醒着，还是在做梦？你是真的，还是假的？”

“我当然是真的，你也是醒的。告诉我谁让你受委屈了，我去给你出气。”蒋先生搓搓我的头发，手心带着让我安心的温度。

我哇的一声哭起来：“我对不起你，我不是你想要的好女孩！”

“别胡思乱想，你是不是我想要的，只有我才能评判。”

“那我要是杀过人呢？”我仰起脸，泪眼婆娑地看着蒋先生。

蒋先生眼中闪过一丝错愕，咬了咬牙根：“你说什么呢？”

我请他帮我拿过手机，点开那个陌生号码的短信对话框，翻到首条，又递到他手里。

蒋先生逐条翻阅，越看脸色越阴沉。

空气安静得可怕，只有蒋先生越来越沉重的呼吸，短短几十秒内，我脑补了自己无数种下场，没有一种是好的。

“你见过这个人了？”蒋先生看完，皱着眉问我。

我摇摇头，说：“我想见，但没收到回复。”

“没事了，我会叫人处理，不用怕。”蒋先生把手机还给我，云淡风轻地说。

我一时有点没反应过来，我不用怕？不应该是他怕吗？

宠了多年的单纯女孩被爆出这么多黑料，甚至差点害得他在婚礼上成为天下笑柄，他居然能如此淡定？

我不知道这是暴风雨来临前的平静，还是我对他的了解并不像自己想象的那么深。

“原来我小时候那么恶毒，劣迹斑斑，我还以为我真是个好女孩，对不起，我骗了你！”除了道歉，我不知道还能说点什么。

蒋先生浅浅一笑，说：“村里的人都说了没有这事，恶毒的是这个敲诈你的人，放心，我会叫人查清楚。”

“这个人知道很多事情，而且给我发短信的时候就在我家附近；拿钱的地点选在村口小桥，我猜应该就是我们村的人；这么多条短信一个错字都没有，说明这人逻辑清晰目的明确，应该是个年轻人，很有可能是我小时候的玩伴，你叫人照着这个范围找。”

我见蒋先生没有赶我走的意思，一颗心暂时落地，眼下只想快点找到这个敲诈者，弄清这些事到底是真是假。

蒋先生诧异地看我，说：“这是你自己分析的？”

“是啊，这件事我没敢告诉任何人。哦，还有，我觉得这人可能是对你开发清河村旅游项目有什么不满，才会想到用这种手段捞钱或者报复。”我接着说下去。

“那你昨晚是故意多吃了几倍安神药，为了逃避婚礼和这个人？”

“我不是逃避这个人，我想找到，但不能在婚礼上，我怕这个人真的会闹事，放出那张照片，破坏你的形象。”

“知恩，你还有这么缜密的心思？”蒋先生一脸“我从来都不知道”的表情。

我无奈地笑笑，说：“我只是长得傻，又不是真的傻。以前有你们护着我，我不用动脑子，但这事我不敢说，只能自己化解危机，这算什么心思缜密！”

蒋先生没再说什么，拿着手机走到阳台上打电话去了。

那一刻我在他脸上看到一丝难以捉摸的表情，似乎是失望。

他曾被前妻卷走全部财产，用了很长时间东山再起。他说娶我就是因为我心地单纯没有杂质，我也承认自己以前就是个傻白甜，但从我把手机递给他那一刻，我就不是了。

蒋先生手眼通天，当晚就抓到了那个敲诈我的人。

我在一间旧工厂见到他时，瞠目结舌说不出话。

虽然他已经被打得面目全非，可我还是一眼就认出他是江宇，那个在我送嫁宴上祝我和蒋先生百年好合，笑着说让我多多提携的大哥哥。

“江……宇哥，你……你为什么要敲诈我？”我结巴了几次才艰难地问出这句。

江宇肿胀的脸挤出满满的羞愧：“知恩，我错了，我不是人，我本想在村里的旅游开发项目中包个工程，可蒋总没给我机会，我咽不下这口气，才编出那些瞎话吓唬你，想从你那里弄一笔钱闹个心理平衡，我对不起你，对不起蒋总……”

“你说什么？那些事情都是你编的？”我一时竟说不清自己心里是什么感受。

江宇拼命点头，说：“对，都是我瞎编的，你没有杀人，也没有冥婚的事……”

“可你连照片都有，我妈和高胜天也说村子里确实有这个人！”我红着眼睛大喊大叫。

江宇差点哭出来：“有是有，可他是自己淹死的，那张照片也是我找人合成的，你千万不要害怕，那都是假的……”

7

江宇苦苦哀求，我都没放过他。

因为我接到高胜天的电话，我爸爸去世了。

没有人告诉他我的婚礼取消，他以为我已经嫁出去了，当晚就安安静静地去了。

我见到他时，他的身体已经凉透。我握着他骨瘦如柴的手，哭得几次昏厥。

他为了等我出嫁，就凭这一把骨头苦苦支撑了十几年，他以为他终于可以安心了，可我偏偏不孝，没有如他所愿地披上婚纱。

这一切，都是拜江宇所赐。

几天后我爸入土为安，刚赴完我送嫁宴的宾客又赶来为我爸送葬，唯独缺了江宇，因为我把他送到拘留所去忏悔了。

整理我爸的遗物时，我在他床底发现一个落满灰尘的箱子，我妈说这是结婚时爸爸给她置的大件儿，后来过时了，她好几次想扔我爸都不让，真是穷命鬼。

我打开箱子，里面装的都是一些小玩意儿，有干透了的菖蒲编成的各种昆虫，有竹篾编的蝈蝈笼，有纸糊的风筝，风筝下面的暗层，藏着一条小裙子。

细碎的小黄花，开了满满的一裙摆。

我看看我妈，我妈看看我，我们俩都变了脸色。

“这死哑巴，都什么年代的东西还留着，真是的，没一件值钱的玩意儿！”我妈一把扯过裙子，连同所有东西都划拉到箱子里，让高胜天拿出去烧了。

我叫住高胜天，定定地看着两个人，说：“妈，胜天哥，这就是我梦里穿的那条裙子，我常做的那个梦，是真的。”

“什么真的假的，这就是你小时候穿的裙子，梦见了也不稀奇。”我妈慌张解释。

“那你为什么要烧了它？我小时候穿的裙子，你不是应该比我爸更珍惜吗？你到底是不是我亲妈？”连日来一场接一场的重创让我无力承受，终于因为这一点小事崩溃，跟她大喊大叫。

我妈脸色骤变，说：“知恩，你到底想起什么了？”

“我什么都想不起来！我小时候到底经过什么，为什么会一直被那个该死的噩梦纠缠？那个江子豪到底是个什么鬼，怎么会跟我扯上关系？你们为什么就是不肯给我说个清楚？”

我想我一定是疯了，我抓着头发大喊大叫的样子像极了那个清醒梦中无助而绝望的我，可我现在一点都不清醒！

梦里五六岁的我穿的花裙子在二十五六岁的我面前出现，我分不清这两个情景到底哪个是现实哪个是梦，我分不清哪个才是真实的我！

我一把抢下裙子，推开高胜天夺路狂奔。

高胜天追上我，说他要走了，让我好好的，不要胡思乱想，不要再被骗了。

他走后，我开始寻求恢复记忆的方法。

以前我从来没有这个念头，是因为我一直相信他和我妈说的就是真的，我想知道什么，问他们就好了，现在我才发现他们告诉我的只是他们想让我知道的。

经过各方咨询以后，我决定去做催眠，唤醒我的记忆。

蒋先生不同意。

他说我本来过得一切都好，不必为了别人的恶意谣言而去质疑自己的人生，我现在要做的是好好休养，准备做世界上最美的新娘。

我知道他是为我好，可我已经不是当初那个吃一颗糖就感到整个世界都充满甜蜜的小女生了。

江宇做的事让我明白即便最熟悉的人也可能会是敌人，让我开始对所有人心生戒备。

那条梦里梦外都真实存在的小裙子，像无形的手撕开我记忆的一角，让我的清醒梦越来越真实，梦里的人越来越多，场景越来越混乱。

我甚至梦见灵榻上那个死去的少年，梦见在灵棚里，我被迫拉着他冰冷的手，被迫向他鞠躬，挨着他的尸体拍照。

我梦见爸爸被一群人按在地上，一个棒子抡下来，狠狠打在他背上，打得他当场昏死。

我梦见妈妈，她年轻时的样子真美，声音真温柔，她亲手给我穿上那条小裙子，说妈妈今天带你去郊游……

我在“郊游”这两个字的余音中醒来，突然感到后心发凉，我家住在比郊区还荒凉的山沟里，去什么地方郊游?

种种疑团在我脑海纠缠，使我日夜不得安生，我最终还是瞒着蒋先生约了心理医生。

8

医生也劝我慎重。

他说恢复已经失去的记忆其实是一件很残忍的事，没有人会轻易忘记自己的幸福时光，所有的失忆患者都曾经历创伤，也许是生理上的，也许是心理上的。

因此很多失忆患者在找回缺失的记忆之后并没有解决任何问题，反而会使自己陷入更深的迷茫，甚至导致人格分裂，过得痛苦不堪。

但我愿承担一切可能出现的后果，来换取我生命最初十四年的真相，即便它是痛苦的、残忍的，我也愿意接受。

那些折磨我多年的清醒梦，是时候醒来了。

催眠很成功，但也很伤身。

我走出诊室时，像走出鬼门关。

回家后躺了三天，我才终于活过来，第一件事就是请蒋先生帮我寻找江子豪的父亲。

“找他干什么？江宇不是已经把事情跟你说清楚了吗？”蒋先生很意外。

我摇摇头，说：“江宇在说谎，我想起来了，我确实被强迫配过冥婚。那张照片我也拿去做了鉴定，是真的。”

“知恩，无论这件事是真是假，都已经过去了，现在你一切都好，何必非要探究过去？你这不是为难自己吗？”蒋先生苦口婆心劝我。

我抬起眼睛看他：“我不能醒着做梦，也不能活在幸福的梦中，我是一条生命，会流血流泪，不是童话里的公主。”

“做公主不好吗？我愿意一直宠着你啊。知恩，遗忘是一种能力，很多人想要忘掉伤痛却苦不得法，你又何苦去自揭伤疤？”

“如果我忘掉的伤痛，都由我爸爸承担了呢？我恢复记忆才知道，爸爸不是在断崖摔伤的，他是为了保护我，被江家人生生打断脊椎的，你觉得我能忘了他的伤痛，苟且于现在的幸福吗？我不能！”

蒋先生咬牙不语，眼底霜意渐浓。

我回清河村，把那些短信和那张冥婚照给我妈看，我问她江子豪家人在哪里，我要给爸爸报仇。

我妈吓得脸色煞白，说：“知恩，这事可不能再提，你往后是要当明星、当老板娘的，这事传出去你这辈子就毁了。你爸都死了，这事儿就让它烂在肚子里吧。”

“为了自己的名誉，让我爸含冤九泉，这就是你给我起名‘知恩’的初衷？

如果当初是你拼了命去救我，被人打到瘫在床上，你也希望我如此对待你？”我含着眼泪冷笑问她。

她也含着眼泪说道：“我没救你？你爸挨打的时候，我正跪在江子豪的棺材前替你磕头赔罪。你们父女俩遭了罪，也是我成天成天坐在江家门口磨刀，吓得江家老小连夜滚出清河村。这些年你爸瘫痪在床，我单凭一副肩膀扛起这个家，还把你当眼珠子一样宝贝着，没再让你受一点委屈，你今天跟我说这些，是要跟江家算账，还是要跟我算账？”

“都算！”我看着她的眼睛，一字一顿说道。

“你什么意思？”她满眼惊恐，下垂的嘴角微微抽搐。

我一把抖开那条花裙子，说：“你是从哪儿把我带回来的？”

9

我不姓方，也不叫知恩，眼前这个女人不是我妈，我也不属于清河村。

我记得我是个城里孩子，小时候跟着妈妈去郊外游玩，在芦苇丛里玩捉迷藏，可我藏得太好，天都快黑了妈妈也没找到我，我也找不到妈妈了。

我沿着一条大河走出老远，边走边哭，后来遇到了这个人。她说带我找妈妈，结果领着我转了一圈后，带着我上了一辆大客车，开了很远很远的路，来到了清河村。

她对村里人谎称我是她远房亲戚家的二胎女儿，因为亲戚想要儿子，所以把我过继给她。

我曾经无数次试图逃跑，她见我不老实，收买了全村的孩子看着我。

自此我就成了他们的玩具，只要我敢踏上村里唯一通往外界的小桥，他们便一拥而上，把我拖回来领赏。

她总是笑着给孩子们发糖，在她的鼓舞下，孩子们像是接受了什么了不起的使命，个个都把自己当成不可冒犯的狱警，而我则是那个无时无刻不在试图越狱的囚犯。

他们一直在找机会惩罚我，而那天我一句“闪开”，成了唤醒他们心魔的咒语，为自己招来一场惨绝人寰的凌虐。

带头的就是江子豪，我梦里那个魔鬼般的声音。他是村里的小霸王，那天我被打倒在地后，他甚至当着全村孩子的面往我身上撒了一泡尿。

一帮人抬着我去她那里邀功时，她这才意识到自己养了一帮恶童，举着棍子把他们打跑以后，哭着给我洗澡抹药。

那一场无妄之灾让我意识到自己的弱小，我再也没敢贸然逃走，而是一边装乖一边寻找时机。

她见我老实了，对我越来越好。

在城里打工的哑巴养父回来，一见家里多了个孩子，也是又惊又喜，把我当宝贝疙瘩一样疼爱。

看似其乐融融的日子过了两三年，我还是没能逃离，却几乎适应了清河村的生活，除了时常被江子豪欺凌，时常想家，别的都算还好。

那年寒假的一天，村里的孩子都跑到清河冰面上去玩，我也拿了一根细线，学着别人的样子在冰窟窿里钓鱼。

江子豪滑着冰车子冲过来打我，我本能地躲开，他一头扎进去，多亏冰车子卡在冰面上才没沉底。

远处正在冰钓的大哥哥高胜天冲过来，解了一条绳子让孩子们抓紧，他抓着另一头走过去，想把绳子系在江子豪的身上拽他上来。

冰面突然传来一阵裂响，一道道裂纹迅速蔓延，孩子们拽着绳子不敢撒手，高胜天吓得趴在冰面上不敢动弹，一抬头见我站在岸边，让我赶紧回家喊人。

我没动，就那么站在旁边看着，直到冰窟窿边缘断裂，江子豪和冰车子一起沉入河底。

江子豪的家人拉着我配阴婚的时候，她确实也跟江家人撕扯理论，也向死人磕头赔罪，后来也确实在江家门口磨刀霍霍，逼得他们举家搬迁。

但这些并不能够弥补她对我犯下的罪。

如果不是她把我带到这个该死的地方，我怎么会遭受这么多非人的凌虐。

“你太可怕了，为了圆满你自己的人生，害得我和亲生父母骨肉分离，还在我面前装了这么多年慈母，你难道就不做噩梦吗？”

“我那是装的吗？我供你吃，供你穿，倾家荡产供你学跳舞，对你哪有一点舍不得？我把心都掏给你了！”

“你的心我不要。你自首吧，这样能轻判一些。”

“方知恩！我好赖也养了你这么多年，你对我就一点情分都没有？”她的眼窝瞬间涌满泪水，“那小猫小狗养得时间长了，还知道认亲呢，你是白眼狼吗？”

我没说话，转身迈出那道门槛。

“我就不告诉你老家在哪儿，就不让你认别人当妈！”她在我身后歇斯底里哭喊。

我猛地回头，盯着她的眼睛冷冷说道：“那我们就公安局见！”

10

我把车开进村委会的院子，村主任眉开眼笑迎出来。

只是一听我说出来意，脑门上瞬间渗出一层汗珠："知恩你听我说，不是我们有意要瞒你，实在是方婶她……"

"我不怪你们，现在我只想找到江家人，问清楚当年的事情。"

"可……"村主任迟迟疑疑，"你稍等一下，我打个电话。"

"好，你打。"我顺势坐回车里。

他拿着手机走到角落，一边擦汗一边对着手机点头哈腰，似乎在跟什么重要的人物对话。

我想起江子豪他爸以前就是包工头，现在恐怕成了老总也说不定，村主任这个姿态，怕是问不出什么。

我犹豫了一下，放轻脚步走到村主任身后，一把夺下他的手机。

可屏幕上亮着的，却是我熟悉得不能再熟悉的手机号，是蒋先生。

"哎，你干什么？快还我。"村主任把手机抢了回去。

我盯着他慌乱的眼睛，说："我要江子豪他爸的联系方式，你为什么给他打电话？"

村主任越发窘迫，而我咄咄逼人，誓要问个清楚。

我的手机响了，是蒋先生。

我不接，他又打到村主任那儿，村主任听完，如获大赦："知恩，蒋总说让你回家，你想知道什么，他告诉你。"

"我问你为什么要给他打电话。你是他的奴才吗，这点事都要向他告密？"

村主任被我骂得面红耳赤，狠狠扯了一把白衬衫的衣领，咬牙切齿地说道："没错，我就是个奴才！我受乡亲们抬爱，当了两届村主任，可屁事儿都没干成！好不容易跟蒋总谈成了旅游开发的项目，我能不像个奴才一样伺候着他吗？我不但是他的奴才，也是你的奴才！知恩，我求你别再咬着这事不放了，没有意义。人要学会往前看，你帮着老哥把这事儿干成了，咱村的百姓不都把你当菩萨一样供着？”

“是你们村，与我无关！”我转身上车。

“知恩，你好歹也喝了二十年清河水，怎么能这么绝情？”村主任气急败坏带着哀求。

我摇下车窗问他：“当初我被拉着配阴婚，你们满村男女老少围着看热闹，算不算绝情？”

11

蒋先生在西餐厅订了位子等我，我坐在他对面，杯中的美酒映红了我的眼睛。

“你找到那个人了？”我哑着嗓子问。

蒋先生点点头：“他就是江宇的叔叔，也是竞争对手。”

是了，也只有江家人才会保存着那种晦气的冥婚照，我早就怀疑，只是还没到去监狱问他的地步。

“所以他现在在哪儿？”我以为终于要直面仇敌了。

蒋先生略一沉吟：“知恩，我知道你当初是因为年幼无知导致江子豪死亡，可那毕竟也是一条人命，他爸爸痛失爱子，对你做出那样的事情，和你爸爸冲到他家去大闹灵棚，其实都是一个目的，都是保护自己的孩子。你们两家对彼此的伤害，也算扯平了……”

“扯平了？那你知道江子豪是怎么欺凌我的吗？你知道他一次又一次拦住我回家的路，把我囚禁在清河村的时候，我是有多绝望吗？”

蒋先生点点头：“我知道，我也很心疼你的遭遇，那么小就来到陌生的地方……”

“我什么时候跟你说过这些？”我错愕地看着他。

他也看着我：“为了清河村这个旅游项目，我跟你们村主任和几位村民吃过一次饭，他们怕我知道你被欺负的事以后翻脸撤资，所以先跟我坦白赔罪了。”

“那你为什么替江子豪他爸说话？”我敏锐地抓住重点，“你跟他有合作清河村的旅游开发项目？”

蒋先生眼中又闪过一丝惊异：“知恩，你的反应真是太快了！”

果然如此。

不是我反应快，是我早就怀疑了。

我去问村主任要人，村主任先给他打电话；村主任不让我追查这件事，是怕影响这个项目；他说江宇和江子豪他爸是竞争对手，而江宇因为没得到这个项目，拿冥婚这事来敲诈我，显然是想一箭三雕！

“所以江宇后来对我说谎，也是你授意的？”我翕动着嘴唇，内心已经彻底崩溃。

眼前这个要娶我的人，他比我更知道我的一切。

他知道我是被拐骗到清河村的孩子，却和所有人一起把我蒙在鼓里，若无其事地准备从拐骗我的人手中迎娶我；他知道我曾受尽清河村人的欺凌，曾被迫嫁给一个死人，却可以心平气和地跟那些人坐在一起谈项目，搞合作，共谋发展。

而我就像一尾通体透明的鱼，以为自己活得如鱼得水，却不知道早已被安排得明明白白，就像做了一场宏大的清醒梦，我醒着，而身边的一切都是假的。

“知恩，我那是为了保护你！”蒋先生急切地解释。

我木然地笑笑："谢谢，但不用了。"

"什么意思？"

"从我失忆开始，我已经被保护得太好了，但我需要的不是掩盖记忆，是有人站出来替我质疑——一个十来岁的小姑娘，哪来的力气凿开三九天的坚冰？一个十四岁的少女，怎么会傻到去断崖摘欧李？"

"你是说，冰窟窿是别人凿的，你掉下断崖也另有隐情？"蒋先生眉头紧锁，又眼前一亮，"知恩，你当年是被人当了替罪羊，后来又被人灭口？"

"也不算当替罪羊，当年我见死不救是真的，我不想把他救上来让他继续欺凌我，我太害怕他了。"

"那你为什么不把凿冰窟窿的人说出来呢，那样他们就不会把账都算在你头上了啊！"

"因为我想给自己留一个机会。"我笑笑，笑得满脸苦涩。

蒋先生点点头："我懂了，你想利用这个人帮你逃走。"

我端起酒杯一饮而尽："很失望吧？我从小就这么有心机，并不是你想要的傻白甜。"

"我要的从来都不是什么傻白甜，我要的是舞台上那个坚韧勇敢的小丫头。你从小经历那么多磨难都没被打垮，我果然没看错人。"

我一时没明白他的意思。

他笑笑："我第一次见你是在剧院的台阶上，你扭伤了脚腕，可还是忍痛坚持跳完了那支舞，冷汗把演出服都湿透了。"

我愣了一下。

他说的是我没错，可我一直以为我们第一次见是在那晚的庆功宴上，他喜欢的是我想吃甜点又怕胖，拿起来又放下，来来回回反复纠结的傻样。

"知恩，那个人是谁？"蒋先生突然问我。

12

我知道他要替我出头，但我没告诉他。

我自己的恩仇，自己了断。

眼下我只想先找到我的亲生父母，骨肉团聚。

我辗转一夜，想着明天再跟养母好好谈谈，如果她告诉我老家在哪儿，我们之间的恩怨就一笔勾销。

可她没给我机会，当天夜里就在哑巴养父的墓碑前服毒身亡了。

我本不想哭，可看着蒋先生从她身下捡起我拍婚纱照时拍的全家福和家里的户口本时，无论如何都控制不住自己的眼泪。

一个人的占有欲有多强，承受失去的能力就有多差。

她情愿把我身世的信息带进棺材里，也不愿让我与生母相认，她情愿死在我还没与她决裂的时候，也不愿看着我的名字迁出方家的户口本！

所有人都以为她给我起名“知恩”是为了让我牢记她的养育之恩，只有我知道她给我起名时，嘴里反反复复念叨：“知恩知恩，有了你呀，我这辈子都知足感恩！”

我将她与养父合葬，跪在墓前给他们磕头，突然想起我只跪她这一次，她却为了我跪在江子豪的棺材前把自己磕得头破血流。

我想起她在养父病床前抱着我们父女俩号啕大哭的样子，爬过去抱着墓碑哭得站不起来。

她走了，我自由了，这一场清醒梦总算彻底醒了。

我打点了简单的行装，向蒋先生提出退婚。

他问我是不是怨他像别人一样欺骗着我，怨他没有帮我寻找亲生父母，怨他在知道我被欺凌以后没有放弃开发清河村的项目。

我说是。

他又问我是不是想去找自己的亲生父母。

我说是。

但也不得不承认，他真的很懂我的心思。

他沉默了一会儿，打开保险柜，取出一个档案袋放在我面前："这些东西，我本来是一辈子都不想让你见到的，就像我永远不希望你记起忘掉的那些事一样。但我现在觉得，可能你看过了，才能真正懂得什么叫欺骗，什么叫保护。"

我迟疑着打开袋子，里面是一沓旧报纸，有《济南日报》《齐鲁晚报》，等等，每一份上都刊登着一则寻人启事，印着我穿花裙子的照片，明明白白写着在黄河滩捡到一个小女孩，急寻孩子亲生父母，孩子想家，请速来认领。

报纸里还夹着一纸备案记录，内容与启事完全一致。

联系人正是我的养母。

我翻看报纸日期，正是我来到清河村那年，好几份报纸，一连刊登了三个月，三个月都没人来认领我。

再仔细一想，当年我藏在芦苇丛中，没有听见一声生母的呼唤。

我听见自己心里"轰隆"一声，什么东西塌了，可能是支柱，也可能是希望。

当年我很可能不是走丢了，而是被丢了。

"岳母说她当年以为你是被遗弃的孩子，一时私心把你带了回来，可回来以后又很不安，寄了你的照片回去让娘家人立案登报，但始终没人来找你，她也只能把你带在身边。可谁知带又没带好，让你受了那么大的委屈，她这辈子都还不清你了，让我替她慢慢还。”铁骨硬汉蒋先生，说到这红了眼圈儿。

我捧着那些泛黄的纸张湿了眼眶：“所以你一直在呵护我幸福的梦境，不想让我醒来！”

“我跟江子豪父亲合作的条件之一，就是让他去给岳父母赔钱赔罪。虽然多少钱都无法换回岳父的健康，但总算替他找回了尊严，没让他含恨而终，也算替你尽了份孝心。”蒋先生轻轻拍着我的脊背说道，“没有取消清河村的项目，是为了找回你的尊严，只有当你掌握着他们的利益，才能让他们变成你身边的好人，包括江子豪的父亲。”

我含着泪微笑：“怪不得爸爸那么希望我嫁给你，原来他比我更了解你。既然爸爸原谅了江子豪他爸，我就放过他吧。”

“但有一个人是绝对不能放过的，他比江子豪更可怕。”蒋先生看着我，目光凌厉如刀。

13

我再也没去寻找我的生母。

只当那场藏猫猫是一场清醒梦。她来我梦中，我们就见一面，她不来，我也不会去找了。

有些梦真的无须醒来，有些真相未必是真相，我现在才懂。

半年以后，我跟蒋先生结婚了。

可高胜天没来送嫁，自从我翻出那条花裙子，他仿佛就在我的世界消失了，消失得比江宇还要彻底。

但我时常想起他。

想起我十四岁那年满怀期冀地对他说：“大哥哥，我没有说出你挖冰窟窿的事，你帮我逃出清河村吧。”

他说：“好，我带你走山路，没有人会发现。”

想起我出院以后回到家，他隔着篱笆问我：“知恩，你还记得我是谁吗？”

我当然记得！

我向他家人要了他现在的地址，寄出了我专门为他准备的喜糖盒子。

杀死那只工蚁

鸠森

“镜子告诉我，地球将于一周后‘重启’。”

“听说连续一周问镜子里的人‘你是谁’，过段时间你就会发现你已经不认识镜子里的自己。”

拥挤得像沙丁鱼罐头的地铁里，我身后是两个穿着中学校服的少女，一个留着油腻刘海，满脸青春痘的少女，故作神秘地正跟同伴说着最近听来的什么都市奇谈。

“据说做了这个实验的人都疯了或者失踪了。”青春痘少女压低了声音，“据说镜子背后其实是另外一个世界，窥伺着我们这个次元。”

“真的吗？”另一个下巴尖尖的少女满脸的好奇，“是不是外星人啊？”

地铁里的冷气聊胜于无，人们刚起床慵懒的臭味，七月雨水残存的潮气和少女身上甜丝丝的汗馊味，让我的神经异常敏感。

我一手拎着妻子做的便当和公文包，一手心不在焉地刷着手机，其实手机上面在推送什么我根本没看进去，只听着这两个女孩子说这段奇谈。

“或者是外星人在暗中观察我们。在我们转过身的时候，镜子里的那个自己正冷笑着盯着我们的后背。”

这个说法倒是挺有趣的。我看着她俩映在地铁门上的身影，暗暗想着。

地铁正高速行驶，呼啸着穿过漆黑冗长的隧道，周遭乘客皆昏昏欲睡。

“你别说了，怪瘆人的。”另一个尖下巴少女似乎也意识到了气氛不对，皱了皱眉，提了提滑下肩的书包带子。

我看着青春痘少女直勾勾地盯着我面前映出人像的车窗，她看着自己的人像一字一顿地问：

“你、是、谁？”

“啊——！”尖下巴骤然尖叫一声，与车轮摩擦铁轨一样发出刺耳的尖锐声响。

空调的冷风忽然灌入我的脖颈，激起我一身的鸡皮疙瘩。乘客们厌恶地白了眼这对大呼小叫的中学生。

“江杨站到了。”

这一声甜美的到站播报音解救了这两个讨人嫌的“中二”少女，她们吐了吐舌头，互相捶着对方的肩膀，嘻嘻哈哈地落荒而逃。

“江杨中学还是作业布置得太少了。”

不知是谁吐槽了一句，引得周遭乘客轻轻笑出了声。

我也忍不住弯了弯嘴角，看着车窗上自己的人像，忽然也有了一点童心。

“你是谁？”

我看着单位洗手间镜子里那个戴着黑框眼镜，穿着格子衬衫，老实木讷，甚至有些乏味的男人，也戏谑地问了一句。

镜子里的人面无表情地看着我，像是在看着一个傻子。

徐有宿，这是工牌上的名字。

那我是谁呢?

我是一个普通的白领，三点一线，房奴车奴，大学毕业与初恋女友领了证。

背井离乡，蜗居在这个一线城市已经两年，每天挤一个半小时的地铁从城郊到城市中心去上班，全职的妻子熨平的衬衫到了公司就已经皱成了一张卫生纸。

“哥，又是嫂子做的便当啊?”隔壁工位的苏洋笑嘻嘻地趴在隔板上，目不转睛地盯着我的饭盒。

一份蜜椒龙利鱼、煎得微黄的芦笋和蒸得糯软分明的米饭，整齐地码在饭盒里，旁边一格是饱满坚硬的小番茄，还带着一点水珠。

“是啊。”我笑笑，苏洋刚刚实习一年，女朋友还没找到半个，半年来倒是蹭了我不少便当，美其名曰：温暖单身狗，人人有责。

“嫂子煎的芦笋真是一绝!”苏洋嘿嘿一笑，吃了我半盒芦笋，好像他也有些不好意思，掰了一半脆苹果递给我，“徐工，咱俩一人一半。”

我打开身上携带的药盒，仰头把今日那格花花绿绿的药片和胶囊一并吞下去。

“刚吃了药，等等再吃吧。”

“哥你吃的啥药啊?”

“不是药，你嫂子折腾的啥保健品。”

“保健……品?”苏洋的语气意味深长起来，“果然结了婚就不一样了。”

“去你的！想啥呢。”我一巴掌拍在苏洋脑袋上，“维C啊，护肝片啥的，我也搞不清楚，你嫂子都要我吃一点。”

“哦哦。”苏洋神秘一笑，“哥，你给我片维C，我把苹果给你保个鲜。”

我将妻子说的那片维C递给了苏洋。苏洋丢到一次性水杯里，药片溶于水后，苏洋将那半个苹果的切面浸泡了一下，裹上了保鲜膜，放在了我的电脑旁边。

“赶紧找个女朋友吧，多会过日子的一小伙。”我打趣了一句。

“秃秃来了！”

苏洋瞥见那个秃顶的领导脑门反的油光，提醒了我一声，忙不迭坐回自己的工位。

“小徐，这半旬的报表写了吗？”秃秃腆着肚子，领带夹的一粒钻投了一点光斑在我的显示器上，我知道如果我兢兢业业再卖力一点，下个月显示器上的光斑会更大。

“领导，今早报表已经发给财务处了。”我朝他笑笑。

“好，小徐办事从来都有效率。”秃秃笑了，却将目光转向我的桌子，拿起了那半块苹果。

他看着手上的那半块苹果。

我看着他腕上那块劳力士的绿水鬼。

“小徐啊，节约是好，也不能过分节约了。”秃秃和蔼地将苹果放回我的桌子上，“都发绿了，还不扔啊？”

我这才看到苹果的切面，泛着青铜器一般的青灰锈色，古朴厚重，衬得老板腕上绿油油的劳力士都黯然失色，仿佛一个是刚出土的文物，一个是九块九包邮。

秃秃意味深长地拍了拍我的肩膀。

我望着那个发绿的苹果陷入沉思。

兴许维 C 过期了。

我摇摇头，继续工作。

一天平静无波地过去了。

我在小区楼下习惯性地抬头看，只看见妻子系着围裙温柔地站在家门口，温热的晚风吹起一点碎发，她将碎发别到耳后，朝我轻轻地笑，昏黄的灯光给她镀上一层不可言说的圣洁。

这也许就是我每天披星戴月，碌碌也幸福的理由吧。

妻子的头发松松地绾在右耳一侧，我看她背着我低着头热着饭菜，锅碗瓢盆的叮当声都如此悦耳。

她每天都是这样，温柔体贴，事无巨细，丝丝入扣地将我的生活安排得异常妥当，我知道只要我回到家，家中的事情都无须我来操心，就连我们的婚房也是妻子布置的。我常常打趣她这个全职太太当得就像上班一样，就是我妈这样尖锐敏感得有些刻薄的婆婆，也挑不出她一丝毛病。

她简直就像一道完美的程序，只要在我的目光之下，她就不会出一点 bug（漏洞）。

可是今天偏偏让我抓住了一点破绽。

我甚至幸灾乐祸地等着这个像机器人一样完美的妻子做一点意外的反应。

“老婆，维 C 好像过期了。”我从背后搂住妻子，贴在她左耳边轻轻抱怨她的粗心。

妻子的身体明显僵硬了一下，她的心跳也加速了。

我将手轻轻覆在妻子的手上，时值七月，又是烹制烟火的手，却是一片黏腻冰凉的冷汗。

我知道这是妻子紧张的表现，她在紧张什么？

仅仅是紧张把过期的维 C 给了丈夫？我又不是苛刻的上司，不会辞退她。

那她在紧张什么？

妻子机械地转过头，打量着我的神色，看到我脸上仍带着笑意，并无质问的意思，她才松了口气，抽回手，在围裙上擦了擦手汗。

“那……那就别吃了，新的……我再买些新的。”她说话也不太利索了，像极了第一次我同她告白时她语无伦次的样子。

“你觉得你还算个贤妻吗？”妻子的反应实在可爱，我忍不住板起脸多逗了她一下。

妻子的脸上骤然失去了血色，小脸惨白，她怔怔地盯着我。

“好了，我没有怪你。”虽然诧异妻子的反应如此大，但是这苍白的小脸看得我实在于心不忍，她真是把照顾我当成了终生的事业，以至于稍遭质疑便如五雷轰顶。

妻子忐忑地打量着我的神色，发现我只是戏谑，长舒了口气。

“贤妻是了，还差了个良母。”

妻子脸上飞上一抹红晕，格外惹人怜爱。

最是这一垂眸的娇羞，惹得人心神一荡，我忍不住轻轻吻了一下妻子侧脸。

“正经吃饭……”妻子轻轻推了我一把，“上了一天班了，也不嫌累……”

“好好好，老婆大人，吃饭吃饭。”

外头打了雷，天上翻滚着猩红的雷云，我记得同妻子求婚那天，也是这样的七月。

空气之中氤氲着潮湿闷热的腥气，天空混沌猩红，将大地也染上不正常的潮红。天地晦暗，像是恶魔即将从混沌母体之中分娩而出，天空酝酿一场助纣为虐的暴雨，为它洗礼。

“如果明天就是世界末日，你愿意嫁给我吗？”

外头夜已经深了，我靠着床看着书，看到东野圭吾的那句：“有时候一个人只要活着，就可以成为另一个人的救赎。”不知不觉想到了当初求婚的场景。我俯身给了旁边的妻子一个吻，引得她梦呓了一声。

我起身去洗手间，低头掬了一把水洗洗脸。

一抬眼却看见洗手池上的镜子，没戴眼镜的自己看上去竟然有些陌生。

我忽然想起来那两个女孩子说的都市奇谈。

我板起脸，看着镜子里的自己，像是审问一样：

“你是谁？”

狭小的厕所里回荡着我的质问，像是镜子里的人在重复。

说完这话我自己也觉得可笑，一把年纪了还信这种骗小孩的都市传说。

我弯腰拿起旁边的毛巾擦干脸，却瞥见镜子一角，是妻子站在我的身后，冷冷地看着我。

月色如霜，她定定站在光影交界处，脸上一半惨白，一半阴暗。那个陌生又冰冷的眼神盯得我通体发寒，似乎我不是刚刚与她耳鬓厮磨的丈夫，而是一具本该按时死去的尸体。

七月的天，我的背后出了一身冷汗。

当我再抬头戴上手边的眼镜时，发现妻子已经不在那里，回到卧室，妻子已经有了轻轻的鼾声，似乎刚刚只是我的幻觉。

我从背后搂住她，握住她冰冷的手，我听见她的心跳加快了，可是我一句话也没说，只是在她的脖颈处轻轻印下一个吻。

第二天醒来，又是一个艳阳天。

我像一张扑克牌，飞入即将关闭的地铁门中。

午休时，苏洋枕着手，懒洋洋地靠在椅背上。

秃秃的白秘书抱着一摞密封的文件袋，昂着头扭着腰挨个工位发下去，像极了小学时趾高气扬的课代表。

“体检报告这么快就下来了？”苏洋朝着白秘书笑得恭敬拘谨，“谢谢白姐。”

白秘书的眉毛肉眼可见地皱了一下，似乎也不屑同实习生计较什么，又婀娜多姿地走开了。

“白秘书最讨厌别人叫她白姐，忘了跟你说了。”我推了推眼镜，往苏洋碗里夹了块肉。

“为啥啊？”

“因为少妇的年纪，叫这个不好。”

在苏洋一脸天真地思索我这话里的含意时，我低头拆开了密封的体检报告。

一行行细细浏览下去，都是万年不变的内容，忽然我的目光在一行小字旁边停住了。

“颅内 CT 扫描信号不均，增强扫描呈不规则状，初诊鉴定为脑癌，建议收到报告后三日内来我院复诊。”

我呆呆地看着“脑癌”这两个字，脑子里响起一声炸雷。

“哦！少妇白……”苏洋恍然大悟地拍了一下脑袋，声音太大，以至于隔壁工位都瞥了他一眼。

“苏洋，来一下办公室。”

苏洋朝我瘪了瘪嘴，慢吞吞往老板办公室走去。

我还看着手上那份体检报告发呆。

“徐工，喂，徐工，你也去一下。”

正发呆时，一旁的同事推了推我的肩膀，我才回过神来，抬头一看，苏洋从办公室出来了，不是被骂后吐吐舌头，也不是被老板打击后的沉默，是一脸的茫然。

“老板，你找我？”

“小徐啊，这段时间有没有什么计划呢？”秃秃忽然变得和蔼可亲起来。

“计划……？计划与客户再探讨一下我们两个方案到底哪个……”

“不是，”秃秃撑着手，和蔼地看着我，像是在估摸着我多少钱一斤，“考不考虑休息？”

“老板？我这边没有什么负担，也没有要娃的打算，这么些年我为我们公司……”我忽然有了点不好的预感。

“小徐，你别想多，我不是法盲，这个时候我不可能辞退你。”秃秃摆摆手，示意我不要乱想，“医院那边给我打了电话，你明天去复检一下吧。”

我愣住了，仔细思索老板话中的含意，其实不用思索了，他眼中的怜悯已经饱和得都快溢出来了。

“公司会给予最大限度的支持。”

我呆呆傻傻地走出了办公室的门。

我失魂落魄的样子在同事的心里应该解释成了白秘书不能得罪。

洗漱台前，我低头掬了一把冷水，狠狠地拍在了自己的脸上。我抬头看着镜子里的自己，脸色苍白，嘴唇泛青，水渍像突突跳动的血管，从脖子蜿蜒到衬衫胸口。

我愣住了，看着镜子前狼狈不堪的自己。

“你是谁？”

脑子里忽然响起自己的声音，我几乎不假思索地对着镜子也问出了声。

这三个字落在洗手池上，一点回音也没溅起。

我是一个丈夫，是一个儿子，是一个为了生存每日奔波劳碌的人，无大是大非的一个普通人，为什么偏偏是我得了病？

我强作镇定回到了工位。

外头艳阳高照，这位于市中心的高层写字楼，工位格子拥挤逼仄，一格格的工位像极了玉米上拥挤的玉米粒，每一颗玉米粒必须脚下生根，努力汲取高层写字楼的阳光，才能将自己卖个好价钱。

我像一粒玉米粒在我自己的工位上，四台监控就在头顶，一粒玉米的缺席总是很快会被发现，却无人管这粒玉米是不是正从牙床开始腐烂。

我已经腐烂了。

“徐工？小苏？你们脸色不太好。”分管的小领导关切地看着我和苏洋。

“我有些不舒服，先打卡了。”我低头回避着他的目光，收拾了东西准备走。

我不想去医院确诊一下绝望，没有坐地铁，我打车回了家。

在小区楼下，我想着要不要跟妻子坦白我的病情，我抬头看向自己家的阳台，看见妻子洗好的床单在风中轻轻飘动。

我眼睛一热，差点哭了出来。

却看见妻子围着围裙开了门，我忙躲在一旁，我还没想好要不要跟她讲这件事。

妻子开了门，左右张望了一会儿，掏出围裙中间的钥匙，轻轻打开了邻居家的门。

我看见一只手伸出来揽住了她的腰。

我愣住了。

七月的阳光照在我的头上，令我一阵目眩，我听见了脑子里一条神经崩开的声音。

出奇的是，我没有冲上楼去质问，也没有难以遏制的怒火，我静静坐在路牙石上，我知道下一秒我就要粉身碎骨，可是这一刻我只想静静看着，看着一片雪花滚成陨石，等它重重砸下。

第一片雪花是什么时候落下的？

是我对她求婚的那个雨天？还是她那个陌生人一样的眼神？或者是……我忽然想到了那片过期的维C。

想到这里，我发疯一样跑回了单位，翻箱倒柜找到了几天前的保健品，因为我总是不按时吃药，经常有忘在办公室的药片。

信任如同鲁伯特之泪，可以比金刚石坚硬，也脆弱得经不住一点捕风捉影的疑心。

我捏住了鲁伯特之泪的尾巴。

肿瘤确诊是恶性肿瘤，像一个熟烂的小番茄让医生难以下手。

“医生，我这个肿瘤可以是药物或是饮食导致的吗？”

“不良饮食习惯或者特殊毒性药品、食品会催化乃至诱发肿瘤。”下巴上有一颗胭脂痣的年轻女医生推了推眼镜。

“医生，我这个……情况乐观吗？”

“还要看后续化验结果。”她的语气带着习以为常的谨慎和对濒死之人的一点耐心，“保持良好的心情，不要想太多，这个肿瘤压迫到了你的神经，有可能会目眩乃至于出现幻觉，精神压力不要大，好好休息，下次不要一个人过来，家属陪同最好。”

医生的话滴水不漏，我沉默了。

女医生见我不说话了，呼叫了下一个病人。

“请A1001号苏洋就诊。”

听到这个名字，我猛地抬头。

我看见苏洋进了门，看到我的一瞬间，他也是一脸错愕。

我心虚地冲他点点头，借口去拿化验报告匆匆逃开。

正如我所想的那样，药品理化性质不明。

我听见手中鲁伯特之泪炸得粉碎的声音。

电话响起了，是苏洋打来的，我犹豫了片刻，还是接通了。

“哥，我确诊了脑癌，治不好了。”

电话那头苏洋的声音故作轻松，仿佛在说：“对不起啊哥，又偷吃了你的便当。”

“苏洋你听我说，得了病大不了就治，你现在在哪儿？我在医院门口等你，有什么事情你跟哥说，哥在呢啊。”说来人这种生物也奇怪，明明自己已经深陷泥潭，还要渡一下后来者。

“哥，我真的没办法了，我什么都没有了……”

“苏洋！是个男人你就担着，横竖不过是一条命，你听着，我在医院门口等你，有什么事我们哥俩好好说。”

“好，哥，你在医院门口等我。”

听着电话那头的声音渐渐平静了，这种场景就像无数次实习的他被上司前辈骂得狗血淋头，我隔着挡板递给他一杯咖啡，教他怎么改方案，在他眼里我就是一个靠谱的前辈，无论发生什么，我总会站在他这边。

这次也不例外。

我挂了电话，嫌电梯太慢，我从楼梯一路狂奔到门口。

在三楼时，隔着玻璃我看见了苏洋，他头朝下冲我挥了挥手，笑容腼腆拘谨如当初第一次见面。

我看见了他的口型：

救我。

我没想到苏洋会比我快。

他就在我眼前直直地坠落在医院门口的地上，摔成关节扭曲的一摊烂肉。

我大脑中一片空白，看着苏洋睁着一双眼睛看着我，仿佛他是替我死去的。

“哥，我真的没办法了，我什么都没有了。”

苏洋啊，我又剩下什么呢？

一个居心叵测的妻子，一个如定时炸弹的肿瘤。

医院的动作很快，高压水枪冲洗过的地面十分干净，又被太阳烤炙得十分干爽。

人群又流动起来，像没人活过，也没人死去一样。

我走到苏洋刚刚躺下的地方，慢慢躺下身子。

好像这样我也死去了一样。

我慢慢闭上了眼睛。

“你是谁？”

我看见和我一模一样的人在镜子前冷笑着看着我。

“一个工蚁，碌碌而死的工蚁。”他眼中带着怜悯，示意我回头看。

我回头，却看见我的妻子在我身后高高举起了刀。

我猛地睁开眼，发现自己躺在家中卧室的床上，从窗帘后透过的光看来，应当是下午四点。

空气中是黄昏时分独有的沉默和压抑气氛，我看见纷飞的灰尘颗粒和妻子侧脸一层浅金色的绒毛，什么都是安静的，只有妻子削着苹果皮发出细微的沙沙声响，像极了大二那个空荡荡的教室，空气中只有吊扇吱呀的声音，她静静坐在旁边等着已经睡着了的我醒来。

她脸上的神色还是那样地温柔平和，无懈可击，滴水不漏。

如果醒来了，回到的是大学那个时候，该多好！

我心中一阵苦涩，甚至逃避地想着要不要干脆装睡。

可惜她已经察觉到了我的目光，偏头向我一笑，递给我一块苹果："真是什么地方都能睡着，警察局叫我去领人的时候我还吓了一跳。"

我将头偏了过去，声音因为刚刚醒来而显得嘶哑："亲爱的，坦白了吧。"

妻子明显愣了一下，好在她很快就反应过来了，将手中的苹果和水果刀一并放在床头的盘子里，刀碰在瓷盘上发出一声清脆冰冷的声音。

"坦白什么？"妻子微微一笑。

"药，镜子，你的行为，这件事实在突破了我对你的认知底线，你……不需要我细说了吧？"我尽量不让她难堪。

"还是被你发现了吗？"妻子渐渐收起了脸上的笑容，可惜似的叹了口气，"数据还没收集够。"

"什么数据？"我甚至期待她编出什么身不由己的故事。

"既然你已经发现了，那我不妨实话实说了。"妻子一脸诚恳，这个表情我在很多合作的客户脸上见过，"你的妻子在两年前已经死了。"

我知道妻子天生幻想丰富，谈恋爱的时候就幼稚得像个小姑娘，但是出轨编出这般荒唐的借口，我险些被她气笑了。

"既然你说你已经死了，那我眼前的人是谁？我记得你是独生女。"我干脆也坐直了身子，听她编个可笑的出轨借口。

"两年前，你们的地球像桑斯怪胎一样，在宇宙的子宫里停止发育了。"

这个解释太离经叛道以至于我觉得我现在应可以去回答一个"你听过最扯淡的出轨理由是什么"这种问题。

“两年前？”

“我不是你的妻子，准确地说，我是一个寄生者，对了……你知道鬣狗吗？”妻子看着躺在床上的我，带着一点高等文明居高临下的怜悯，“你们蓝星草原的清道夫，鬣狗。”

“我们就像宇宙的清道夫，清理停止发育的文明。我们监视遗民，修改遗民的记忆，收集你们的文明，可是工作量太大的话，难免出现纰漏，比如你们说的什么‘曼德拉效应’，你们觉得有些事情似曾相识或是发生过，其实是记忆回潮，不过所幸你们并不追究。”妻子用叉子叉起一块苹果，慢慢送入口中，“不过在这时我们也发现了有趣的现象，你们人类的社会模式。”

“所以呢？”如果我是个写小说的，我真的要感谢我的妻子给了我这么好的一个灵感。

“你们人类就像工蚁一样安稳且有序，我们想了解培养一个工蚁的最低成本，可能是爱是责任。”妻子的表情充满怜爱，似乎眼前的我不是与她平等的人，而是一个可以榨油的玉米，“你是一个优秀的样本，可是你的身体出现了一些症状。”

听到这里，我脸上的表情渐渐凝固了，因为体检结果，我从来没跟任何人讲过！妻子根本不可能知道！

“很可惜我们不能自证身份，我只能尽力给你些证据……你脑子里的东西，一开始是个玉米粒，后来长成了一个……爆米花。”妻子指了指自己脑袋的一处，恰是我检查报告肿瘤所在之处，见我的表情变了，妻子满意地笑了笑，“我们实在不愿放弃这么好的实验样本，所以我们冒险为你用了药，结果被你察觉了。”

“所以你也没有这么爱你的妻子。”她托着下巴，笑起来眼睛眯成两道新月，“你还会怀疑她，工蚁可从来没质疑过蚁后。”

我张张嘴，却说不出话，像一颗两头尖尖的橄榄核，哽在喉咙黯然失语，咽下去又血肉模糊地刺痛。

“你还是不肯相信，对吧？”

“我要怎么相信？”我声音嘶哑。

妻子皱起眉头沉思了片刻，她似乎也发现了自己的证据有些匮乏。

“人类无法得知宇宙深不可测的恶意，正如同在车底取暖的猫不知道发动机的声音意味着什么。”妻子看着我，眼神中的同情让我心中发寒，“我们也只是星球最底层的清道夫……乃至于说，我们其实不被作为独立的生命体看待，我们就像你们星球的洒水车、垃圾箱，一个公共设备设施怎么能去证明自己是外星人呢？”

“你这里很难受，我感受到了。”妻子的食指轻轻点在我的胸口，面上仍是笑吟吟，“样本的情绪也被绑定在我们身上，可是你们的大脑似乎自带一层严格加密的屏障，我们无法窥见你们的内心，所以我们猜，你们把工蚁的动力藏在这里了。”

“我能感知到你的情绪，这也算一个证据吧？”妻子朝我俏皮一笑。

“隔壁那个人是谁？”我颤抖着问出自己根本不愿提起的事实。

“隔壁？”妻子愣住了，很快笑道，“隔壁根本没有过人啊。”

我知道她是不会承认的，连外星人这般可笑的借口都搬出来了，真以为我是天真烂漫吗？也罢，我现在什么都没有了，索性看她要演出什么戏码。

“什么时候……什么时候她不在了？”我深呼吸一口，试图掩饰颤抖的声音。

“两年前的夏天，天空是红色的，她就是在那日死去的。”妻子看着我，“因为你不能接受她的死亡，所以我们修改你的记忆非常顺利，你也因此成了我们最关注的样本。”

我死死盯着她，想找到一点说谎的证据，可我失败了。

“不过我想知道，你是什么时候发现异常的？”妻子看上去颇为苦恼，“我觉得我们做得滴水不漏。”

“我没有发现过。”我竟然觉得有点讽刺。

这次是妻子愣住了：“那你对着镜子问什么？”

“你怎么知道我对着镜子？”我忽然有点相信了妻子的鬼话，可是我要怎么跟她解释，这只是我们工蚁偶尔心血来潮的童心？

“每一面镜子的背面，都是我们的监视者。”说到这里妻子似乎还有些骄傲，“我们监视所有遗民，你这样的遗民被我们称为‘复苏者’，你的朋友苏洋也算是‘复苏者’。”

“所以你们杀掉了他？”我忽然想到苏洋临死前的那个口型。

原来不是“救我”，而是“快逃”！

“嗯，他本来想坐电梯的。”妻子微微一笑，“他很信任你。”

事已至此，我竟说不出话，只怔怔看着她。

“所以……你们要如何处置我？”我想到了苏洋那个扭曲的姿势。

“按照你们的规矩，我们应该离婚对吧？”妻子冲我眨眨眼，“但是按我们的规矩，我们要你闭嘴。”

说什么人只要活着，就可以成为另一个人的救赎，我曾经的救赎，我的妻子，已经迫不及待为我做寿衣了。

“你还有什么想问的吗？”妻子静静看着我做最后一点挣扎，“如果没有，这份离婚协议书还要你签个字。”

终于走到正题了吗？说了这么多谎还是要离婚。

“说完了吗？”我微笑着看着她，也叉起一块苹果放入口中。

“我检测到你的情绪非常不稳定，犯罪指数非常高。”

"再让我抱一下吧。"我张开了手。

"这是你们人类的告别仪式吗？"妻子笑着起了身，"我们模拟成你的形态去接近苏洋时，他也让我们抱了他一下。"

妻子抱住了我，我的脸埋入一片海藻一样的秀发中，我贴在她脆弱纤细的脖颈处，闻到了我熟悉的香味，感受到了她脖子上突突跳动的血管。

无论怎么看，我怀里的妻子都是我的妻子，虽然她出轨乃至于谋杀我，最后还想巧言令色地与我撇清关系。

可笑的是最后我也什么都没有了，却还差点相信你的鬼话。

我伸手摸到了盘子里的水果刀。

冰冷又真实，一点也不像怀里的人，温暖又虚伪。

我看见镜子里的自己高高举起了刀。

我被投进了监狱。

妻子没有骗我，我满身是血地撞开隔壁的门时，发现隔壁连地板都落满尘埃。

那日搂住她腰的，究竟是我肿瘤压迫到神经的幻觉，还是确有其事，都不重要了。

她到底有没有出轨，甚至有没有下毒，我也无从得知了。

在监狱里人也因为犯的罪被分成三六九等，因为我杀了一个温柔体贴的妻子，她不是什么外星人，所以我是杀人犯，判的是无期，因为我犯罪时脑子里有个肿瘤，医生推测有致幻的可能，所以我的律师跟我说争取好好表现，还是有可能改成有期，甚至提前释放。

然而等待宣判的时候，我被关在四面是墙的禁闭室里，不断反省自己到底是杀了人还是正当防卫。

他们说我是杀人犯，残忍地杀死了自己的妻子。

可我坚称自己杀死了监视我的外星人。

他们怀疑我脑子里的肿瘤变大了才会胡言乱语，于是我获得了一次就医的机会。

我看见那个曾经为我诊断的女医生隔着一面玻璃坐在那里，她撑着手，膝上放着一本书，下巴那颗胭脂痣衬得她风情万种。

我看清了她手中的书，是恩格斯的《家庭、私有制和国家的起源》。

“又见面了。”她抬起下巴朝我笑了笑。

“是啊，不过地点实在有些糟糕。”

“你犯了很严重的罪，肿瘤恐怕也不能为你开脱。”

我笑了笑，已经不想作辩解了。见我沉默，女医生却笑了：“破坏公共财产确实是很重的罪。”

我忽然想到妻子说的那句：我们也只是星球最底层的清道夫……乃至于说，我们其实不被作为独立的生命体看待，我们就像你们星球的洒水车、垃圾箱，一个公共设备设施怎么能去证明自己是外星人呢？

我瞳孔骤然一缩，猛地站起身。

“坐下。”女医生推了推眼镜，“你不用担心，这里没有镜子，我也是货真价实的活人。”

“你是……‘复苏者’？”我忽然想到了苏洋的死。

“你这样说也不错，不过如果有机会，你还是叫我的名字吧，我叫朱莎。”女医生将书合拢，笔插进胸前口袋，起身准备离开。

“我要怎么做？”我看见了一丝生机。

“监视者给你准备了一间囚房，有一面镜子。你还是很好的样本，他们要看工蚁在什么情况下，会反抗蚁后。以及违背规则的工蚁，经历什么样的改造才能回归族群，再次任劳任怨。”

朱莎回过头意味深长地看了我一眼。

“暴力不合作，永远得不到数据，永远活下去。”

我的律师告诉我，好好表现，还有可能有期甚至提前释放。

这个自称是“复苏者”的女医生却告诉我暴力不合作，才能活下去。

生存还是死亡，这是个问题。

眼前的玻璃像极了一面镜子，又映出一个陌生的自己。

我选择了顺从，因为我想了解真相。

托了朱莎的福，她是肿瘤和精神领域的专家，她和律师不要脸地为我争取到了精神病患者的待遇，无罪释放。

而我却并不乐观，因为镜子后面的外星人在围剿“复苏者”，先是苏洋，现在应该是我了，如果我想活下来查明真相，我必须找到那个自称是“复苏者”的女医生——朱莎。

“我真没想到你这么快就被放出来了，大骗子。”朱莎正在她家的客厅跷着二郎腿，饶有兴致地盯着我。

“你能对同类有点同情心吗？”我没好气地扯下自己的口罩和帽子，“你知道我费了多少工夫才从监狱里逃出来的吗？”

“你只是报废了个扫地机器人，你的研究价值还在，监视者本身就不会给你判多重的罪。至于你费了多少工夫——鉴定报告是你写的吗？”朱莎说到这里笑得更加得意，“你倒不如把我出卖给他们，兴许他们还能放过你。”

我白了她一眼，却发现朱莎的家有些怪怪的。

“我这里没有镜子，所有反光的东西都叫我磨毛了。”朱莎端来两杯水，将一杯轻轻放在我面前，“监视者无处不在，我花了很大的代价研究监视者，现在我大致能感应到监视者的方位。”

“结果呢？”终于轮到我嘲讽她了。

“结果就是我发现我们处在一个巨大的幻境中。你可以把它理解成VR，如果我们得以窥见这个幻境的支点，我们就能挣脱幻境，这就像是说我们拔掉了VR设备的插头。”朱莎喝了口水，“我们就能醒来，和外星人平等对话。”

“我明白你的意思了，地球已经毁灭，我们的身体是处在外星人的实验室里，可能是沉睡状态，我们需要从梦里醒来。”

朱莎点了点头：“看来我误会你了，我以为你只是个没用的社畜。”

“所以我们应该怎么做？”

“你的朋友苏洋就是个‘复苏者’，他告诉了我如何识别‘复苏者’，如何从监视者手下挽救他们的生命，毕竟我们的队伍越大，争取到胜利的可能性就越大。”

“我明白了，那我们现在应该做什么？”

“等。”朱莎气定神闲地丢了一颗泡腾片进水里。

“等什么？”

“你是十万个为什么吗？”朱莎白了我一眼，“我们需要等，等监视者出手，因为只有他们出手，我们才有与之交锋的机会，否则我们在明，他们在暗。”

我理解了朱莎的意思，她要挽救遗民的生命，借此与外星人谈判，而只有与外星的监视者交手，我们才有机会找到幻境的出口。

但是发现这一切的苏洋已经死去了。

“那天你为什么不救苏洋？”我忽然想起苏洋死在了她办公室的楼下。

“我提醒了，可是监视者比我们狡猾多了。”朱莎叹了口气，“苏洋知道你是遗民，所以对你没有设防。”

我沉默了半晌，勉强打起精神：“尽快吧，我的时间也不多了。”

“你脑子里的东西都好了，他们一时寻不到你的破绽不会对你下手。”朱莎耸耸肩，“你比别人安全多了。”

“朱莎，你说出口会不会是死亡？”我忽然想到苏洋的那个口型。

朱莎像是被踩到尾巴的猫，猛地盯住我：“不会！”

我被她这个反应吓了一跳。

“绝对不是死亡，绝对不是从楼上跳下去这么简单，千万不要想着自杀。”朱莎抓住了我的手，认真地盯着我，她的一双眸子像极了猫，“遗民的生命很宝贵，死去一个，这个星球就失去一分希望。”

我似懂非懂地盯着她，虽然我不知道她为何这么紧张，但是这份紧张的情绪传染到了我的身上：“你放心，我不会自杀……”

见我如此说道，朱莎的脸色才好看一点。

“对不起，我只是太害怕了。”朱莎的眼睛有些湿润，“如果你也遭遇了什么不测，我真不知道怎么办了。”

我点点头，轻轻拍了拍她的背。我能理解，如果这世界上只剩下我一个活人，我大约也会疯掉。

“我们能赢吗？”良久的沉默后，我试探性地问了她一句。

“如果不能，人生最后的时光，你想做点什么呢？”

“做一个工蚁太久了，我想尝试一下成为社会废物。”我忽然想起了那个系着围裙的温柔背影，心头一酸，“因为没了蚁后，工蚁也没有存在的必要了吧……你呢？”

“我想……告别一下老朋友。”朱莎看了我一眼，扯出一个勉强的笑，说来也奇怪，她看上去是个强势的御姐，可是骨子里却是个脆弱的小女孩。

“我们会赢的。”我轻轻拍了拍她的肩膀。

朱莎只静静看着我，一言不发。

我在江杨地铁站附近租了个房子，房子不大，也没有一面镜子。

我靠着朱莎给的生活费过日子，一开始我还有些过意不去，朱莎说这本来就是虚拟世界的货币而已，生不带来死不带去，要我必须收下。我拗不过她，只得答应。

房子靠近地铁站，每天早晨七点我都能看见一群江杨中学的学生背着书包朝气蓬勃地跑进地铁站，可是我从没看见过上次那两个女孩，兴许是毕业了吧。

朱莎没有骗我，她说的等，果然是等。日子就这样过去了一年，我竟然真的过上了当初渴望的社会废物一样的生活。不知是不是我脑子里消失的肿瘤又长出来了，我经常感觉到头晕目眩，有一次我只是蹲了一会儿站起来，就眼前一黑，倒在家里一整日，若不是朱莎给我打了个电话，我恐怕都醒不过来。

朱莎说我脑子里没有肿瘤，干干净净的。

我怀疑她只是安慰我，却没有证据。

就在我快对这日复一日的废物生活绝望了的时候，我接到了朱莎的电话，电话那头的朱莎格外兴奋：“江杨地铁站，他们要对‘复苏者’下手了！”

我猛地从床上坐起来，动作太急促以至于我的脑子一阵钻心的痛。我一个脱力，从床上重重地摔到了地板上。

我挣扎着起来，眼前是一片斑驳刺眼的殷红——我可能摔破了鼻子。

可那一瞬间，我忽然想到了朱莎问我的那句话：“人生最后的时光，你想做点什么呢？”

我的心忽然凉了半截。

可是我还是抓起了衣服，胡乱擦了一把鼻子，夺门而出。

虽然是傍晚，可七月的阳光还是有些刺眼，空气里也有夏天的潮气。

江杨地铁站到了，我在四处环视，寻找朱莎的身影。

一群穿着江杨中学校服背着包的学生说说笑笑地从我面前过去了，这会儿正是放学的时间，地铁站分外拥挤，空气中充斥着少男少女们身上甜丝丝的汗馊味。

地铁呼啸着进站，门开了，头顶是甜美的地铁广播音："本次列车停靠江杨站，下一站，江北足球场。"

正当我四处环视时，朱莎忽然从我身后出现，她一把抓住我的手，把我拉进了地铁。

我后脚刚落地，地铁门就嘀了三声，慢慢关闭。

"'复苏者'在哪儿？"我压低了声音问她。

"嘘。"朱莎冲我做了一个噤声的动作，她闭着眼睛仿佛在用直觉捕捉什么东西，忽然她睁开了那双琥珀色的眼睛牢牢盯着我，眼中尽是志在必得的锋芒，"在你身后。"

我猛地回头，看见那个少女时我愣住了。

身后的少女一个人倚靠着地铁门，书包带子斜斜地歪下肩膀，她不就是那个青春痘少女吗？只不过脸上的痘痘已经消了，人好像也瘦了一圈，身边那个尖下巴少女也不见人影了，所以我几乎没认出来她。

是她？我心中一惊。

正诧异时，地铁停了，江北足球场到了，人流涌入地铁，我紧紧盯着那个女孩。

"来了。"朱莎压低了声音。

我看见了那个尖下巴少女上了车，亲密地挽住了青春痘少女的胳膊，青春痘少女身子微微一僵，却还是顺从地任她靠着。

我大气也不敢出，死死盯着这两个女孩。

地铁从地下转到地上，我看见城市的霓虹灯像星星一样亮在脚下，旁边平行对向的地铁与我们这列呼啸着擦肩，车上的人们大都东倒西歪，昏昏欲睡。

地铁正在高速行驶，而这时，青春痘少女身后的地铁门摇晃着开了，青春痘少女却毫无察觉。

就在地铁门开了的那一瞬间，我看见尖下巴少女死死抱住青春痘少女从开了的地铁门直直跳下。

人群的惊呼声中，我几乎是想也没想，跟着跳了下去。

幸运的是地铁的高架下，还有一处废弃的桥墩，这两者落差不大。我抓住了青春痘少女，不幸的是我抱着少女重重地摔在了桥墩上。背后的碎石刺穿了我的手臂，至于背后也不用猜，骨头肯定是断了，我一歪头，吐出一大口鲜血。

青春痘少女像个刚出生的羊羔趴在地上颤抖，她还没从九死一生中回过神来，就看见我死人一样地躺在旁边，桥墩下面是她好友血肉模糊的尸体。

这个少女大概还没明白为什么这个素未谋面的陌生人要豁出命去救她，也没明白为什么好友要置她于死地。

我平躺着一睁眼就看见漫天的星星，一闪一闪，好奇地打量着这两个狼狈的人，耳边风声响起，头顶时而有地铁呼啸而过。

我躺着听见了脚步声，我努力挣扎着想站起来，却发现自己只能像一摊烂泥瘫在地上，脚步声近了，我看见了来人下巴上有一颗风情万种的胭脂痣。

我看见朱莎朝我缓缓走过来，她轻轻鼓了鼓掌：“恭喜通过测试——关于违背规则的工蚁，经历什么样的改造才能回归族群，再次任劳任怨。你的表现非常出色，所以我们决定给你重新投放一个幻境。”

“除了身份……你还骗了我什么？”我瞪着朱莎，努力掩饰住声音中的颤抖。

“除了身份，我没骗过你什么。”朱莎一脸真挚。

我轻轻笑出了声。

见我笑了，朱莎反而有些诧异：“工蚁，你笑什么？”

“我说我预见了这个结局，你信吗？”

“哦？我不信。”朱莎也笑了，“你若是预见了，怎么还会去犯险？”

“因为我找到了那个支点。”我忍着疼痛看着朱莎，“不过这个支点的存在，不是你骗我的。”

“什么？”朱莎愣住了。

“地球上就剩我这一个遗民了，对吧？”我看着朱莎，一脸平静。

朱莎一脸错愕地盯着我，仿佛不敢相信我说了什么。

“从一开始我就知道了，只是不愿意相信。无论是镜子后面的监视者，还是我们身边的‘复苏者’和公共设施，都是为了我——地球最后一个遗民。从一开始妻子就同我说了，你们监视遗民，修改遗民的记忆，收集我们的文明，可是如果那一场末日过后，地球上只留下了我这个遗民，就像世界上最后一只猫要灭绝了，我们人类要做的是拼命收集它的数据，留下视频影像，乃至于复刻它的基因。

“你们害怕我的死亡，就像我们人类害怕最后一只猫的灭绝。如果你们真的轻而易举就杀了‘复苏者’苏洋，也不介意再随随便便消灭一个我，对不对？”我微笑着反问朱莎。

“你……是什么时候知道的？”朱莎愣住了。

“我和苏洋是在你诊所外面遇见的，你不该知道我们认识，当然，这只是一个很小的破绽。”我笑了笑，“我不相信有清理停滞文明能力的外星人会觊觎地球的工蚁，我不相信千亿光年之中的宇宙生命只有人类懂爱和责任，我更不相信收殓文明的人会摧毁文明本身。”

她张张嘴，发现自己无话可说，沉默良久，她缓缓说了句：“很久以前，有一个星球的遗民，死于孤独。”

“那我找到了插头，对吗？”我得意地冲她一笑。

“为了防止这种情况再发生，当我们找到你时，我们给你制造了幻境，然而假的就是假的，每一次你发现了幻境的漏洞，我们就不得不重新给你编织一个新幻境。我以为这次的剧本足够让你再活得久一些，可是……”

“可是我快死了。”我微笑着看着朱莎，“你们改变不了时间，这也不是我第一次进入幻境了吧？”

“所以我们决定让你知道真相，如果你能自己察觉，我们就认为你有接受事实的权利和心理承受能力。”

朱莎不是高高在上地俯视着我，而是安安静静地坐在我身旁，皎白的小腿垂在桥墩边缘，晚风轻轻吹着她的裙摆：“有的遗民是死在梦里的，他们至死也不知道星球已毁。”他们说错了，他们不是草原的鬣狗，他们是星球文明的入殓师。

“朱莎，我赢了，我想从幻境中出来。”我提醒朱莎，生怕她说话不算话，“我想再看看这里。”

朱莎扶着我坐起来，我最后恋恋不舍地看了一眼这城市夏夜的景色：远处星星点点的霓虹灯火并着盛夏微醺的晚风，地铁穿过城市的呼啸和风中香樟梧桐的香气，还有旁边穿着并不合身的校服的少女。

“可以了吗？”朱莎体贴地问了一句。

我点了点头，看着眼前盛夏的景象在一点点崩塌破碎，变成万花筒里成千上万的绚丽光斑，紧接着便是一阵刺眼的光，我闭上了眼睛。

再醒来时，我发现自己躺在一个纯白的实验室里，而实验室的天花板是一块巨大的镜子，这样就算我躺着，实验室的情况我也能一览无余。

我看见我光着身子躺在白色的病床上，身上插满了各种透明管子，我满是皱纹的脸像一只牛油果，白发柔顺地垂落在地上。

我忽然觉得身体很累，可是我的心出奇地平静。

我看见朱莎穿着白大褂坐在椅子上，旁边是一个巨大复杂的仪器，跳跃着我看不懂的数据。

“你醒了？”朱莎偏过头来看我。

“嗯，原来我老了是这个样子。”我看着自己的脸，身上是密密麻麻透明的白色管子，我像个被透明胶带缠住的木乃伊，稍微转个头都得费半天劲。

“我多老了啊？”

“照你们的说法，你已经107岁了，虽然身体正在死去，但是你的精神很活跃，我们见过很多星球的遗民，可是你是精神力最好的一个。”朱莎夸了我一句。

“你们在我身上模拟了几次未来？”

“1207次。”朱莎抬头看了看机器上的数据。

“在这1207次里，我的妻子……”我欲言又止。

“在这1207次里，她都接受了你的求婚。”朱莎微笑着，“我们能复刻他们的情感，也就是本体决定着复刻者的决定。”

“那在这1207种未来里，我遇见你几次？说实话，最后这一次我见你有些眼熟。”

“我们在无数的幻境中有过无数次匆匆一面，然而我们相识仅此一次。”朱莎笑了笑，“我们也算老朋友了。”

“是吗？”我撇撇嘴，“到底是看我太可怜了，才给我画了重点。”

“不是，是因为你的状态不太好，在你从监狱出来以后，幻境中你的脑子确实是没问题了，可是你的生命力正在枯竭，甚至无法维持幻境中的精神力。”朱莎扶了扶眼镜，又低头在手中的板子上写着什么，忽然她的脸色不太好，“不对……生命特征逐渐衰弱，我决定给你注射一剂……”

“朱莎，你模拟过我的过去吗？”

“没有……过去已经无法改变，我们要看的是未来。”

“最后一次，我想回过去看看。”

“那好吧，不过你的状态真的不太好……”朱莎愣住了，她深深地看了我一眼，开始着手调试机器，“……回到什么时候呢？”

“我想再看看末日那天的云。”我努力冲她扬起一个微笑，这个动作差点让我失去意识。

“好。”朱沙眼中有点湿润，她把手放在了机器上。

“我要睡觉了，麻烦关下灯。”我朝着头顶的灯努了努嘴。

“那么……晚安，地球上的徐有宿。”

虽然习惯了告别，可朱莎的声音还是有些颤抖，我看见朱莎的眼睛又红了。

“晚安，朱莎。”我最后又转动着眼珠看了她一眼，好像眼球是我唯一能活动的器官了。

“再见，老朋友。”朱莎的手放在了机器上。

“倒计时，三、二……”机器响起了甜美的女音。

我慢慢闭上了眼睛，意识渐渐涣散时，我听见了两滴水落在地上的声音。

陷入无边黑暗的一瞬间，我还在猜朱莎是不是哭了。

地球上最后一个生命睡着了。

地球熄灯了。

红叶

木吉

“这个世界，不配拥有女孩。”

1

“你知道将一片叶子藏在哪儿最不容易被发现吗？”

“森林里。”

“那如果你有一片红色叶子，可眼前却只有一片满是绿叶的森林呢？”

“这不就一下被发现了嘛，红色这么亮眼。”艾伦高声嚷道。

我笑笑：“那就把红色叶子染成绿色放进去喽。”

18 岁成年礼前的这个下午，我像往常一样和艾伦聊着无厘头的话题，可是我们心里都明白，这样悠闲的日子恐怕不会再长久。

对于三天后的成年礼，我在忧虑中又带着些期待。经过这十八年的训练，我相信自己能顺利通过测试，甚至迫不及待地想要向当权者展示自己的能力。但是，我的好友艾伦恐怕有些困难，尽管他是一个真正的男人，却脆弱得不像一个男人。

艾伦大概是看出了我的顾虑，他苦笑着安慰："我清楚自己的能力，这个日子总会到来。"

我想找到一些积极的例子抚慰他，可脑海里闪过的一个个画面却充满了辛酸泪，只能动动嘴唇，最后吐不出一个字。

这时，手机响起，是家里来的信息，电话那头是叔叔冷淡的声音："那个人生了，男的。"

从开始阵痛到今天，已经一个星期，那个人终于生了。意料之中的结果，我匆匆和艾伦道别，赶往医院。

病房里叔叔抱着孩子出去，作为医生的父亲给那个人做了检查之后也退出病房。无比安静的病房里，那个人虚弱地看着病房天花板。这是他第五次生产，很遗憾，每一胎都是男孩。

十年了，我依旧不知道该怎么称呼这个人，是他还是她？作为尊重，我私底下还是会叫他一声哥哥。"你还好吗？"我用颤抖的声音问他。

那个人无力地点了点头，一个星期没有好好收拾，他的脸上胡子拉碴，虚弱地瘫倒在床上。上翻的病号服底下露出刚刚顺产结束后的肚皮，像泄了气的皮球，松弛且皱巴巴。

"这不是你的错，现在谁也生不出女孩。"我为他感到不值，他的人生原本可以更好。

"生不出女孩挺好。"他的眼里含着泪，语气却分外坚定，"这个世界，不配拥有女孩。"

2

公元 2666 年，女性从这个世界消失的第 300 个年头，也是新法律实施的第 100 年。历史课本上记载，一场无情的瘟疫席卷整个地球，女性从这个星球消失。为了人类物种的延续，新的法律诞生，每个男子在成年后的第三天参加综合测试，体能没有达到要求的，性别将会在个人档案里被划为女性，并且接受身体改造，承担起延续后代的责任。

虽然“延续后代”是一个神圣的责任，但这个世界并没有给予这些改造后的人应有的尊重。他们被打上失败者的烙印，在嫌弃和羞辱中生下一个又一个男孩。

我的叔叔有四个孩子，“那个人”是当中最弱的一个。而我知道，他的弱，是因为他太过善良。

筛选测试的内容不仅仅是体能的考验，还有判断力、反应力和理性度。上层人士认为，一个成功的男人必须有强壮的体魄和理性的分析能力。

那个人在测试中因为对一只蜥蜴产生怜悯而以一秒之差输掉了排名，最后被拉去改造身体，而他的名字也从我们家族中被抹去。好面子的叔叔视他为家族耻辱，总是以“那个人”称呼他。

小的时候，我曾经最崇拜“那个人”，因为他是所有哥哥里最温柔的一个。但是现在，我每天训练的信念便是不重蹈覆辙。

我必须通过测试，并且爬上高位，只有这样我才能活得更有尊严。

筛选测试的难度一年比一年攀升，参加测试的男子们为了那份“微薄的尊严”都在拼命努力，但是男子繁衍后代的存活率本就不高，为了保证每年的出生率，测试合格线步步提高。

“每个人身体素质不一样，我天生底子差，怎么训练都没有用。生孩子不是很需要体力吗，为什么不让那些强壮的人去生？”小时候，艾伦曾经这样大声发牢骚。

的确，生孩子这么费力气，为什么不让强壮的人去生呢？但稍微长大一点，我才明白，强者又怎么愿意让自己去遭这份罪，弱肉强食，人类社会的生存之道不也是如此吗？

3

成人礼那天的测试，我以优异的成绩通过考核，而艾伦，意料之中失败了。

我拍拍他的肩膀，给了他一个男人间的拥抱，我的个子比他小很多，甚至要踮起脚尖去揉他的肩膀。

他突然苦笑道："你这家伙，明明是个矮子，却这么强，还真是让人嫉妒啊。""嫉妒我不用做女人吗？"我半真半假地反驳，"如果可以的话，倒是想做个真正的女人。""少说风凉话了，你不用安慰我。我这样是牺牲小我完成大我，人类的未来全看我们这些假女人了。"

艾伦强打起精神，他和我挥手道别，在有欢笑也有眼泪的人群里，他寂寞地从我的视线里慢慢消失，那高大的、男人的背影，带着无法言语的失落。

那天晚上，我在床上辗转反侧，脑海里幻想着作为男人的我和即将会成为女人的艾伦。脑海里的艾伦和床头柜上的照片人影重合，我的心突然感到抽痛。床头柜上是我"母亲"的照片，他曾经也是个要强的男人，直到他带着羞辱自杀时，那份要强也没有改变。这时，窗户外的拍打声将我的思绪从记忆中拉回来，我抹去眼泪穿好外套，窗子被推开，艾伦喘着气爬进来。"我不想做女人，是兄弟的话就帮我。"他带着几分强硬口吻，"我不介意为人类延续后代，我也不介意给一个家当牛做马，但是在牺牲一切后得到的不是尊重而是羞辱耻笑，这种我真的受不了。"

“你要我怎么帮你？”

“人事总局今天晚上没人值班，我想黑入他们的系统修改我的档案。”

这恐怕是软弱的艾伦此生做出的第二大胆计划。

4

我协助艾伦潜入市中心的人事档案局，今天是各界为新一批“女人”诞生庆祝的日子。男人们在宴会厅侃侃而谈，谁也不会想到会有一个即将成为女人的软弱男人黑入他们系统修改个人资料。

为了不被发现，我们从通风口爬进排气管。我的身体较为灵活，轻松地穿行在其中，很快便从档案室的天花板上一跃而下。

“艾伦，这房间不对吧？”眼前是一屋子厚重的文本资料，我满是不解，“我们不是去电脑室吗？”艾伦随后才勉强从排风口爬出，差点摔个脚朝天，许久才回应我：“电脑信息，我在家就能黑进系统。我们要改的是纸质档案。我调查过了，因为新档案室装修，今年的新资料被暂时放在这里了。”

“哦，你想的还挺全。”我一边翻阅着老旧的存档资料，一边为艾伦感到不值，“你们明明都很有本事，可是却被一场测试否定了价值。”

“我们？”

“没什么，我只是想起了我哥。”

“你那堂哥啊，我记得他好像口才很好，法律也学得很溜，没继续当律师吗？”艾伦蹲在地上找新资料，随口问着我。

在成为生殖工具之前，我的哥哥的确是公认很有前途的律师，只是背上繁衍后代任务的他，每天泡在婴儿奶粉和尿布之间，早已经没了那份工作的精力。我不知道怎么回答艾伦，只能选择沉默。

“找到了！”

窄小的房间里，艾伦猛地掏出一份写着他名字的文件袋，他激动地站起身，把我撞到了后边的书架上。

这时，一份发黄老旧的文档从书架上顺势砸在我的脚边。我鬼使神差地捡起资料，那关于过去的真实被无情展露在我的面前。

5

“改好了，可以走啦。”

艾伦欢快地冲我喊道，而这时的我却被真相震惊着，双手抑制不住地颤动，也许是因为生气，又或者是因为害怕。“你怎么了？再不走就被人发现啦！”

“你看看这个。”我有些犹豫，最终还是把手里的资料递给了艾伦，就像一个受了委屈的孩子迫不及待把自己的事抱怨给别人一般。

我看到艾伦的眼珠子瞪得巨大，会这样感到震惊也是正常吧，毕竟藏在这小小档案室里的历史资料跟我们从小所学的完全不一样。

“老师不是说女人是因为瘟疫才消失的吗？”艾伦的嘴里吐出“女人”这个陌生的词语，这种已经消失几百年的群体对他而言是如此遥远，“可是这本档案上为什么写着最后一批女人是死于自杀？”

“不是自杀，你看清楚，是‘谋杀’。”我恢复平静，冷漠地纠正艾伦的错误。千年前，女性的出生率大幅度下降，男女比例失调，女性权益逐步降低，从而导致更多人选择生育男孩。

恶性循环之下，男女两性严重供求不平衡，侵害女性的案件大面积发生。三百年前，世界上最后一批女性因为接连受到伤害而没有途径保护正当权益，最终选择自杀。

“我不明白，这才是真相吗？为什么历史书要说是瘟疫？”

“想想这些女人是怎么死的，是被谁逼死的！真正的历史肯定比这些文字更加肮脏。”我说得非常委婉，那些曾经对女性实施的犯罪依旧在发生，只是对象从女性人类变为雌性动物，“你如果犯了错，会一遍遍宣扬吗，肯定是含糊着隐瞒过去吧？”

“你的意思是……这档案里的，才是真相。”艾伦的脸上写满了不可思议。

那一刻，艾伦还不知道我的情绪和他是如何的不一样。

6

那一夜，我和艾伦各自抱着不同的情绪回家，我想，那时的他应该是很高兴的吧，一个小小的作弊便让他逃过了做女人的风险。

一周之后，那些沦为“女人”的男人先后被送进交友会所——一个举行“相亲”的地方。他们要选择夫婿然后成立家庭。幸运的是，艾伦不在那个行列。

“你不觉得，这次的作弊进行得太顺利了吗？”一周的欢愉之后，迟钝的艾伦终于意识到不对劲。几百年来的法律，又怎么会是一个小小的作弊便可以轻易逃脱的，除非是有管理者故意放水。通过上层人脉改变命运，这不成文的规定自古便有，但在我的记忆里，艾伦并没有所谓掌权的厉害亲戚。

“还有一件事，”艾伦凑近我的耳朵说出了我那个已经变为女人的哥哥的名字，“马文，他最近和修伊检察官走得很近。”

“哥哥生孩子之前是律师，认识几个检察官并不奇怪吧？”我打着圆场，自己心里却也在犯嘀咕，已经完全沦为主妇的哥哥怎么突然和检察官有了联系，还是那个绯闻满天飞的检察官？

“我倒不是说你哥哥搞婚外情。”艾伦直言道，“修伊检察官桃色新闻很多，但是从来没有引起什么大事，你知道为什么吗？因为这些事他根本没做过，一切不过是他的自导自演。”

“自导自演？一个官员干吗弄出些莫名其妙的花边新闻搞臭自己，你这逻辑完全不对。”

“你平时只顾着训练，当然不知道。”艾伦故作神秘地靠过来，小声低语，“传闻说，修伊检察官是个女的。”

“这怎么可能，女人都消失几百年了！”我吓得差点打翻手里的茶杯。

“嘘，不过只是传闻罢了，这世上传闻这东西又有几个是真的。更何况，他可是检察官，女人怎么可能当检察官？”

我开始不愿意讨论这种假设性的话题，我连自己的未来走向都还没思考明白，哪有闲工夫管别人。

艾伦和我不同，他是个废话篓子，满肚子的八卦，当他还想继续这个话题时，一个粗哑的声音打断了他的闲情，我父亲回来了。

“我有些话要和你谈谈。”

父亲的神情格外地凝重，艾伦见状非常识相地起身道别。家里忽然只剩下我和父亲二人，十岁之后，他便很少如此沉重地和我说话，时光仿佛一下子回到了那个灰暗的童年。

7

“现在世道不好，”父亲抿了一口茶，缓缓地说道，“那些人已经受不了这种生活，开始反抗了。”

父亲口中的那些人指的是被改造后的假女人，我摇头冷笑，他们的抗议来得太晚。只是我不太明白，一向叫我远离政治斗争的父亲为何突然说起这个话题，他一向不喜欢政治，甚至可以说是厌恶至极。

他眼里含着泪出神，似乎回忆起一些不堪的往事，最终叹息着继续说："是马文煽动那些人的，那孩子打小口才就好，如果他能继续当律师，倒是……唉，他已经不把自己当男人了，他在煽动'女人'争取权力。""父亲，有两点你说错了。"我给父亲倒上茶，却用坚定的语言反击着，"一、不是哥哥不把自己当男人，是这个世界不把他们当人；二、不是夺取权力，是争取自己的合法权益。"

话语过后，房间里是一阵安静，这种安静是从未有过的。孩提时面对这个沉重的话题，我从未反驳过，不知何时起，我已经脱离了父亲的掌控轨迹。"那就让我们说说那个被尘封的话题吧。"父亲突然笑道，"那个悄然进行五十年的计划，终于到了正式启动的时候。你当了我十八年的孩子，我不愿意你去冒险，但是你似乎有了不一样的想法。"

"对不起，父亲，这大概是我的命运。"

房间里再一次陷入沉寂，十岁那年，我信誓旦旦地答应父亲绝不会去参与斗争，绝不会去干预政治，这份承诺是我活到今天的条件。但如今，我在这个房间亲口否认了这个承诺。

"去做你觉得对的事吧，为了你的安全，千万不要让人知道你是一个……"父亲深吸一口气，说出那个许久不说的词，"女人。"

"什么！"一个男声在房间的窗口响起。

我猛地打开窗，一个身影一闪而过，虽然看不清模样，但是我清楚地知道，那个人就是艾伦。

8

这个世界有女人吗？当然有。

几百年前死去的那批女人用自己的血肉告诉后人，不要以卵击石，在大基数的男人面前，少数女人是无法正面迎击的。于是，女人学会了伪装色。

我曾经告诉艾伦，想把一片红色叶子藏进绿色的森林，那就把叶子染成绿色。但是，我没有告诉他，想把一个女人藏进这个男人社会，那就把女人扮成男人。这个世界不是没有女人，是没有愿意袒露身份的女人。

五十年前，一个小小的计划被启动，上百个小棋子不断被投入计划中。而我，是这个计划中的一颗微小棋子，这个棋子在出生时发生了一点点意外。作为医生的养父发现了我的存在，身为男人的他自然不愿意协助这个计划。可他也不是冷血之人，与我相处多年，我们各自给对方洗脑。他告诉我作为男人的规矩，而我却用自己的天性打动着他，十岁那年我许下“绝不参与计划”的承诺，而父亲也终于把我当成真正的女儿。

“我承认，这个社会是畸形的，它需要改造。”成年的这一天，父亲和我的这场无声对峙，终究是他输了，谁让他和马文哥哥一样是个温柔的男人。

我没有想到的是，在和父亲解开心结的那一刻，我的秘密却被艾伦发现了。

我和往常一样给他发了信息，作为十几年的朋友，我信任他，就像信任哥哥和父亲一样。

我们约在熟悉的图书馆，他坐在我的身边静静地翻着书页，可显然一个字都没看进去。

“你不想多问问我的事情吗？比如，我是不是个女人。”我开门见山道。

“如果是呢？”艾伦的情绪意外地不是很激动，“女人还存在的谣言一直都有，哪天谣言成真了，我也不会奇怪。我奇怪的是，如果真的有女人，她们为什么会躲起来。物以稀为贵，就像钻石，因为少而显得特别宝贝。”

“你真以为物以稀为贵？如果钻石能说话，你可以问问它被人类切割买卖的感觉是否快乐。当然，不仅是买卖，还有盗窃抢劫之类的犯罪存在。”

艾伦不再言语，他真的很蠢，在思考问题时就像一只莽撞的野猪，就像他会傻乎乎潜入人事档案局修改资料一样，他的思考模式是笔直不会转弯的。

“你会去举报我吗？”我问他。

他沉默许久，眼里写满了不解，但最终还是回答了一句：“不会。”

9

最近的日子不怎么太平，十月之后气温剧变，仿佛有不祥之事即将降临。

叔叔在为马文哥哥的事情生气，他最近总是早出晚归，家里的几个侄子没有人照顾，叔叔虽然闲在家中无所事事，但身为男人的他，照顾孩子这种粗活绝不能由他处理。

还有更糟糕的事情，三天前，因为像马文一样的叛逆者日益增多，人事局加强了对女体化男性的管理，在筛查中他们发现了艾伦的信息错误。

就这样，艾伦的事情败露，几个监察者将他逮捕。我虽然为他担心，却因为家中的事情焦头烂额，无论是马文的事情，还是我身上所背负的任务，都令我踌躇不前。在这个开始动荡的世界，我似乎还未找到自己的位置。

“有人举报，你们家中有身份可疑的人。”

某个午后，两个官兵敲响了我的家门，他们将手铐拷上我的手腕，将我以“可疑人”的身份带上法庭。父亲在背后哭喊着，我知道，我身为“女人”的身份暴露了。

震惊，却也是意料之中，法庭对面站着的人正是艾伦，是他举报了我。

“我把你当朋友，你却诬陷我。”即便站在法庭的正中央，我也镇定地否认真身，努力装出被陷害的可怜模样。

艾伦颤巍巍地站着，吞吞吐吐道：“你就承认吧，他们说过了，作为世界上唯一的女人，他们一定会对你很好。与其让我改造身体去生孩子，让你这个真正的女人去繁衍后代不是更好吗？”

“我，是个男人。”我红着眼，为多年的友情气愤，也为他的愚蠢感到厌恶。

这场审判被全球直播，我听到陪审团的窃窃私语，想来直播前的大众也是一样的想法吧，这个世界还会有女人吗？

已经几百年没有见过女人，群众又怎么会轻易相信艾伦的话，这场对峙，我更有胜算。

10

“你们想让我当众脱下衣物吗？”我高声朝身后的百位陪审团喊道，这种时候气势也是博取信任的一种手段，“又或者说用另一种方式分辨。”

“你要怎么证明？”法官终于开口。他是一个中年男人，身形苗条却很有气场。

“众所周知，男性在社会发展中一直处于掌权地位，因为男人比女人更加强壮、更加聪明，也更有谋略。不妨让你们觉得优秀的男人和我比试体力和智慧，如果我赢了，自然能证明我是男人。”

我放手一搏，检验男女之身自然是身体检查最为直接，可是在我对男人的鼓吹下，他们竟飘飘然接受了这个提议。

虽然是抱着侥幸心理提出的主意，可我却是抱着百分百的信心接受挑战。毕竟为了在这个世界活下去，我所付出的可比那些天生的男人更加多。第一场比试，是耐力，我比对手多坚持了一分钟。

第二场比试，是体力，我轻松举起百斤杠杆。

第三场比试，非常轻松，一局集合智慧和谋略的象棋，我几步将军。

比试比想象中的还要容易，我骄傲地向法官露出微笑，一旁的艾伦颤抖得比之前还要厉害。本就作弊改变档案，如若再加上诬陷的罪名，他的后果恐怕不堪设想。

“法官大人，她本来就很优秀，这种比试根本说明不了什么。”

“艾伦，你在说什么呀？我的能力还不能说明我是个男人吗？难道在你眼里，女人比男人还厉害？”我略带挑衅地看着艾伦。

陪审团上一片喧哗，身为男人的他们自然不满被看扁。可以肯定的是，这场对峙我所博得的好感远在艾伦之上。

这时，沉默的法官再次开口：“但是，还是检查下身体最明确。”

那一刻，我的心悬了一下，我可以看到畏畏缩缩的艾伦露出了放松的微笑。我被两位医生打扮的人带了下去，走出法庭的那一瞬间，我回给艾伦一个得意的笑容。

11

身体检查出来，我以“男人”的身份被无罪释放，而艾伦因为双重罪名被要求立即执行身体改造，在被抓走的那一刻他还在苦苦挣扎着喊“冤枉”。

马文哥哥来接我回家，在车上我们自觉避开了男女身份的话题，虽然我知道他是一个值得信任的人。“你们的抗争有进展了吗？”我脑海里想起之前艾伦所说的那件事，“艾伦之前说你和修伊长官有联系。”

“只是一个开始，我们签订了一个男人和女人间的约定。”

“是吗，是个好的开始。”

男人和女人间的约定，马文口中的男人是像他那样渴望平等相处的男性，而他口中的女人是修伊，和修伊一样的女性当权者们。

艾伦是个胆小鬼，为了生存他常常做错事情，可他做得最错的一件事是，他偷听了我和父亲的对话。不，应该说他错在没有偷听完整我和父亲的对话，因此他错误估计了现在的形势。

这个世界还有女人，而且是很多女人。

三百年前，红色的叶子学会伪装成绿色，三百年后，那些红色叶子开始学会扎入土壤生根发芽。

以男性身份生存的女人早已经不甘心苟且偷生，她们以优异的成绩通过作为男人的考核，并且爬上高位。修伊检察官、法庭的法官、负责检查的医生，她们都是我的同党。

“是啊，一切只是开始，希望我可以自由做女人的那天快点到来。”

“我也期待那一天，虽然我没法做一个真正的男人，但至少可以让我的孩子自由做男人。”马文苦笑，眼里却含着希望。

“哥哥，你现在也是一个真正的男人。”这一回，我没有说谎，“你的心，是一个真正的男人。”

图书在版编目（CIP）数据

爆梗：救救脑子吧 / 超好看故事编 . -- 南京：江苏凤凰文艺出版社，2020.12

ISBN 978-7-5594-5044-9

Ⅰ . ①爆… Ⅱ . ①超… Ⅲ . ①短篇小说 – 小说集 – 中国 – 当代 Ⅳ . ① I247.7

中国版本图书馆 CIP 数据核字（2020）第 141742 号

爆梗：救救脑子吧

超好看故事　编

责任编辑　张　倩
特约编辑　叶　青
装帧设计　蜀　黍
出版发行　江苏凤凰文艺出版社
　　　　　南京市中央路 165 号，邮编：210009
网　　址　http://www.jswenyi.com
印　　刷　嘉业印刷（天津）有限公司
开　　本　700mm × 980mm　1/16
印　　张　23
字　　数　267 千字
版　　次　2020 年 12 月第 1 版
印　　次　2020 年 12 月第 1 次印刷
书　　号　ISBN 978-7-5594-5044-9
定　　价　45.00 元